星河

南风

大/型/新/诗/丛/刊

2018年【春季卷】

骆寒超 黄纪云 主编

人民文学出版社

图书在版编目（CIP）数据

南风：星河2018春季卷/骆寒超,黄纪云主编. —北京：人民文学出版社，2018

（星河）

ISBN 978-7-02-014398-6

Ⅰ.①南… Ⅱ.①骆… ②黄… Ⅲ.①诗集—中国—当代 ②诗学—中国—文集 Ⅳ.①I227 ②I207.22-53

中国版本图书馆CIP数据核字（2018）第121155号

责任编辑:陈建宾
周方舟

人 民 文 学 出 版 社 出 版

http://www.rw-cn.com

北京市朝内大街166号 邮编：100705

浙江广育爱多印务有限公司 新华书店经销

字数295千字 开本787×1092毫米1/16 印张13.25 插页1

2018年6月北京第1版 2018年6月第1次印刷

ISBN 978-7-02-014398-6 定价 39.00元

如有印装质量问题,请与本社图书销售中心调换。电话:010-65233595

目录
MULU

主　编
骆寒超　黄纪云

执行主编
骆　苡

星河浮雕
主持人　周小波

星河组曲
主持人　怀　尘

繁星满天
主持人　袁丹丹

理论与批评
主持人　安　操

责任校对:菡　苔
封面题签:黄纪云
封面摄影:杜　剑
美术编辑:戴小粟
篆　　刻:姚伟荣
内文插图:麦浪　等
责任印制:洛　依
印制助理:李春芝

南风
NANFENG
【春季卷】
CHUNJIJUAN

01 / XINGHE　　　　　　　　　星河浮雕

045 / XINGHE　　　　　　　　　星河组诗

094
XINGHE

繁 星 满 天

南风
NANFENG
【春季卷】
CHUNJIJUAN

目录
MULU

135
XINGHE　　　　　　　　　　　散 文 诗

154
XINGHE　　　　　　　　　　　理论与批评

198
XINGHE　　　　　　　　　　　历 史 档 案

杨 角 的 诗

自画像

少不更事。曾经
路上挖坑，陷害过一对赶夜路的情侣
败于算计，在一棵龟背竹上
刻下数学老师的大名

因为热爱，把茶花嫁接在红苕藤上
因为恨，用削铅笔的火镰刀子
给一只老鼠做过绝育手术

后来爱上一位女同学
她是文字的化身。而今三十年过去
仍情有独钟，惜书如命。
我有无法更改的偏执
有被诗意反复叨扰的浮生

变色龙

有一种蜥蜴状动物，叫变色龙
经常借用树叶和花草的身份
这一点与阅读中的我极为相似
神性、宗教、哲学，左进右出，反复变身
写诗的时候，我常把自己混淆：
今天是胡弦，明天是张执浩，后天
又突然变回了汤养宗
待从生活里归来，才发现自己把自己丢失
人生有着无从捕捉的多变性
生活太缭乱了。以致每个晨昏
我不得不对自己反复确认

百树图

森林里，什么树都有——
驼背的马桑，瘸腿的古榕，以及
落下颈椎病的杨柳
从气味上说，我喜欢香樟，它自带体香
不喜臭椿，它是树群中带有狐臭的人
羡慕是树之常情，不开花的
羡慕开花的，开白花的羡慕开红花的
也有妒贤忌能之辈，总有些树
一只手拽着其他树的衣服，把一只脚
放在他人的脖颈
有奴颜婢膝的树，也有铁骨铮铮的树
有抱头痛哭的树，也有披头散发的树
有的甚至在悬崖千年，一声不吭
把绝望一天天长成仇恨
在川南宜宾，我见过一棵老黄桷
根须抱着一块大石头，不知多少年了
它让这块石头，先是出现裂缝
最终慢慢粉碎。这是我见过的百树中
最不服输，也最有意志力的一棵

宿 命

一滴水奔赴大海，等于送命
大海是水的万人坑

我认识很多金沙江、岷江的水
它们在宜宾相遇
烟都没抽一支，又继续赶路

有时连烧酒都留不住

每次看见它们心都碎碎的
语言的阻隔和无法言说的发现撞击内心
赴死的水呀,马不停蹄
昼夜兼程,可它们怎么也赶不上了
赶不上自己的追悼会

观日落

我常常咬着牙根写诗:
说到图财害命写一句
说到谋夫夺妻又写一句
一生的职业从多个方面限定了我
不小心常夸大仇恨
缩小了悲悯
今年八月,在云南大山包
我看到了最温情的一幕
从下午开始,无数游人
就坐在斧削的鸡公山上向西瞭望
直到黄昏降临,一轮落日
坠毁在远处山崖
那一刻,连怀里的婴儿
都像牛栏江的水,阒然无声

峡谷行

峡谷太空。某一瞬间,我感到
它是上苍留在大地的溶洞

在峡谷行走就是在天上行走
能自己听到自己的回声

又一瞬间,我毛骨悚然:峡谷走到了尽头
我会否像一朵白云,又重新跌落人间

醉酒者说

酒过三巡,再过三巡,一直喝
杯里就只剩下水,世上只剩一座孤城
它叫宜宾

都长街的卤鸭,水东门的烧鹅
都是下酒的好菜
但我得走了,黄庭坚在午夜的流杯池等我
我不去,他就吃不下猪头肉
就没人替他撵跑,孤独是一条野狗

我今年54岁,属兔,再喝三杯
就是公元755年的李白
一盹340年,我们从酒桌出发,手提土罐
乘一支筷子逆岷江而上
去拜会苏轼,也拜会眉山

世事如酒局,我有一双兔眼
人皆饮者,清清醒醒来,偏偏倒倒去
我能一口吞下碗里的月亮
却从未舀干过壶里的七颗星星

从流杯池出来,在丞相祠遇见孔明
军师说:酒是婊子变的
想我这大半生,饮酒无数,曾经沧海
每次喝醉,充当英雄,从不让人搀扶
不像洞子口那几个醉汉
在灯光下打滚,天亮都不回家

与黄昏抗衡

突然发现一种游戏,可以玩一辈子。
尽管,我最终将是那个认输的人。
但今天我还没输,我还有很多绝技没有用上:
降魔掌、阴阳剑、夺魂枪,我正在
秘密修炼撒米成兵的本领。功成之后,我可以
体内体外闪转腾挪,人与自然相互置换,
古今中外自由穿越。
有好几次我动用意念和咒语,用自我安慰
和障眼法,使黄昏推迟了一秒。
晚钟响起,灯光晚亮半步。星星姗姗来迟,
我被自己震住。
有一种固执叫明知不可为而为,叫死无畏。当
　夕阳
又一次掉进长江,转世为一堆气球,

我是那个背着气球沿街叫卖的人，双脚离地
就要飞翔的人。这么多年我一直
在为一堆气球，安装方向盘，和引擎。

驯石记

这些年我一直做着一件事：
把灵魂还给石头
石头太可怜了，几千年来
它们像散落深山的野孩子，被抽去了灵性
对那些泡砂石，我根据它们体内柔软的部分
把它们驯成好女人
教它们相夫，教子，织布
比照晚霞的图案裁剪儿女的衣衫
对质地坚硬肌腱有力的石头
我把它们驯成好男人
教它们耕读、习武、写诗，有一身好本事
最重要的，是教它们如何在八十岁的年龄
褒有一份十八岁的血性
驯石头的同时我也驯自己
诱惑面前心如磐石
让每一块石头，长回人形
这件事我做得还不够，尽管
每天清晨，我顺着露珠的标记
坚持把一群石头，赶往山外的大路

无神的日子

无神的日子如此短暂
天蓝得记不住
云白得也记不住
那时我还不会滚铁环，扇纸牌
祖父用一截木疙瘩为我刻了一尊菩萨
我把它放书包里
从此多了一份牵挂
昨天，老婆不知从什么地方把那尊菩萨
又找了出来
递到八个月的孙女手上
我一把夺过
惹得孙女大哭
造神的人已经死了

可神，仍活在我们当中

来生帖

有一种可能，一百年后
我再次转世
拥有一具戴罪的肉身
上帝已将人间打造成赎罪的监狱
故乡即囚室
道德有一双狱卒的眼睛
首尾两顾、患得患失的日子
我已经过够了
我决心坦荡荡在木榻上一觉睡到天明
从此不看脸色只看天色
拜山水为师
读草木的经书
尽管前世的亲人已不再认识我
我仍深深地爱着他们
每次看见他们在阳光下微笑
我都像一朵花如沐春风

蛛　网

这脸上的胎记
这一粒无限放大的雀斑
一张靶纸悬于空中，一个走钢丝的人
居住在它的十环
时光是圆形的，带着风眼，在梁上，楼梯间，
　像风
从两棵大树的空隙间吹过去
纷繁的尘世到处是蚊蝇、飞蛾和戴罪之人
确实太需要了
需要一只剧毒的眼睛

养蜂人

他们是至今仍健在的地主
雇了一群苦命的蜜蜂
每年春上，剥削登峰造极
它们早出晚归，给每朵菜花送去人间的书信
养蜂人在数点钞票的时候只顾微笑

忘了给它们开工资
忘了一群悻悻离去的贫农,和雇农

长 江

晚上散步的时候,感觉长江已经老了
那露出水面的礁石,多像带缺口的牙齿

一个老人天天睡在我们身边
挪动着庞大的身躯。月亮有些看不下去

他就快挪不动了,他仍在坚持

乌 鸦

天空流浪的乌鸦被夜色收留
它带回人间的
有时是乌云,有时是闪电
它总是第一个看见
月亮一直居住在黑暗中
一个着黑衣的精灵偶尔打黄昏经过
一言不发,匆匆的步履
像是追缉天边一颗戴罪的流星
我已猜不透人间究竟喜欢什么了
同为天空的养子
惟有它,因为一身衣服
被诅咒了一辈子

置 入

在春天的菜花中置入一只蜜蜂
在阳光和流水之间置入
"动情"这个词
风吹小树,什么都不用置入,我的内心
已挤满摇曳的梧桐

时间是一台鼓风机
它吹一下,我的头就白了
再吹,我的背就驼了

这个世界令我激动的事物已经不多
我像西山的夕阳,泥土
已埋至脖颈。尘世太辽阔了
无论置入什么
我都没有力气将它完整地揽入怀中

清 晨

刺桐树在一个早晨
等来了自己最茂密的日子
一片片刺桐叶睁着眼睛
克制着内心的兴奋
天大的喜事也等太阳出来再说
附近睡满了苦命的人
远处人影晃动
终于等来了交出宁静的最后时分
一只麻雀斜刺里飞来
刺桐叶一阵摇晃
远处一粒石子轻轻掉进了水缸

高鹏程的诗

瓷器博物馆

想象一场数千年前的窑火。
想象窑工结实的胸肌和被炉火映红的脸庞。

石英。绢云母。长石。高岭土。
想象它们神秘的配方，
想象一场泥土与火的恋爱，生殖。

想象雨过天青云破处的
那一抹神秘的釉色，
一个东方民族精神内质的闪耀。

想象这青铜的远亲。诗歌和茶叶的近邻。
想象只有少量银器和木器的欧洲
怎样被盛到一只光洁的磁盘里。

想象一艘宋朝的商船。一场风暴和海难。
沉船。
想象海面的封条。封条下
被时光埋藏的珍宝，
想象它浮出水面时散发的光彩。

想象一个美人怎样被
一口古井一样的梅瓶
装下了一生的秘密和尖叫。

想象一个羸弱、挑剔的君王
他的金瓯一样完整瓷器一样易碎的江山
想象那些被淹没在时间和荒草中的窑口。

劫后余生。现在，请抛开想象，
到瓷器博物馆里，仔细聆听
午夜的开片声里，传来的
微弱的声响：中国瓷器，小心轻放，请勿倒置！

风门口

十年前我曾到过这里，写下一只蝴蝶的
跨海飞行
那时我曾以为所有的诗意都在远方，
我以为风
总是从很远的地方吹来。

然而生活如同眼前这块
沉寂的礁石
带给我无声的训诫，在它底下的一道隐秘的
岩缝里。

寄居蟹在潮间带之间辗转。
它的远方，不过是一米开外的
另一块礁石
它苦苦寻求的安身立命之所，不过是
一只稍微大些的螺壳。

十年了。风吹塔白。风继续吹着时光
弯曲的背影。
而这些年
我唯一学会的事情，就是俯下身来
聆听一只死去的螺壳里的风声。那是

来自大海的低音。另一场
风暴的源头

从前,我把它作为走向远方的号音。
现在,我相信
它蜷曲的螺纹顶端,藏着创世之初和世界
尽头的秘密。

寒山寺

它曾经在遥远的郊外。如同一位曾与它
  邂逅的书生
被帝国的科举,又一次排除在外。
但那一次,命运
用他黯淡的前途换取了一首唐诗的光明。

一千多年之后。我在另一个霜天里赶到。
乌啼消失。客船远去。
一盏失眠的渔火
已经被替换为满城闪烁的汽车尾灯。

一座旷野里的寺庙,已经被一座大城
包裹到了它的腹内。
但我知道,每年依旧有人,从它身体的边疆
  赶来
敲响古老的钟声。

仿佛一个隐喻。
在一个交通堵塞的年代,我们
依旧需要在体内,空出一小片旷野
一座寺庙,一口钟。
以便让迷途的灵魂,找到回返的道路。

弓弦上的二泉

我们在夜色中抵达。
灯芯沉睡。小镇安眠。
只有一眼山泉,还在黑暗中大睁着眼。

有多久了? 一个老人
坐在泉水边拉琴。细小的锯齿
锯着街巷里失眠的灵魂。

有多久了?
一个坐在黑暗中的瞎子,

他的心里藏着双倍的夜色。

音箱沉闷。泪水锋利。
蛇皮里
包裹着一颗被人世凄凉反复噬咬过的心。

有多久了? 琴声呜咽
弓弦上的人,
依旧冰冻在某个陡峭的高音区。

我在黑暗中伫立。
感觉身体历经漫长的泉水浸泡
已经沥去了过多的风尘而有了月光的质地。

断 桥

有人把它比作一截肋骨,这暗合上帝造人的
  法则。
作为一截成为女人后剩下的
不对称的另一截,如何安放?
这让上帝颇费思量。但在中国
它曾是西湖这件爱情衣衫上的一道衣襟
它中间隆起的部分,像一粒难以解开的纽扣
一些人解了又解
另一些人,终其一生,也没有碰到解结的人。
许仙和白素贞没有
苏小小解着解着,解成了死结,她不甘心
死后,把自己的坟变成了另一个结。
而更多的现代人,穿着西式的外套穿桥而过
已根本不在乎这件中国古典式的爱情内衣
他们要的爱情要像拉链
没有人愿意对着一粒旧式的纽扣枉费心机。
条条大路通罗马
没有过不去的桥
中西谚俉不同表述有相似的殊途同归
鉴于现代医学的发达
这根无处安放的肋骨已经可有可无。

断桥不再
只有在某个雪后,它露出水面的部分
像是横在谁胸口的一抹伤痕
忽焉似有,再顾若无。

精雕博物馆

一只蜜蜂翅翼上的花纹
在显微镜下
逐渐放大、清晰,微小的空间逐渐变得广袤。

一截素白的黄杨木,排列着一支蚂蚁的军队。
一个下午,一千只发丝一样纤细的蚁足
仅仅
向前移动了几毫米。

更慢的,是雕琢它们的刻刀,是刀尖上
安静的光线,
因为缓慢而变得柔软,因为缓慢而逐渐黏稠、
　　滞重。

更慢的
是握住刀柄的手。是指尖上
屏住的呼吸
因为缓慢而变蓝,逐渐带有了深海的潮音。

更慢的,是远处港湾里上涌的潮水
因为缓慢,在一张脸上
凝聚成了木质的年轮。

　　注:精雕博物馆,位于石浦海峡广场,为台湾女艺人吕美丽工作室。

孔庙里的油灯

我在一间边厢房里发现了它。
灯枯油竭。灯罩
也落满了灰尘。灯芯里的黑加重着厢房里
光线的昏暗。

游客冷清。
导游说,除了孔子诞辰日
这座建筑的正门平时从不被打开。

——逝者如斯夫
两千年前,那个站在河边的人
如炬的目光,曾经洞穿流水、人和夜晚的秘密。

两千年后的时代,霓虹闪烁。人们
似乎已经不再需要区分昼夜
不再需要一盏古旧油灯光芒的照耀。

这幢南迁的庙宇里,堆塑着历代孔氏后人的
　　造像
无一例外,都蒙上了一层灰尘
沿袭两千多年的衍圣公封号
已经被一种叫做奉祀官的名号取代。

我注意到,塑像群中的最后
有一个空位,像一座
丢掉灯盏的灯台
据说,那将是还健在的最后一位奉祀官的供位。

墙

我不能说它是一个时代的皮肤
和身体。
我不能说它凝固着一个时代的沉默和秘密。
我要说的仅仅是一间疑似某人寝室的
陋室。在某年,在
一所偏僻的乡村学校。
斑驳的墙体上,油漆刷成的语录依旧可辨
红色的字痕,已经随着陈年的雨水渗入墙体。
像一代人
皮肤上的烙印。
我不能说这一面墙隔开了
一个人身体的两面
我不能说被它隔开的光线幽暗的陋室
同样像他的内心——
糊满旧报纸的墙上
分别贴着一张奖状、两幅泛黄的
《红牡丹》电影海报,一张过期的基督教年历。

　　注:某年某月和朋友去一所废弃的乡下小学校。在一间疑似某人寝室的房间里得此诗。

傍晚,石浦港的几种事物

一切都在下沉。暗下来的光加重着石浦港面
　　的重量

东门岛像一条大鱼沉重的脊背。
铁锚在水底生锈
少年走进了中年的滞重
一颗早年的星辰也混迹于甲板下的淤泥。

只有潮水暗涨
只有黑暗中的海，还在用含盐的骨骼
支撑着港面上的事物。
它挺起了一朵渔火时动用了
和一艘万吨巨轮同样的力量。

而它打开夜色的瞬间，
——一只白色的海鸟冲出水面
哦，这灵魂的纤夫，还在试图
把暮色中淹没的事物向上拔高一寸。

海岛之心

鱼群在海底游弋，带着祖先留下的指针。
黑暗中
灯塔的光芒有些茫然。

而一根插进海岬的铁柱，顶端的原点
仿佛海岛之心
和光线、经纬以及头顶
星球的转动
构成了某种神秘的对应。

相对世事
和人心的变动，它具有
恒久和稳定的意味。

一个神秘的原点。它使一座海岛
更像是一枚秤砣
平衡着遥远大陆的倾斜。

覆盖在屋顶的渔网

它曾经在波峰浪谷间穿行。为鱼群和汉字
布下罗网。

那些沉船、暗礁，挣脱的鱼，锋利的珊瑚
记得彼此的伤害。

终于，一段漏洞百出的生活
结束了。包括那些从网眼中走失的事物
已经成为回忆的一部分。

现在，它搭在了海草房的
屋顶上，与那些曾经在深海里
缠斗了半生的水草，达成了最后的和解。

这是寻常的风景
从山谷后吹来的风，已经洗去了它身上的
　鱼腥味
日渐松弛的纤维里，漏掉的是风。是雨。
是记忆中的惊涛和骇浪。

现在
它在空中张网。捕获那些
被光线滤过的东西：
星辰。梦呓。最后一段波澜不惊的日子。

丁亥冬日，在乾隆号饮酒行乐

这是冬日的海面。浑浊，但平静
阳光为它镀上了金边
仿古的乾隆号浮于其上，它再次带来盛世
浮华的气象

哦，多么短暂　这聚会　午后的冬日
这世间的光阴
我们饮酒　高谈阔论
我们的快乐恰好来源于我们的放纵

我们暂时不去考虑道德　救赎
我们不需知道，下一次台风
将在何时光顾

我们不需看穿海面　不需追忆刚刚散去的
上个世纪的白雾

我们也不需知道，它的下面
两艘被击沉的中国战舰埋在水底已逾百年
巨大的船体还在继续生锈

起 伦 的 诗

在高铁读一友人诗集

高铁快捷。离心中的北方越来越远
我想在这个常识中觅得诗意
使两个半小时的旅程生动起来
首先,想到远方这个词
一个相对的地理概念
一个经验主义者试图建立的陌生化语境
细想难免气馁,对当下一切
感到厌倦,甚至邻座美女
一上车便对着小圆镜描眉,甚至自己胡子
每到周末,都任其自由生长两天
不如打开临行前顺手放在行李箱的诗歌
读一个怀病者的中年和他的心灵秘史
两年前,湘北一次采风活动我们相识
三天时间交往,使一个空洞的名字
饱满起来。现在,我有着偷窥者的快感
在文字迷宫里,沿诗行完成一次曲径通幽
但这样的快感是短暂的。好在上午九点的
阳光,透过车窗玻璃照在纸上
像一汪安静的冬日之水,透着某种信息
他还活在世上写诗,多好!
我更有理由抹去一切纸上的忧伤

原来邻座美女是个快当妈妈
的人

车往南开
车厢的温度越来越高
邻座的美女脱下披风外套
暴露出隆起的肚腹

呵,原来是一位快要做妈妈的女人
诗中浓郁的丹桂香,瞬间
从纸上浮起,弥漫整个车厢
我们自始至终没说过话
但我心里好像理解她一上车便对镜描眉的
　举动
我想对她说
其实不必这样。一个快要做妈妈的女人
美过窗外所有风景
也美过我诗里的月光。但这句话
自始至终,我
没说出来

在江门

所有我叫不出名字的植物和花草
除了让心盲者感到不适
对一个诗人的感受力并不造成妨碍
十几度的温差,将我血液
升高到接近这里的一片明亮蓝天
我当然可以在微暖的风中放飞想象
比如遥远北国,一片雪花如白马
驮着体内的暗香
将以怎样的姿势潜入一个人灵魂
这需要待夜半梦醒,一个纯洁的孩子
从高处一步步走向堤下
打开江的门,舀水,舀取月光
和诗里一尾拍打水花的红鲤

在江门游园

无雪也罢了

能有一些霜迹也好
覆盖这些我不认识的奇花异草
还有觅寻诗意的山径
可惜也没有
这里白天有大面积热辣的阳光
有暖暖的冬风
暖风吹得游人醉啊
醉就醉吧
醉在时光错乱中
醉得忘却归路,忘记年龄
直到暮色四合
枕一袭蓬江泊来的月光
在深冬季节
做一个不合时宜的春梦

坐 G6022 次回长沙

在这个喧嚣与自我标榜的时代
我需要一只漂泊的旅行箱
一箱子的孤独
以及思想者的宁静
而高铁如此快捷,像一枚尖叫的钉子
穿透下午
带着黄昏回家
疾风吹散浮云。所幸
我的灵魂没有落下

邻坐的美女一直在认真阅读东野奎吾

高铁
如破甲弹
射出,嗖——
穿透层层虚无
车过郴州
我的新邻座,一位长发美女
一直在东野奎吾布设的迷宫中沦陷
且越陷越深
她浪费着她的美
我徒劳地在一首里解谜
打捞别人的灵魂

一个周日的上午

日子是无限循环小数
反复无穷。具体到个人
不过是活成一小段证词
不可能在某次循环中回到从前
谁都自觉不自觉在一根独弦上弹奏
冰与火,都是必须接受的结果
今天天空蔚蓝,阳光布满大地
走在辽阔中的人们啊
有福了！我退避在光的边蜀
窝在浏阳河南岸某栋高楼的某间屋子里
一杯绿茶、一本书,再把电视打开
我暂时忘却自己
在别人的悲欢离合里一再感动

无题即是沉默

突然想起不久前一次宵夜
一位风头正足的诗人,酒酣之时
席间问我:诗入困境,何以突破?
转过去十年,我会妙语解颐
话语多得像他杯里堆砌的啤酒泡沫
这次,我无言以答
年轻时写诗,我追求意象奇崛和技巧翻新
在母语的丛林杀伐
企图建立自己的王国。一个左肩右斜的
黄挎包很兰波,装着理想和远方
一副说走就走随时出发的模样
如今放逐形象,让一匹匹野马还原成白云
又一步步退至灵魂的边蜀,困守孤城
一首三十年前写过的诗
不敢再去翻阅,甚至由别人改写
昨夜梦醒,一道北风在岁月深处持续劲吹
以一种决绝的姿态逼近肋骨。我知道
这一次,它又想带走一些东西
留下结冰的河面
今晨早起,上班,看见楼前霜迹覆盖青草
我想写下点什么,却找不到主题
唉,无题即是沉默

她

我劝她
痛饮一杯阳光,让心,明亮起来
她谢绝了
她说
岁月的劲风持续在吹
带走的落叶,无法辨认落自路边的哪棵树
就像热闹的街道,熙熙攘攘的人群
大多迷失了故乡
她拉上窗帘
她是想追求诗意的孤独吗?
我担心
她会陷入黑暗的沼泽……

一个梦

梦里
走在某条晦暗的街道
想着一张被交换过的脸
我看见
这座城市那看不见的真实
左手决心已下,抽刀,交给右手
而陈年内伤让右手丧失断水的力气
"谁认真谁输了
不如在谎言的花朵里酣睡到春天!"
梦醒,推窗
灯光模拟月光,梦游在浏阳河上
寒风贯耳,岁月已深……

这样的夜晚不可多得

我需要一场雪
使这个世界安静下来
或者下雨天,步行在青石街访友
如果皓月当空,泛舟浏阳河
我们对酒成趣,一种旷达的
诗意,突破语言边界
恰好站在我倾慕能够抵达的地方

呵,一个人精致的心性
一个人修炼出的神韵和境界
今夜,被等待这个词复写出来
是的,今夜,无须虚设美景
都市夜声的雄辩滔滔慢慢隐去
一只电烤火器的低档堪比红泥小火炉
将交谈保持在最佳温度
声调低微,接近于古琴的旋律
世界只有我们
而高山流水自在岁月深处

这样的夜晚不可多得
——在闹市做一回古人
娓娓而来,空空而去,竟是这般美好!

晚霞

夕阳在西天烧得通红时
有人想将自己
锻打成一首浩大唯美之诗的诗眼
这不是什么秘密
就像原野上的雪那么坦白
同样,高高在上的晚霞
也不是我与雪之间的情敌
我保持足够警惕和妒意
是因为,晚霞总居高临下
轻易就识破
我暗藏的小小心思。看清
那个躲在图片之外按下快门的人

南岳夜雨

竹海深处的方广寺及其附近这幢农家小舍
复被夜色加深了神秘。灯光的禅意
颇像莲花幽闭的清香,不管你参透几分
都会内心喜悦,都会感到山居之幸福
这里氧气充盈。倏尔一阵夜雨
见好就收,仿佛天地之间一句偈语
提示习惯刷步数的城里人,如此宁静的
夜晚,还要丈量一天得失吗?
却恰到好处成全"蓝墨水上游"和

"浏阳河西岸"一个同题。艳遇？
燕虎兄弦外错意,脱口暴露心中秘密
——可不就是艳遇！山中夜雨可遇不可求
让我们沉浸在无限诗韵中
更有雨后清风拂面,像别处的爱情……

一个冥想的下午

有时,我刻意让自己目光越过低矮的生活
试着用蓝天的辽阔来放大灵魂疆域
并找到几朵堪可比拟或相对应的白云
此刻无风,树们都是静止的
我想象中那支压着海浪向我驶来的
大型帆船队,偏离了航线
谁说过：每个人的身体都藏着一座庙宇
如果这个下午一直找不到我的正神
我必须在倦意将我彻底带走之前
完成一次严肃的冥想

大湖,鱼与水的幸福

我必须找到一个点的准确定位,譬如
依偎湖畔一棵与诗人妙曼想象堪可比拟的翠柳
来阅读一面大湖
它可以有供咀嚼的留白
也可跳出想象力移位之外
而我确凿的信念：一面大湖的幸福
莫过于,简单得就是一面大湖的样子
而这个世界最大幸福
也莫过于万物各遵其秩序
鱼儿不羡慕天空翻飞的鸟群,溶解于水中,呼
吸自由
水的欢乐,便是怀抱鱼儿,静静躺在水里
我站在湖畔,依着翠柳
内心因极度安宁而听到花开的声音

没有人知道,此刻,我满满的幸福
不过是看见大湖玉体横陈
身上胡乱盖一片轻风吹落的云白或蔚蓝

慢

甚慢。慢到一个上午的阳光
只将窗外两株香樟树影子稍稍移动那么一下
慢到茶壶倒出的茶,颜色完全变淡
还没能将打开的这一部诗集,一个字润湿
慢到一个承诺,必须再等上一年才兑现
慢到一切美好的永远还是那么美好
譬如这个无所事事的星期天上午
譬如我记忆中你流转的眼波
恰如琴弦上的颤音
是的,是巴赫,是G弦上的咏叹调
还有我无用的一生

知情者

午后的阳光克制了冲动
更符合我们之间的约定。带来我脚步
有一些秘密
被过往的秋风打探到了
对于她的好奇,我会在诗行中
若隐若现做些回应
但我不再在诗里描绘阳光
我相信你传递的消息
在这个古渡口,再耐心坐一个时辰
我确信,只有你知道
我在等什么。黄昏降临
喃喃细雨,才是我灵魂深处
弥漫的桂花香气
亲密的知情者

天界的诗

缓　解

钢笔灌满了墨水,山脊一样横坦那里。
——这支叫英雄的老牌钢笔
等待称心如意白纸上
喷写惊天动地的呓语。
从深夜到凌晨,烈马始终奔跑
骑兵伏下身体
白纸上写了什么?爬山虎瞄准窗口
缺少杀手冷静。云层中的月亮
像杀贫济富的经济学家,有丑陋嘴脸
谁才是真正阴谋家?
送钢笔的人已经安然入睡
他把笔拿在手中
反复揣摩、回想。那些谜一样美妙细节
如何形成一个庞大故事。
如果是爱情,是否可以传唱千古
如果是愧疚,是否一切勾销
如果只是一支钢笔和一个老男人
那就去掉叙述。——是的
对一个安然入睡的人
可以有非分之念。但不该惊扰。学习植物
深夜里出卖自己,然而不动声色。

出　口

路灯向马路投下虚无的影子
阴暗,灰色。沮丧倒霉人朝空中掷出卜命的硬币
不再关心它跌在哪里
噩梦中惊醒

总会带来惩罚。阳台已经塌陷
蝙蝠露出尖利牙齿
噬咬自己白森森骨头。该退向哪里?
他抱起路灯下的影子疾走
穿过大地的黑风赶尸者一样提着刀
另一个影子暗中不断喊他的魂
太可怕了。他爬上楼梯
幻想飞蛾、星空
迅速交出肉体——
这有病的人深夜嗑药的人
想从铁般坚固的时间和生活里
掏出梦想?

魔法师

从口袋里掏出一把瓜子
犹如从夏夜稠黏的空中抓来一把星星
他觉得无聊
便赞美瓜子。比如瓜子脸

最好的玩具
是手指
它听从瓜子命令。伸直弯曲
每一个细小环节都带着艺术

星星效力于哑巴
闪着烟头一明一暗的无趣的火光
一只只深邃眼睛,飞啊飞
手指在舞蹈

剥开的瓜子,有的紧实

有的饱满,有的松垮——
哦这公平的上帝。比如拙笨的手指
带有风暴

有一种暗号无法破译

在胡子上豢养一只老虎
剃刀有抽象语言
不要靠近它。一靠近便会听到事物正在消亡
如果把懊恼植入中年的耳朵
体内风暴
仍可提取出毁灭一切的美

乌云寻找刺破天空的闪电
大地寻找失踪者
反复出现的梦,需要解构的蓝色水晶
悲伤有时荒谬
有时是猛摁进无名指的钢针

树梢上住着第三条拐杖
歌唱夜晚来临的生活家
需要猫头鹰的眼睛——
整个世界,并不是所有张开的胯下
都生育过上帝

我们喝酒,不做时间的叛徒

谁能在一个人身体里永久住下?
我们从不背叛自己——
那些酒杯,迟早破碎;
消失。我们喝酒。
把玩记忆和生活利器。不做时间的叛徒。
高台之上,谁提住明月之灯;
人间冷暖自知的酒,倒向天空——
那种漫长;旷渺;悲欢中,
我们活下来。带着问候,捂紧酒香。
相互取暖的身体就是一壶好酒。
酒在体内奔跑时,
如雄狮巡视它的王国。我们喝酒。
安静时,如寺院里经书,

始终有香火候着。
我们一拿起酒,酒就把自己的一生给了你。
你醉,酒也醉。你醒酒也醒。我们喝酒吧。
把老旧时光,重新审判命名。
并赋予活着的含义。

在长白

大雪封山。大雪挡住了金戈铁马。
谁曾在这里建立王朝
已不重要。
站在寒冷的边关
听一千年前勾魂的风擂响战鼓。

大雪封山。雄伟山河,更加瑰丽。
鸭绿江清澈。灵光塔宝光犹在。
天池是深藏的良心
祈祷声始终低于尘世。

大雪封山。长白,一个小酒馆
藏下整个大冬天的愉悦——
没有比这样的纯粹,更让人醉得彻底。

在张思村吃夜酒

在院子里吃夜酒,听到犬吠
月光杀出重围
和村人涉过始丰溪的脚步声

我们邀请了抱朴子
智者大师。张思村桃花开了
白天嫁走的新娘,晚上
紫云英的婚床上,露出白狐一样的媚眼

影子重叠的老宅
有没有小髻?聂小倩在哪?
想做一回书生,娇娜收好你的尾巴
米酒很柔软,点上蜡烛吧

古老礼节藏起来好不
这里有竹林。小片春色。我们可箫可琴

还可以把大碗酒，一口干掉

在寒山湖，宿酒醒来就推窗

推开窗就看到大片湖水
湖水泛着冷光
冬天的王朝来了，倒塌的秋风
提着旧皇印巡视

一边深山，一边是冒寒气的湖
失去齿锯的秋风
仍有黄金般重量

旭日并没给大山增加温暖
雁子飞过，橘子正红
房间里空调已坏
湖边几个人，不知是谁

他们手脚比划。远远看去
像是打鱼的诗人

这样的夜晚不多

涌泉寺外吃夜酒
是一种美

橘花很单纯。酒碗里有塔
塔里奔跑着月光

月光下喝酒
是一种美。无数白色古老小盅
递来的香，是一种美

一座神秘大山
潜伏寺中。寥寥几人喝酒
是一种美

寺里的钟声
一直响。一直响
钟声落进酒碗。钟声是一种美

长兴小浦，遇银杏叶子不黄
——和冰水、安吉沈健
走长兴小浦银杏长廊有记

银杏树上倒挂着破碎的秋风
叶子干嘛要黄呢
金玉满堂，谁能守住

几条狗对着路人狂吠
似乎欠它祖宗什么

八都岕从来不匿藏落日
溪水流得欢快
我对着那棵树王喊一声王伟卫
头上就掉下几粒白果

乌瞻山有老旧的道人
无观无香火。我问沈健喝酒否
他说酒壶不在腰间

长兴小浦镇，十里青杏林

一场夜色中的雷电
成就了青梅
舞台太大，总有道具深入人心
煮不煮酒并不重要
它的味道
只有活着的人清醒

而银杏不是
它有美丽、坚硬的壳
从青涩到圆润，把玩六道痛苦的引子
它活得还不够长久
它正在赶赴一场天荒地老的爱——

犹如眼前那位，穿青衣女子
她站在银杏树下
理了理被长兴小浦镇瘦瘦的秋风
稍微吹乱的，略忧伤的卷发

南风 XINGHE

15

九峰温泉

要在午夜酒后荡漾的温泉池里
泡出杨贵妃
泡出赵飞燕——
一个丰乳肥臀。一个精美细致绝伦。月色
正好抛下诱饵
帝王们谈论边防、长生、烽火和涂满蜂蜜的
利箭
把高贵的旌旗插上九峰山顶
预警布遍暗香的空气中
我们留下隔夜酒
奢侈的幻境。并从体内掏出明珠
魔鬼隐去半张脸。像隐去深刻的哲学部分
天地如丹炉，谁不苦苦煎熬？
喝完大湾谷山庄的大补酒
我们就是药引子。哗哗哗的温汤
似有闷雷滚过
里金坞毫不顾忌地打开混沌之门——

宁溪糟烧

骑白马的书生，是划岩山不老神仙
哒哒蹄声，总在江边暮色中
天下没有不醉之酒
最冷漠的人，心中埋着最深秘密

酒酿于何时，已无法考证
解风情女子懂酒之妙
一朝醒来
落花不是花。溪水流过
长潭月色下隐藏

瓷瓶的宁溪糟烧
符汉君送的。在我酒橱里十年

徐敬亚夜宿布袋山，喝着它说了一晚诗

远 离

一壶酒深藏乾坤
它有大海秉性
更有虚妄者统治山河的邪恶力量
而此刻，蛙鸣如此壮观
仿佛这个夜晚，它们的民族开始集体狂欢
为发现一个愚蠢的家伙——

那个被颠覆的人，身上有一层月色暴动
不再是百般伪装的绅士
这很悲伤——
是的，这很悲伤
但一想到这个词，天就高远了

倒 走

一个喝醉酒的老男儿在天空倒走
跌跌撞撞。但并不慌张。
他洞悉人间某种伟大秘密
他是先知。是时刻需要
吮吸好乳头的婴儿
他在倒走。一个随时可以暴动和
不懂生活的老男儿。
此刻他只想倒走——
这样就能走回童年
重新走进母亲体内
仿佛倒走是无比简单的事
他踩着云团上的影子
倒走。跌跌撞撞，惬意而快活
甚至此时还可充满杀机地
拎起月亮这只破酒瓶
和自己再干上一次

桑 子 的 诗

恰如其分的灰

要当心光明与黑暗之间
那个叼着烟斗唉声叹气的人
他在大地褶皱处潮湿了眼睛
又在阴影里看清了事物本质

到处都是战斗的气息和不可限量的勇气
只少数人仍保留着暴风雨般可怕的固执
刺探着不明所以的春天

有一天,我们坐着火车挨着金黄的山脉缓慢地行进
穿过落日
那是我们一生一次的流浪
我们小心翼翼剔净深海鱼身上的刺
佐以伏特加烈酒

烦心事总是有
春天正四处找寻
一个洁净、光线充足又色彩鲜亮的地方
安放伟大的智慧

目睹荒原上一场大雪
目睹大鸟迷路
目睹一条河流入一只空酒瓶
太阳饮尽这瓶酒就冉冉上升
那么广阔,那么孤单

黄昏割草

坏棉花在天空吐絮
黄昏飘过割草人的头顶

辽阔天空被割小了
太小了啊,世界只剩下一蓬乱草
太黑了啊,镰刀割到了手指
太锋利了啊
枯草又死了一次

炼金术

炼金术是单身汉的科学
是孤独男人的沉思物
是雄性内部最烈的火
在最隐蔽、最温暖雌性体内
一个突发性事件
犹如火星的意志

在无限的特殊个体中熄灭
返回成为纯净之火
这潮湿的火苗
垂直的溪流
一场倒着下的雨

沙计时器抽回飞逝的时间
使之轻盈
太阳吸食了黑夜的能量
在悲剧和喜剧之间遐想两次
烧掉庇护在我们身上的道德败坏
光无事可做,让司炉者得以消遣
普罗米修斯啊,金色星辰的奶娘

火的起源

火往往是偷来的
人们摘下欧洛的生殖器

剖而两半,里面藏着通红的火

浪漫派要重温原始性的经验
人们爱开火的玩笑
无意识的地层深处:小蓝花是红色的
矿工是颠倒过来的星象家

火,一头迷人的小兽
它的情欲难被点燃也难被熄灭
饱餐吧! 太阳神也会因饱食过度而死亡

每株植物都是液体的火焰
风吹得熊熊的火沙沙响
抚弄着太阳脸上的雀斑

孤独是块硫黄晶体被摩擦的感觉
火的精神顶端敏感处可阐释繁殖
太阳下山,把天空烧成了灰
露台的灯为人类保留了火种
爱情的火焰,燃尽我们身上一切尘世的东西

不燃烧的火

疲乏的人
是因为失去了十分热忱,十分活跃的流体

用最微弱的火
正在熄灭的火
去点燃一大块煤
两个小时后
看它变成一堆巨大的炭火
暗红色的河流一样的顽火

繁殖的伟力
像动物植物一样衰老和死亡
上帝曾把一些火关在地牢
伟大的闪电从沥青和玻璃中汲取了电物质

除非带着火的粒子,否则液体不能点燃
这些最小、最隐蔽,内在的火的小囊聚合在一起
不是金色的火焰
不是泛灵的光线

而是矛盾,是两种不同的元素
一起在事物中心起作用
世界主义者说:
火在我的体内,爱人是纵火狂

葡萄树和醉酒之徒

年富力强的葡萄树汲取了大地之火
渗出蜜糖一样的果实
一种立竿见影的食物,真正的精华

醉酒的人说,唯有酒最接近火
一根火柴就可以点燃它
它摆脱自身
在你心中扎入无数尖利的刺
燃起肉欲最高的快感

人喝醉酒,就结束了葡萄树的疯狂
一切花朵都是火苗
一切果实都是火种
大锅底咕咕噜噜,燃着精神微火

花朵叹息:现在我全身都是热情
巫婆与棕红色蒸汽之争就是火焰之争
一滴滴从包罗万象的沼泽地蒸馏出来
蛇从酒盘里游出

果实心血来潮看着别人死去
这是火的初夜
大地上模糊的过客
鲜润夜里的生还者
在诱惑中看到了野兽一样的凶光
地狱的高脚杯,被一束光照亮

熊月亮

我决心把夏天交出
让自己的颜色再淡一些　在枝头
把最甜蜜的一部分也交出
只留住长长的梦境

危险未曾抵达
炽热的太阳和整个下午的大风

还无关紧要
工蜂在花朵里蹭鼻子
根茎里的水分还有一个广阔而蔚蓝的湖
在无数个无聊的日子
我们做爱　亲吻
不用担心熊月亮爬上树
咔咔作响

物换星移

嗨,居住在这儿吧
日头啊
重现紫铜色的光
闲散的体内
苍山有着紫丁香一样的光芒
男人像精疲力竭的孩子
在书中沉沉睡去
风把火苗不停地拍打
镶边于深蓝中的山脉
几乎瞥见了
我们为何而生
山坡上
浓密而蓬乱的草丛中
一轮圆月突突奔袭而来
我们不再躲藏
就在此时此地把自己物换星移

雨　天

假如是灰暗的雨天
下关的风会锯开大而笨拙的原木
看苍山如宽幕电影
看花园里灌满泥浆
看远远近近拘谨的道路
在静寂中走动
各自忠贞
身体犹如恰当的词语
散落在夜的深处
语言的极限与世界的极限毗邻而居

合欢花

首先我爱你　言说有局限
落在砧板上的油桃
分切成两瓣弦月
我们总是轻易读到彼此肌肤的暖

有月亮的夜晚
这里所有的房子都敞开
并且没有主人

黄昏
青铜的大澡盆
前来洗浴的人都是情侣
在开满合欢花的枝头
我们做着非常想做的事

到处都是你

不远处有蓝灰的湖
长发的你到处都是
《奥义书》上说:一片蓝天胜过一切
我也这样认为
我的马背上的蓝
我驮着它从苍山而下
走上宽阔的迁徙之途
偶尔栖息于倾斜的雨点之上
颤栗于花朵的原始与新绿的火焰之侧

像谈论爱一样

我们谈论死亡吧
像谈论爱一样
这是十月的一天
我们吃甜瓜吃刺莓果
注意到蝴蝶身上有暗淡的金色
珍珠鸟的羽毛闪烁着光芒

我们彼此温存
想象尖叫声中的死亡
无穷的黑夜接替白昼

落日走进了最温暖的一块石头
世界长满了浅黄色的苔藓

不朽的酒杯

我们沿着湖边走
鸦鸪从一缕薄雾中飞起
秋季漫长

我看到了一条路的静寂
我看到了返回云中的雨
我看到十月不朽的酒杯
盛满金色的琼浆
晚风在擦拭铜器
黄昏巍峨如庙宇
我们似两片树叶在风中摩擦
又喧闹又安静

硫化物

植物的花粉
不纯的血
喝足了烈性酒的身体
物质贪婪资本化

但不稳定，像灼热的情欲一样
用全部的热情去解释一束火焰

与那些被声色迷住的事物
进行了一次幽灵般的沟通
死亡在喑哑之床上瞬间复活
疾病与黑暗的精神发出亮光

神在细小的事物中

一

那穿着白色浴袍的女人
拂晓时躺在一簇激情的蕊上
花园里有玫瑰花瓣凋零
风把它紧紧地贴在象牙白的墙上

二月的夜裹着半透明的绸缎
月亮肆无忌惮地望着它

二

在这里
神在细小的事物中
多子的植物和苍山的雪花总更为美丽

秋天葡萄色的滚圆的果子
还在遥远的根蔓间
编长长的麻花辫

三

去年的雪下得嘹亮而丰饶
此刻的静是它结的果实
一场深沉的睡眠
一种巨大的美
梦里你会摸到一枚珍珠的扣子
如果你需要就解开它

四

还有星星
那一小簇一小簇花儿
歪斜在二月的空枝梢
天地之间的威严
来自庞然大物的弯腰

往东，长满水草的岸边
有高高的山坡
二月的玉兰振翅欲飞
我们如两颗大行星
躺在深蓝的无垠中
与尘土结合，披着光芒的长袍

五

洱海裸露的身体上
太阳松开无尽的光芒
出于纯粹的爱
自由在自身的反光中加冕

六

清晨雾起的海滩与礁石之间
她画齐了七只海鸥
像从一场古老战争的硝烟中
救出奋力厮杀的兄弟

张 小 末 的 诗

春 天

她喜欢明媚的午后
梨花、玉兰、迎春、樱花,渐次都开了
酿造一场集体的香甜

春风那么暖
她微微低头
心里有不易察觉的羞涩

她爱白色蕾丝,多于旗袍和性感
她的锁骨清瘦,有让人轻咬的欲望

哦,暂时放弃那些代名词吧
女儿、妻子、母亲……
都已经是春天了
在纸上筑梦

在隐秘的内部虚构一条绿色的小径
像一枚浆果一样,献出饱满与热爱

山 中

巨石盘亘。苔藓冷峻
茶树上白花如星
香榧树果实青涩,叶与叶排列紧密
像她每日握于手心的梳子
同行之人低低絮语:
"这是一千余年的榧母,而我们只是过客"……
愈来愈重的暮色里,沿途植物
正渐渐高过我们

一年将尽,这山林中积年的沉默
在谈话声里清晰可辨
有什么在暗暗起伏?
这山中小路,又将通往何处归途?
我们停留之时,黄昏的风正吹过山谷
而远处村落,彩色烟花忽然盛开
人群中响起小小的惊呼
这热闹的人间,此刻漫长又短促

虚拟之光

在少年瘦削的背影里
她是忧伤

在失意者的杯子里
她是一个人的狂欢和呓语

在更多人的心头
她是团圆、故乡、未长大的孩子
圣洁而美好的女人
……

但她从来不是自己
一个依赖其他物质传递虚拟之光的星球
在既定的轨道里独自旋转

偶尔有人造访
偶尔偏离
但很快,她又把自己搬回轨道之中

这是个孤独的隐喻
因为寒冷,我们借助虚拟之光

熬过了
人间那些细小而微苦的绝望

夜晚来临

匆匆走出写字楼
匆匆挤上地铁
匆匆赶赴某一地
一切都那么快
夜晚来临。他们都着急地
寻找一个归宿吗
一切都那么快
他们也有忽如其来的爱情吗
以至于，像我一样
将一个身影
错认成某一人

偏　爱

我偏爱风
我偏爱蓝色
我偏爱长夜尽头微光闪烁
你的手指颤栗
又沉默

我偏爱美，也偏爱阴影
我偏爱湖水荡漾
但不出声
我偏爱欢愉
寂静
又细小

啊，并没有什么
可以例外
我偏爱的多数
它们都是小的、安静的
只在生活的另一面
轻轻闪光

月下看海记

要去看你。像一次隐秘的约会
我有小小的欣喜
月正高悬，萤火虫忽隐忽现

要去看你。投身于你的怀抱
洗去这半生的泥沙，也曾有风暴
和隐于暗处的漩涡
现在，将变得蔚蓝和透明

波浪低缓，微光闪烁
"是什么正在远去"——
"是什么终将远去"——
而那些静默不语的礁石，多么像我们的领悟

涛声依旧，涛声永恒
一遍遍地停顿
起伏
此刻，有多少无法言说
就有多少想要奔赴的勇气

无所寄，在大岭后村听渔家号子

山村寂静，鸡犬都已安睡
而渔家号子响起来了
越过曲折和缠绵
他唱得那么直接
爱是爱，恨是恨
一曲终了，直抵心口
我喜欢的月亮，正白晃晃地悬在屋顶
未饮酒的人，此刻面色绯红

花岙岛，谒张苍水遗址

你有投笔从戎的勇气
你有穷尽一生，抵抗王权的勇气

故国莺花，孤鸟哀鸣
这独悬于海中的岛屿，悬崖赤壁高耸

像你尚未冷却的血液

沙场点兵,醉里挑灯
三百余年已逝。昔日的暗道、营房、敌台、水井
如今乱石成堆
时光的裂缝里都是风化的痕迹

那些你曾奔赴之地
成,或者败,正被人一再提及
"四入长江,三下闽海,二遭飓风覆灭,而仍百折
不挠"
"攻克瓜州,直逼南京,连下四府三州二十四县"
……

熟悉的名字,陌生的故事
多少人的不甘之心,正败于庸常
小岛上,落日端庄
却有些孤独——

花圈铺子

一些花死去
一些花开着,永不凋谢

花圈铺子在通往菜市的街上
门帘半垂。屋外车马喧
屋内的收音机钻出了咿呀的戏曲声

纸糊的花朵、纸糊的车马
纸糊的别墅、手机、钱币,纸糊的人儿
人间冷峻。那些未完成的
将在他的手里　逐渐圆满

而死亡应被坦然说出
譬如此刻,他们正热烈地交谈着
——如何布置一个完美的葬礼

当我们说起信仰

吃螃蟹时,我们忽然说起了信仰
一个女人意外的遭遇

那些绝望定然使她
如临深渊
她抓住这个词,如同抓住浮木

我认真地对付着眼前之物
剥壳、剔肉,蘸酱油和醋
曾经横行的蟹脚
如今也都被一一拆除

像白天的诸多焦虑
暂时无解,或者永远无解
当我们说起信仰,我们到底
说起了什么?
如此刻,每拆下一只蟹脚
将获得的片刻安心

忽一日

大雨至。窗外的凌霄花渐渐
失去颜色
煮白粥,炒鸡蛋,尝试往平庸的日子里
加盐或者糖。读书,保留对这世界的愤怒
和偏见
挤出可怜的时间遥想远方
此刻某地,油菜花金黄炫目
春天尚未离开
像她嘴里新鲜的杨梅
暮色里,那一点点酸味让她动心

将饮茶

后来,我们将酒杯换成了茶盏
后来,饮茶的速度慢了下来
宴席散尽
夜色覆盖之处,楼宇灯火闪亮
有人指点江山,今夜酣畅淋漓
有人为一地鸡毛的生活买单
有人谈论诗歌,忆及青春
那充满了荷尔蒙的身体,此后被磨损
被消耗。如这深夜的茶
蜷曲成一片卑微的叶子

赞美诗

威士忌冰凉
而你的手心温热
夏夜微风低吹　乐队歌声动人
而你的笑容温润
即使没有星月悬于夜空
即使故人旧事
已纷纷如落叶散去
即使我亦知晓
我们欢聚
"余生不再丰润"
但此刻，风吹过乱发
也吹过灯影下你赐予的翅膀
你这样到来
我这样微笑

春光旧

湖畔长廊里
紫藤花谢了
在夜晚，只有风在吹
我们甚至来不及说出什么
关于紫藤花的交谈
像一个永久的秘密
被锁进春色里
年年如此
春色明媚却稍纵即逝
我只是，空有一番飞翔之意

塌陷的部分

"这是遗址，距今已经……"
史学家们还在争论
这是一块年代久远的青石砖

无从辨认。那模糊的印记

是车辙、脚印、泥水，或者填满了
一个女人
四下无人时的低声絮语？

我只是注意到，它的某一角
不再完整
缺失的部分像一个隐喻，狠狠地
嵌入了生活之中
并接受了无尽的打磨

一个女人的身体
日渐塌陷
在某一年，突然失去重心

大米草

裹着一件旧衣服
像是身体里，埋藏着
一阵阵降雪之风
在冬天的海边，呼啸而来
吹得你眯眼、流泪、弯腰，长发乱舞

小镇附近海域里的大片水草
——这种来自异乡名叫"大米草"的植物
它们密集生长，与你一样
也曾经，在风和海水交织的低哑的嘶叫声里
陶醉，肆无忌惮

但此刻，它们已经枯黄
日复一日，学会
向生活低头，颤抖，忏悔自己
直到千疮百孔
直到，所有新鲜的爱恨
都沉入风浪之后的海域

一颗羞愧之心，那么重
那么轻

殷 欣 童 的 诗

无 祭

日子堆积再堆积
我没有灵感,披着鱼皮
每一根火柴
不可告人的嘉年华
燃掉供佛
天下所有兰花都在案前放下

我不住地抚弄岁月的下颌
瘦削的北国
告诉我
她是世间哪一种绝色

转 圜

蚊子停在世界地图上
它的触角勾住了加勒比海
晚归的旅人挑选车灯
探测道路
也一并探测我赤裸的生活

我在记忆里巡逻
贿买大动干戈的唇舌
封堵良善的耳朵

砸碎的琴是墨蓝色
我收起木屑
送还炊烟
炊烟过于温柔
它熨平我墨蓝色的衣褶

向阳街到临枫路

驴肉火烧铺扎在红绿灯前三十步
不见南来北往客
抹下油星的
清一色的老顾主
它在灰土里剔着兽骨
卖一上午

孩子追着欢呼
有慈母,有老妇
前面的心神无主地疾走
腔内盘算着菜谱
向阳街缺失了太阳
顶潦倒的乞儿也不展展被褥

临枫路没有血一样的红
溜溜种了三十棵柏树
风往南迫击,东回弯,北挤,西
间或有霾指点迷津
探试根基
无义
支开丫杈留点响动
还顽固又糊涂

从向阳街到临枫路
不是个好去处
这儿不谈新闻
也毫无事故

伪君之殇

我翻看夹着枯黄树叶的书页
书页枯黄
写着,我们知道他们在撒谎
他们也知道他们在撒谎
他们知道我们知道他们在撒谎
窗外,一个父亲在追打他孩子的对象

我喝各种各样的水
茉莉汁,黑咖啡,桃子的血
半罐赭黄色鲜啤,像树梢上的呐喊,囚在
　铁桶里
空空荡荡
各种各样
印着,无折腾,不年轻
世界等候你创造
隔壁,伟大的救世主
谩骂着炒菜倒错酱油的女友

我写诗,把脸孔藏进去
和美人迟暮时选择深山一样
留下最后的尊严
念着,焦灼的烦渴
可爱的晨风
半途,装饰精致的斑鸠低低掠过
歌,歌,绝望在狠命
掉落

孤绝的号手

山
殒身的墓碣
锋镝血刃早就被荡涤魂魄的风砍伐
太硬,横亘在古今,绵延无疆
兽王与人杰面对着它敬奠
敬奠不知起始,不知终了
只有存在历史的神力
刃上的粘稠液体愈来愈淡薄
兽不去舔舐,因为兽留着口

舔舐伤口
人杰屠掉落败者
扬言那是落败者罪行无上的证明
要留着的,同野百合

金属锈蚀,血也锈蚀
一样,多少年来不张狂
风借莫须之名终止了这场悲情展览
人们都在有生日子里重复叨念
山不可平,埋葬号手的山啊!
但垮塌成一摊烂泥巴
层层的纹路清晰,水般柔情的波
有人哭嚎
没人刨出他的号

满山满野
那片抓把土能攥出血的地方
沙里搅着骨髓
所有的野百合都成了号的模样
嘴朝青天,青天落下雨
多少年了,贮存的眼泪悉数倾尽
它们
以回溯哽咽的襟怀
奏起绝响

戏　弄

我等这场雨,就像等我一辈子的滂沱
我不怀疑天有九层
一层盖住鹊的一居室
和婴儿破晓的啼声
二层浅灰,有东西落进河里
一网兜下去
打捞上的星矢散开浓郁的酒气
三层违背了亘古不息的直线热能量
还偷着给猫送了两脚轻雾
因此它踏碎了镣铐,太阳在床垫子里滚动
我做了个酣畅淋漓的梦

四层裹挟起飞尘
微弱而混沌

数及第五张面孔
见响晴
一束攀爬梯子才勉强采撷的灿烂
六层的天与我无关
要问需去问鸣蝉

七层很幽静,第八重是藕荷色
形形色色,影影绰绰
徘徊成瘾者抵死拒绝恋歌
阳数之极轰然倒塌
天地旋转,人仰马翻

它们很快就会层叠着来慰我
逃
逃出家乡
我誓必把热泪洒在别的土地上

鲸

你包藏祸心,用蓝色晶莹的眼睛,
海应供你一切优渥,
闷闷不乐的君子。
巨型饵料,
裹挟在白帆般鼓动的胃里,
呼告无声。

来? 从远海,
从渊,
从庄生唇边唾液的周年祭奠,
从刀锋柔毫,传颂流言。
谁允许安息,
死在万顷蒸腾,
凝在清凉草叶上,
露水间。

荒 草

一觉黑甜,
空置了气氛,
有些事情退隐在方寸。

思恋如果能挂上树梢,
也等不到枯萎的时节。
你走了,
带着轮回的四季。
鸽子掠过。

远方的人不再流浪,
荒草成灾,揽上围墙,
清风白水,浅然无恙,
是你厚重了过往。
不安的孩子心上,
生着荒草吧,
它们疯长疯长疯长,
遮住了日光。
那些悔悟的念头,
请原谅吧,
它们飘荡飘荡飘荡,
聚成众生的模样。

罪与是非

我靠才华成为流氓
在广袤血腥的战场繁殖思想
他们说文明人参与角斗
这用意很良好
野兽刀下有他们
野兽倒下有文明人
正义的
扒掉皮囊,新鲜,举酒嘱月
邪恶已燃在篝火里咯
然而不妙,不妙,大事不好呜呼哀哉
焰心包合了婴孩
退后,把肉取下来
每双眼睛都是堕落天使的九分之一
疑我是亘古罪魁
你的钟鼓呢
我问
一句话
他们都不见了

逝者如斯

那时候我能劈开横叉,竖叉
做倒挂金钟
如今我迈着稳妥的步子
鞋钉刮擦出痕迹
地上空无一物

地下
十四年前的花
碎瓷片搭的花窑
等待我们孩子的宝藏

混爱记

我从过去来到尘埃里
吸的第一口是汽油的厉气
先晕眩后梦迷
然后就疯了
我锁定所有年龄相匹的雄性
与他们做追索的游戏
潮苔上颠腾肚皮的肉虫
千回百转
和消化不良的柔肠举止接近

我撕裂一个缺口
皮囊中的欲望喷泄而出
抽离枯瘪的人形
它们炮制美人
捏造羊脂玉
下等孽障才准买卖春情

暗流

没有人和我抢夜晚的回程车了
天气清寒,有家都早早归赴
路灯闪闪,直到终点
错失最后一块干瘪的面包
我幸福吗?

过去写信,一字一句都珍重
胶水干了要很久
而今天涯不是天涯
皮囊破毁
说了就像没说的情话
幸福吗?

月亮是谁
他望着不眠的仰望黑夜的我
一长大,树上果子就落了
我塞进嘴里,是酸的
大约为幸福
值得

万物公敌

槐树在春天骂我我不敢还口
我抢了他的落芳去煮一碗粥
在他尚未举行殡葬仪礼的时候
拒绝冰块的时刻,湖水躲着
拒绝露面
她不收我还给她
纹理熨帖的卵石
不开放一寸涟漪
鹰似的决绝
风总扇我巴掌
力度拿捏得不妙
我垂下头垂下眼睑不看他
生恐他下一次就掏出刀来
那就容易让我臣服

一首降在爱情上尚未平安着陆的冗长的歌

我放开胆子去拥你
手在你身后交叠
你的脖子有汝窑瓷器的轮廓
眼神从那里经过
郑重其事地遭遇了
落满双臂的星河

李 建 军 的 诗

药

别碰这支竹箫
它，有病

这箫声，怎么如此忧伤
像撕心裂肺的蛙鸣
一些月黑风高的夜
魔鬼的眼神撕碎了这张黑纸
巨大的热流喷涌而出
而我跌入一只冰窟里
浑身挂满刀子，一刀刀
割破梦境的苦胆
别让它弯曲成一柄血剑
别让它旋转为一页民国的历史
别让它飞舞出一双悲剧的蝴蝶
别让它
幻化作南方连绵起伏的冰峰
变幻为北方喷涌而出的温泉
别指望它龙飞凤舞，吹奏得
日升月落，彩霞满天
只能让它
风轻云淡，默然而眠

这世界，这人生
需要，猛药

冷 漠

它不是虱子
却爬满乞丐的千布衣

它不是星光
但比冰霜更锋利

在颤抖的飞雪中
它越来越巨大
我越来越渺小
池塘里的蓝
是一望无际的天空

它是荷叶掌心的一句无语
我是悠远恒久飘行的花香
牵着孤独的月色
像牵着破碎的玻璃
它的眼神是绝望的险峡
握着成排的翅影
像握着温暖的日光
我的喷薄是蜂蝶的芬芳

真 相

在翅膀拍响的山谷
我寻找神秘的蘑菇
森林的裂缝指引着阳光
溪流的掌纹透露着线索
野草尖叫着否定之否定
蝌蚪摇晃着黑色的诱惑
瀑布搜寻信息的教科书
飞鹰观测灵魂的针孔
哦，树冠撑开温馨的巨伞
嘿，云朵呈上甜蜜的帽子
用秋叶穿越忧伤的湖泊
让飞雪清扫时光的空谷

用血肉点燃攀登黑夜的火把
让身躯高擎走出迷雾的路标
呵,在月光移动之处
盛开着,盛开着一大片蘑菇
香气缭绕,血淋淋,晶莹,有毒
于是,风暴在我的眼睛里根植

屠　夫

让悬崖峭壁横起来
让一溪流水飞起来
磨刀霍霍,磨刀霍霍
天空俯首,群山颤抖

让太阳的炉火烧起来
让月牙的屠刀舞起来
劈开云的篱笆
斩断雨的锁链

敲醒澄江——
这金光闪闪、甜蜜而幸福的狐
震惊九峰山——
这梦幻翩翩、温馨而狂暴的象

让巨石扬起斧光
砍向欲望的瀑布
让波浪闪动刀锋
撕裂偏见的渔网

云团是天空的桎梏
山峰是打开乱云的金钥匙
谁来审判灵魂的囚犯
落日——
这张屠夫愤怒的脸

绝　望

在森林迷宫的尽头
有一座死去的石屋
我与她从未相遇
像融化在夕光里的蝶翅

一场天火消逝了麦子
一阵狂风荡涤了灰尘
一粒焦黑的奄奄一息的种子
像她墨色的守望的眼睛

让青黛的山布满血丝色
羊肠小道飞向悬崖绝壁
让漫天的水弃舟而去
腥味的鱼干晾在树林上

雾霾与车流像成吨的弹药
狂轰滥炸希望的血管
扶起白发老人,扶不起良心
纤弱儿童以刺盲的眼珠
看见,紫色的绝望的抒情

嘿! 大水淹没过的浮草里
爬出一只黑黝黝的蚂蚁

奔跑的油菜花

你的头颅在奔跑
每一次的奔跑
都让一座峰峦升起

你肩扛着太阳
于是,就有了浑黄炫目的色彩
你支撑着月亮
于是,一丝丝忧思随处飞扬

阔叶旋转着蝴蝶
像一个彩色的圆圈
根须延伸着泥土
隐藏得越深伤口越痛
越会开出更鲜艳的花朵

你呼啸而去
像一面飘扬的旗帜
每一次飞跃
都填补天空的每一道裂口

让它形成崭新的镜子

你每一片花瓣
都是一曲曲生命的舞蹈
在坠落中
经历雨声、火焰、剑光与辉煌

萤火虫

你就是前世那只萤火虫吗
像一百年前
我抱紧你一把满满的萤光
快抱不住了
就装进玻璃瓶
造一座永恒的月亮房
房里有一扇明亮的橱窗
窗里藏着你和我的秘密
就让我和你
守候一百年与更长的时光

来世你还是那只萤火虫吗
在那并不遥远的时候
我泪流满面的是萤光
我泣血千里的是萤光
打开我的胸腔
也跳动着一只万年闪光的萤火虫

因此
今生我只需要漫漫暗夜
一直拒绝太阳的光芒

伤　口

我用刀割着伤口
割着城堡,割着烈马
割着沉思和酒
疼痛,像一列集合的士兵
向伤口的深处出发
我的肉体就是一张床
微笑难以入睡
只能对酒当歌

我的鲜血就是一首诗
把月色写得更白更明
至此展开温柔
我的骨头就是一把锁
锁住铮铮阳光
把爱和坚强染得更红更透
我的心脏就是一杯茶
谁来品味
这道深不可测的伤口

四分五裂

我整个人都四分五裂
头颅站在云端里
嘴唇亲吻黄土地
双脚踏在湍急的水流中
在芭蕉叶的掌心里蠕动五指
在沸腾的火焰中流动血液
在汽笛的轰鸣中驶出身体

一个我是彩霞追不上的巨鹰
一个我是落菜叶逼过来的小鸡
一个我是呼啸森林的雄狮
一个我是戴着面具的狐狸
一个我是马背上的英雄之花
一个我是被玻璃囚禁的金鱼
这时代的围城如此难以逾越
无法重新集合自己,即便
一千次,一万次

我寻找比秋天还深的伤口
它是在肉体上呢,还是在心灵里
为什么像水一样不留一点点痕迹
找不到伤口就无法愈合
我就只能永远地四分五裂

绿色的月亮

谁用一枚银钩
钓住了溢满青草的草原
谁以一只金币

购买了昂贵的森林
谁在横笛的圆孔里
吹奏出百鸟齐飞的翅影
谁在飞箭的弯弓上
射中了蜂飞蝶舞的春风

绿色的月亮,我的月亮
你是一只轻衔绿叶的疲倦的小鸟吗
孵化着星星的鸟巢在等你回家吗
你是留有余香的一支玫瑰吗
是刚刚从枝头坠落的一只红苹果吗
你是情投意合的一个句号
是沉甸甸的一份承诺
是天空盛情发出的一张请帖……

绿色的月亮,我的月亮
我的一往情深的新娘
你身披绿纱,聚集绿意
绿得那么的意味深长
让我抱抱你吧,吻吻你吧
让我取出你身上源源不断的绿色
还给地球
还给生我养我的亲娘

此峰的一生

此峰
是微星的水月芽的泪
伸一伸指头
触摸无比的湛蓝
读透天空的深邃

别在胸襟上的野花
默默无言,盛开霞光的语言
是打开乡愁的钥匙
还是盛满爱情的酒碗
把一生的热血凝成冰冷的石头

打马山坡,我
与一位深色安静的女子蓦然相遇

一只手紧握记忆的火焰
一只手翻至历史的书页
她是一粒种子
植根于时光的脊梁上
光折叠成波浪,岁月的食饵
喂养着一尾巨石的鱼

星群掠过,太阳低垂
美女峰升起云的阶梯

雨中布袋山

雨中布袋山
是雨的囚徒,还是雨的儿子
瀑布溢满甜蜜的乳汁
树叶铺开柔软的地毯

雨水穿越竹林,穿越黎明
山是手绢,让谁轻轻一拧
就出来一大把波浪一大片云

山是倒悬的海
一座孤岛,一头野狼
——足缝间流满尖锐的血与泪

万籁俱寂,只有一种声音
在飞翔,在渗透,在倾诉
红豆杉的正楷,竹林的隶体
大笔书写寂静的激情

雨的项链挂在山的脖颈
雨的戒指戴上山的手指
山的头颅,大睁着雨亮晶晶的眼睛

神秘的布袋山空灵灵地飞旋
雨丝轻轻一点
就点出一片片蝴蝶与花瓣
就游来一只野鸭似的月亮
就绽放一个乳房般的初阳

知秋的诗

途径水峪村

河水穿过峡谷，村庄临水而居
村妇将裸露一个夏天的乳房用棉衣紧裹
撩起门帘，男人们赶着骡子，穿过村口的大树

河水穿过村庄，旧事压着一把锁，一把锁的锈迹
　　压着多余的苍老
空瘦落在院子病症者的脸上，椿树显得多余
枝条像一只避世的蚂蚁在缓慢迁移
如旧年的日历在忍受着别离被慢慢撕去
隐忍着冬季的萧索，找不到一条还乡之路

我带着南方潮湿的腥味，穿过城市、平原
在路过水峪村，将背负经年的包裹卸下
卸下藏匿在满身的数次不确定，高挂在一棵老
　　柿子树上
天很高，风自由地穿过，
一次旅程仿佛穿过一生

致

那是去年的夏天，在海边
柔软的沙，共和着那起伏的心跳
流淌在无边夜色里

在海边，潮声是大海的呼吸
你是一袭裙裾飘逸的女子，掏出内心一朵桃花

我听见你的呼吸，无奈而又弱小

这种呼吸在一处迎风的礁岬上被慢慢放大
于是我听到隐藏在大海深处的故事

如果我是一个牧海的人
每一朵浪花都蕴含着甜蜜
每一朵浪花都饱含着深情

带上你，放牧着灵魂，在这午夜无边的海上
赴约一场月光下的柔情

境　地

种一盘菖蒲吧，在书房
点燃一缕清香，搁置案头
沏一壶茶，手执书简
不求富贵，不求寸土
置淡泊与山林之中
留一溪清逸俊秀在身
置风尘之外

如果可以，我只冥想
大隐隐于市，小隐隐于野
甘愿和一卷书执手
缓慢老去，不言沧桑

如果可以，"我想做一株遗世的梅花
守着寂寞的年华
在老去的渡口
和某个归人
一起静看日落烟霞"

消失

我不知道自己将
消失在哪里
是在汹涌的海上逃避海燕的捕杀
还是在石头的缝隙间
和一群蚂蚁结伴去草原
或者回到巷子的
一块石板上
如果可能,我会抓住两只蝴蝶的翅膀
寻找一座消失的村庄
总有雨季为我守候
水珠滴落,台阶上传来
远方的回响

躲过三月

源于我的怯懦,拖着尚未痊愈的身体
靠在门闩开合之间
企图找到早些年储存在老屋的血液
通过一口井的深度
一栋破旧的老宅在重生的同时
躲过三月,躲过疼痛
释放劳顿,让自己的血液在一缸酒酿里升温

最终如一枚铁锚带着光的速度扎入深海
让它抵达底部那刻起
光线能折射到大海昏暗的底部

当我老了

十月的风
隔着一张黑瓦,堆砌着先人的符号

此刻,我回到老家
坐在门槛上,只为了查阅那些
缝补在
衣襟里无法掩饰的事物

我想,当我老了那一天

我和那些事物一样,遭遇开裂,破旧
无人问津,和寻求印记的古井一样
静在庭院一角
沏一壶茶,翻阅着自己

一瓣花的飘落

如果不是尽收一场阳光
或许不会如此清晰分辨出芦荡

疯长的大米草,滩涂上明显少了水流
我依然是那天被搁浅的鱼,仍保持着少了挪动

一瓣花的飘落,在仅有流淌的区域
制造了一场雨,漫过坝体
让一条鱼有了足够的理由,化为一枚铆钉

从此,船体与帆杆的连接处
不会再有缝隙
铆钉的目光穿透不可涉足的暗涌

在春暖花开的季节,风暴深沉之际
阳光继续涌入,洒在纹理清晰的船板上
色彩暗淡而饱满,竟会有那么一点感动

挹翠湖

刚强和坚定里渗透着的柔情
在一池湖水里慢慢铺展

挹翠湖,曾经经历过多少炮火的摧残
孤影茕立,又承受过多少孤寂的等待
让人牵肠挂肚
曾经的迷茫,撕心裂肺,饱经风霜
没有人会未卜先知
湖边石径最终会通向何处

如今,柔情和细腻无须再刻意地去掩饰
就算在即将暗下来的夜色下
湖面上水雾茫茫
总会有一束时光让我们遇见

扑出湖面,生翅飞翔
它会以最高生命的宁静呼吸着潮湿
会有一种在阳光下所能遇见到的更为真
实的惬意
让人沉浸在未曾遇见的状态里
慢慢游走

置　身

终于将自己置身于大海之中
翻腾的洋面不断吞噬着
七月的阳光

渔船、海鸥以及远处的岛屿
不断在加深着

恐惧在
当我完成一次次的远眺以后
掩面而泣

浑浊掺杂着腥味之下
我看不到海底深处的断裂
我努力将肉体紧紧贴在甲板上
用仅存在呼吸
聆听
潮流的走向
追寻前年和我一起
被困在礁石底部
那些卑微的生命

无法将我的黑夜接纳

已经习惯走出隔夜的独唱
一片飘浮的绿茶
吸纳着黑夜的疼痛

风沙还在耳边不断肆虐
爬行在字段上的蚂蚁
毫无反抗,透过镜片
它们无法行至更远

而我的村庄
继续在今夜无法将我的黑夜接纳

所有的遇见

四月,在海边淋着雨
寻找大海潮湿的大度、力度
将自己的疲劳,抛掷于浪花顶尖
来一个打拼之后的放空

当你的才华还无法撑得起你自己的时候
当雨淋湿肩膀
我所背负和在肩膀上成长的那些事物
我应该到达远处的岛屿

依然前往,海水是否不再混浊
所有的遇见,是否依然无怨无悔

继续往前,无法逃避的遇见
亲爱的,给我一个时间
让我重塑自己
一个背负着一座岛屿的自己
带着你在大海深处自由游荡
让所有躲藏在礁石暗处的贝类
为你呐喊

风吹过

暴雨过后,风一直在吹
吹落酷暑残存在屋檐上的余热

风一直在吹
尤其是在傍晚
尤其是在母亲关掉厨房的灯
风落在藤蔓顶端
然后慢慢滑落在井沿
在井沿和门槛之间
一个我努力寻找多年的影子
缓缓向我走来
他单纯、稚趣、无拘、直率

——哦，原来他曾经和儿时的我
一般无二

裂　缝

未知的不断在制造着距离
已知的破墙而出
与斑驳形成局部的场景

无所谓的简单，无所谓的深邃
在无休无止地向屋檐、石井延伸
构造出不同场景的断面

秋意在缓缓行进，我无法解释裂缝的病灶
再次回到老屋，面对着一个新的场景
长廊尽头的水缸，被几尾鱼撕开裂缝，裂隙
从水缸由内而外无法自控

我无法逃避，自己膝盖和手腕的裂缝
正顺着新的创伤证实着孤寂和麻木
被展示在枯萎的藤蔓面前
无数次拎起在藤架上被抖动着

或许我不在，一群蚂蚁将成为老屋的主人
它们不用再担心后日有风雨交加。
而我身上的裂缝还将不断延续

老屋有雨

很多时候，害怕会被忽略
却故作顽固，雨水不停地堕落
在青石板上击响悠长的音节
或喜悦、感伤、悲切、孤寂、惆怅
鸡冠花还如往年一样盛开
只不过今年少了蝴蝶的踪迹

害怕不再是一种孤寂最有力的借口
而是往往在回到老屋之后

让自己沉寂于另一种莫名的思绪之中
害怕小巷的卵石在续后会少了光泽
害怕斑朽的木门会在上锁
更多害怕当自己再一次回到老屋
早已无法安放自己写下的每段文字

深夜，被一种声音撕扯

深夜，伴着雨声
一种声音不停地在撕扯
如：荒芜的孤寂、哀伤的哭泣
骚动之前的挣扎
然后扭打在一起，陶罐遭殃
增加着破碎的倒塌，撕扯着黑暗的沉默

为爱？为情？
让雌性依恋雄性的眼神
还是雄性的得意洋洋
还是为了更好地满足，遇见春暖花开的不
安分
成为名副其实的交配的季节

裂隙与蚂蚁

透过光的尖锐，和浑浊内部的黑
不断在身体内部撕扯，撕扯成网状
缝隙越来越大，大过骨骼的面积

一群蚂蚁，立秋，通过一片泛黄的遮盖
不断在体内聚集
在仅有的空间不断储存着能量

一群蚂蚁，更懂得斑驳陆离的痛
一群蚂蚁，更能预知到空瘦的漫长

一群蚂蚁，不断在改变着裂隙的长度
一群蚂蚁，不断地坚守着自己的生存原则

龚 学 明 的 诗

两个我

我带着弗罗斯特的《林间空地》旅行
将一张车票夹在停读的那页

密集的城市
我在拥挤的嘀嗒声中穿行
向外的旅行,摆脱时针摆动的影子
自己舒适脚步,愉悦距离
在空地上打听鸟的风趣

我带着两个我生活
身体和灵魂互相安慰,又互相伤害
当我带着一本诗集行走
它们都表示满意
两个我,相携,放松

我将车票夹在两首诗之间
风景和隐喻都已读懂
唯有时间仍不肯停住
一次旅行得在新的旅行中
找回地址,获得辨认

鸡蛋的自我

一个又一个独立的个体
相隔相望,向内关注,强大的自我:
小宇宙中的爱恨情仇
以保护自己活下去为目标

坚强只是表面的,脆弱的性情

被矜持和冷漠覆盖;但时光的水无孔不在
不经意的放松,仅比针尖更细的一瞬
我们即被击溃;
灾难的石头或亲近的拳头
可以置生命于死地

你有没有这样的感受:
在母亲的腹内最温暖
在自己的家中最安全;
不要想得太多,谁都得与父母分离
远行
在慈爱不能顾及的地方
独自存在
快乐也好,茫然也罢
只是不应过多想着碎裂的
未来……

节制的夜晚

夜晚不会凭空而来
就像疲惫总在忙碌后出现

白天的雪豹在我的生活中出现
阳光灿烂,岩石有火的脾气
母羚羊爱长途跋涉,赶到神奇的
湖边产崽
(像诗人写下诗歌吗)
我被带进励志故事
以公羚羊的责任感,在远方守候

知识的光芒激情澎湃
冲刷着沉寂灵魂奔向意守的方向

必须有的夜晚用于冥思
将混杂着希望和机会的更多光线扎紧于口袋
尽量平息自我
既节制水中漏出的倒影
又节制沉默,犹豫,提防黑色将黑色染得
更黑

我夜晚的雪豹不忙什么
放下了爱
也放下了恨

生 日

怎样才能成为凶猛的雪豹?
帝王都是家传的吗?

闪电中的雪豹离闪电最近
从危岩的缝隙穿过
在无法测量的海拔和意志的高度
苍鹰和它都不说话
英雄惺惺相惜

平地上的人总陷于惊恐
长相超凡的男人目光炯炯
他爱抬头
"人总是要死的",这真是
一通百通

生日也是死日
向死而生的悬崖,居高临下,千年不变

后 果

忽发奇想:我试着晚起两个小时
将九点用作七点来过
然后按部就班,早饭后散步

时间不会晚起,时钟绑架作息规律
没有人为了自在而挣脱
我的异样感如此清晰而惊恐

世界多么静,一条河边锻炼的人群
在哪——
日近中午,已到获赐食物时

而河上的光线依旧幽暗
冬天的太阳没有送来一天中高潮的温暖
伸向河中的合欢树那么听话
一天天脱去叶子,放下欢欣呼应时间
它忽有疑惑:冬天的温度忽上忽下
有时比春天还叛逆

如果将中午当成早上怎么样
我体会到对抗的有趣一面
但我不能把握后果
恐惧的钟表在我的体内走动
不时敲打我的惯性

赶 路

雾在你的头脑中穿行
早起的恍惚,在清晰的模糊
和模糊的清晰中选择

"我不能强求别人,但我可以
保护自己",口罩的暧昧指向不明
是不幸者还是保护者,身份难定
但,有些将信将疑无关大事
穿着厚实棉衣的想法在深处
唯方向真实

善良的人总好幻想
甜蜜不在眼前,在虚拟的构建
左或右,爱突然走出内心
你看到的真实,差点引来地震
唯将自己的左手握住右手
不冷不热的中庸才是安全的

现在,更多的雾漫入大厅
向深处掘进的思维越积越多
像一支等待打开闸机的队伍
零乱而固执

你的太阳是母亲
在远方等你,延续珍惜

幻 想

到了冬天,幻想败露
不管是美好的,还是罪恶的

我走过一棵掉光叶子的水杉
没有叶子修饰的枝条由粗向细
在树干两侧排列对称
我突然想到江南河中常见的鳑鲏鱼
水杉是它放大的梦
只是已掉光了所有的叙述和努力
在失水的岸上
被标本一样竖着

选 择

屏上红绿不时闪烁
眼睛里倒影的湖泊声音喧哗
一排流动的拉杆箱急速行走
拉上的空间未知,有待发现

火车站大厅在涌动
乘客脸上的水有的镇静,有的犹豫
座椅与座椅心情各异
有持久相遇的厌烦,也有期待的喜悦

如果你没有持票
你有更多的选择:证明你浪漫,率性
敢于接受未知之物;
或者你是一个
没有主见者,犹豫,甚至懒散;
——但想超越

面临选择,更多痛苦
平静的人不愿轻易打破既有
我们持续以往,或预定未来
不再空想过多,费心耗时

情 状

房间是设定,灯的数量停于孤独
空荡荡的爱被白色浸染
声音虚无
万物忙于流动,像在摆脱
又若急于追赶

悬于墙上的照片止于微笑
习俗定格怀念
分手是一场没终点的马拉松
奔走的床没有方向
繁复的雕饰,有反复强调的
迟疑,更是精心掩藏的良言

而夜晚像收回的鸟声
沉静,广大的空,
是陷于对白天的追怀,继续疲劳
还是顺势,以静制静
越过窗帘的阻隔,从牵挂中
走入思念的现域
这一刻依旧没有摆脱
光的追赶,叮咛迅遭掩埋

边 界

雾是风的显身
是水离开出生,一只只眼睛
寻觅

倾斜并且固定
惊恐平息后,看星火明灭
烟在神秘中升起

残破不能确认
天色渐亮,河道上的声音
时人时神

边界向来模糊
从黑暗中走向清晰,肯定的

部分已经离去

我遇到礁石心生欢喜

不期而遇者,突出于平淡生活的
表面。凝重,人人都有本能畏惧
这不可回避的经历
而我,遇到礁石心生欢喜

水与水相拥,无声而柔软
岸上的脚步是寡欲者的轻语
只是风吹柳叶,扬花数朵
获准走上礁石的人脸有惊恐

坚硬的礁石胜过难啃的骨头
沉睡的人忽然醒来,一脸无辜
而凸起之物并不会都是礁石
喧闹的荣誉,掌声也似潮水

如果将思路转换
遇上礁石也是享受
"这么快,我还没看个够"
礁石隐没,忽然若有所失

这不是幻觉

我坐着。椅子
向后倒去……这不是真实的
有那么一瞬的幻觉:我并不惊恐。

电视里在播放
一个单薄的乡下女人有更为
简单的笑容:在复杂严厉的家庭
权威前。你是否感觉到一座大山
和一汪小溪的关系。如果是
祝贺你觉醒的不幸

这是真实的:我的椅子倒下去
生活空空荡荡,没有支撑
我知道这必然的过程
所以,我拒绝,也顺从。

源　头

那一瞬的疼痛突然强大
我知道是我忆起
一张再也见不到的亲切的
脸。

黑夜中,大部分失踪于遮蔽
我只能顺着经验摸索
河阻隔的音乐,那琴手
只可猜测

不似白天,我信步快行
婉转的旋律扑面而来
我否定了记忆的误判
走近现实,恍然大悟:源头
在弯腰摇首。

子非的诗

去西藏

我那么渴望去一次西藏,就像是去天堂
值得我用一生的时间去准备
用一生的苦难、孤独、执着做盘缠

我不愿草率地将身体搬运到雪山脚下
而要让雪山在那儿苦苦地等我
等到我举着头,也能在黑夜里行走
等到头发上有了骨头的硬度、纯粹、洁白
等到刀子流出的鲜血凝固成红色的锈
等到我们都瘦了,世界都小了
一座雪山,才有勇气接近另一座雪山

我决定,还要继续等下去
到灯红酒绿里去等
到血流成河的屠宰厂里去等
到被一个辉煌的词语杀死的一堆人里去等
到我自己的伤口里、影子里去等
如果我走不动了,就乘坐棺材
前往我的西藏,与一座雪山接头

河 流

他无数次来到河边,又无数次返回
一只竹篮,奔跑在龟裂的大地上
见过顺着流水远去的人
见过抓住芦苇,不想沉下去的人
见过累死在通往河边小路上的人
见过一边喝着河水,一边喊渴的人

他无数次来到河边,又无数次返回
身体里有了石头与石头的摩擦声
有了鱼腥味,有了流水的柔软
明亮、通透、孤独、蓝色的忧郁
有了面对时消时涨的勇气和忍耐
一条河流才会被另一条河流,真正容纳

上 善

善就是让天空有白云,也有乌云
有甘霖,也有冰雹、闪电
让一棵树,站着是一棵树
躺着是一抔土,其他的什么都不是
让流水,除了向下流淌
不会向任何一个方向流淌

让一只公马找到一只母马
让一部分角马渡过马拉河
另一部分被马拉河的鳄鱼吃掉
让鸟儿吃掉虫子,剩下一部分
让苍鹰吃掉鸟儿,也剩下一部分
让一只狗一生守着一个人
也让一个人一生守着一只狗

善,就是让一个人出生,也让他死亡
让他恶贯满盈,也让他悬崖勒马
让他粗糙暗黑的脸上,既流着眼泪
也挂着幸福的笑窝,让有的人
活着的时候选好棺材、墓地,也让有的人
死后四处寻找自己的棺材、墓地

骑木驴

她一定要被扒光衣服，一定要呻吟
让人分不清是痛苦，还是幸福
还要被游街，女人的目光如刀
男人的目光如钩，白晃晃的乳房高耸

行刑官不喜欢平淡，他需要高潮
比如要有人扔垃圾、咒骂、喊口号
要有红色的汁液，从女人的下体里流出来
实在不行，他就用荆条抽打女人，达到高潮

看客里有她的父母、儿女，一直在沉默
有少女，想通过她来认识自己的身体
有流着涎水而不举的老男人
有在房梁上交尾的花皮蛇

这时，天空一定要蓝，彻底地蓝
义无反顾地蓝，要有普照万物的阳光
要有云朵，白得纯粹的云朵
要有一只被阉割的狗，在春天的街口打盹

妖 精

在这个小城里，我偏安一隅
不种粮食，也不贩卖粮食
时常打开窗子，把南山放在自己的杯子里
然后一饮而尽，用它为自己壮胆

住在高楼上，一出门就是悬崖
离大地很远，离天空更远
把全城寻找一遍，再寻找一遍
我心怀太多的秘密，需要找到接头的人

敌人来了，我有好酒
自己人来了，我有猎枪
我在一本本书中认祖归宗，求他们收留
做不了他们的朋友，做敌人也好

有人出城，再也没有回来了

有人进城，再也没有回去了
医生在开处方，阴阳先生在叫魂
神药两治，众生都能殊途同归

每夜子时，南山上下来一只妖精
我们相爱、欢爱，饮鸩止渴
将世间颠倒的阴阳再次颠倒，事实上
我已无阳魄，注定被始乱终弃

好 人

安静一点，一定要用这具皮囊摁住
跳跃的心脏，奔跑的血液
摁住自己的尾椎骨，也要摁住翘起的头发
将它们梳理、打磨，油光可鉴
直到他自己也找不到身体上的那只马脚

行走的时候，绕过一个在墙角酣睡的乞丐
落叶的尸骨，不要踩出骨折的声音
也要绕过河流、石头、悬崖、水塘
绕过一个将苹果里的虫子咬掉一半的人
绕过一边学羊叫，一边把刀子刺向羊的人

他真是一个好人，传唱着每一个人的美名
时常用刀划破身体，喝自己的鲜血
淹死体内的自己，重新培养一颗红色的心脏
他喜欢塑造神像，喜欢穿制服的人
也喜欢在红日东升时，练习发声

花朵开放得很奢侈、春雨抛洒得很浪费
这是一个在鬼的身上寻找自信的世界
他活得多么安静，脸上涂满了圣人的慈祥
他从我们身边走过，就像没有走过
我们与他的距离，就是人间与地狱的距离

把时间调快十分钟

以前，我喜欢把时间调快十分钟
以为这样，就能率先爱上一个人
就能率先知道一场雨的来或不来
就能像一只早起的虫子，不被早起的鸟吃掉

就能无限预支未来,早一天破茧
就能率先抵达远方,躲过命运的追杀
就能从人群里跑出来,成为一个人

无数个十分钟里,我提前获得了苍老
获得了更多沉重、孤独。冰凉的梦里
我有时是一朵野花,还没有开放就凋谢了
有时是一把提前生锈的刀子,既不能
选择杀人,也不能选择自杀
大部分时间,我在拔自己墓地周围的荒草
给自己镌刻碑文,速度越来越快
可坟墓还是提前坍塌,碑文还是提前磨灭

卖刀的人

卖刀的人站在秋风里,用大拇指拨刀刃
就像在弹奏一件乐器,他懂得
如何让肉体全身而退,毫发不损
他拔出体内的刀,让它们削铁如泥
让它们互砍,重新找到主人

秋风萧瑟,街口空旷
饥饿的刀影在飞舞,要将他赶尽杀绝
翠楼上,暗中的人工于辞章、品茗,以笔为刀
小翠会吟诗、叫床,白色的裙子里
暗藏着的内裤,蛇信般红艳

只有鲜血能给一把刀涂上锈迹
也只有鲜血,能唤醒一把沉睡的刀
他一手提着刀,一手提着自己的影子
旁边的一棵树,大气都不敢出
只是象征性地落下几片叶子,静悄悄的

不中用的人

我不敢看站街女裸露的胸脯、大腿
四下无人,一个屁也要分几次放完
会场上,选择坐在最偏僻的角落
广场上,站在连自己都找不到的地方

我住小小的房子,走小小的步子

说小小的话语,买小小的墓地
能站在大人物的角度,原谅大人物
不能站在小人物的角度,原谅自己

我只敢吃着碗里,不敢看着锅里
不敢把自己藏在身体里,或者心里
我见佛就拜,见庙就烧香
两只手握在一起,就找到了亲人或敌人

我们都是不中用的人,懒于打扫
头顶的灰尘,不敢在阳光里收集箭矢
我们呼叫出一把把刀子,它们
也终将反射回来,将我们自己杀死

没有人能看到我

我渴望,像一片落叶
安静地落在另一片上,像一线水流
轻轻地流过青石板,像一条小路
蹦蹦跳跳地走在河边的草地上

我多么渴望,自己是一个摆渡人
一生只度自己,站在河中央
就是下流的高度,上流的底线
我将搭屋而居,守候一个永不回头的女人
再决绝的流水,有时也会回流一段距离

此刻,窗外下着雨,我打开自己的诗集
用一支笔,像牙签一样
剔出一些霉斑、锋利、疼痛、冰冷的词语
放在自己的胸口焐热,再放回去
这本书就透明起来,没有人能看到我

湿漉漉的

下雨的傍晚,我路过一个酒吧
男人女人用湿漉漉的身体,呵护一簇跳动的
　火苗

路过商店,老板娘臃肿的身体卡在一把藤椅里
她的瘦男人正在给商品标价,空气湿漉漉的

路过图书馆,人们在书本里寻找刀子
在史书上寻找自己的名字,眼镜也是湿漉漉的

路过广场,美女雕塑得乳房被人摸得溜光
雨水在上面频频打滑,湿漉漉的

路过警察局,罪犯敞开多毛的胸膛
警察正在帮他寻找罪行,他的眼睛湿漉漉的

路过垃圾池,一个男人正从一堆垃圾里
找出一只粉红色的丁字裤,他的裤裆里湿漉
　漉的

路过路口,一个人的血迹早被雨水冲刷掉了
路面上只留下一颗假牙,看到的人湿漉漉的

公交车站台上,红色的标语滴着血水
安静地等着我,就像在等待一个获奖者

女人和狗

世界都挪动了位置,只剩下一个女人
还站在原地,所有的事物都背叛了自己
只剩下一只狗,在执行上帝的遗诏

女人和狗,抚摸着彼此的温顺与暗伤
温暖着彼此的悲凉,填充着彼此的虚无
互证着彼此的存在,或不存在

她们沿河行走,河水不涨不消
她们在槐树下乘凉,彼此的距离不远不近
她们在黑暗中呼叫对方,声音不紧不慢

女人时常抱着狗,抱着一把明晃晃的刀子

粮食和蔬菜,加重了她的锈迹
她只能抱着自己,哄自己睡觉

爱或存在

1

我们并排躺在一起,让今日的阳光
清扫昨夜的战场,昨夜呵
我们在对方的领地里,与自己作战
这么多年了,胜负未分

2

墙角里,适合埋伏蛛网
等待那些试图飞起来的事物
也适合熄灭棱角的尖锐
那靠近阳光的地方,原来如此黑暗

3

墙上的照片里,一对男女
微笑复制微笑,互相吸食着彼此的毒液
身后的大海,暗流涌动
你我默不作声,正隔岸观火

4

台灯的旁边,是一块手表
没有光,它依然跌跌撞撞地行走
衣柜敞开肚子,悬挂着一张张风干的兽皮
对于世界,它掌握了全部的伪证

5

被子隆起,如两座心心相惜的坟堆
在互相祭拜。这座色彩斑斓的祭坛上
出生与死亡对饮。远去的是河流
留下来的,只能是一个仰躺的姿势

古 韵 新 唱 (组诗)

◉骆寒超

千里暮云平

穿出峡谷,也终于告别
苔痕斑驳的
孤岩,和孤岩上
清猿的哀啼了
这忽儿,他竟惊异于
亮丽的远眺
呵,这千里暮云
平展得
如同晓天霜角那般辽远啊
乃催动狂旺的
汗血马,向旷原尽头
那海
那灯塔
探求新的征程

风雪夜归人

寒烟使平林漠漠了
苍山,也更迢遥了
这时,故园的柴门
半开着
思念的灯
也亮着
而红泥小火炉上
还温有新酿的酒呢
是等待风雪中
游子夜归吗
可远寺的晚钟沉寂了
巷里,狗也吠倦了

归人却把脚印
留在
村口的雪地
又走向荒野

边秋-雁声

黄羊的归蹄已没入
黄尘深处
牵驼人在用驼铃
诉说着
雅丹千古的寂寞
而蒲菖海上,渔舟
也该已泊在
白草丛生的岬角吧
这时,无边的漠天
竟滴下几颗
暗蓝的
大雁唳声
溅开边秋的叹息了
你,乃在衰老的阳光里
拣起胡杨梢头
第一片落叶……

大江日夜流

护城河的胭脂水
溶入丝竹声
汇进大江了
而北海边的白草
还记着"携手上河梁……"
那一曲离歌呢

而黄鹤楼头,月光
还记着
"乡关何处"的喟叹呢
这些也全都
汇进大江了
呵,岁月的大江
日夜流
把一切都流得迢遥了……
——只有心儿里
那记忆
没流走

胡马嘶北风

系在古榕树下的
你,猛听到
北风里的雁唳
顿生惆怅吗
呵,边城梦也似
荡在心头了
乃记起悲笳声中
中箭的
战士
倒在砂碛里
记起残堡
火光的呐喊
记起白草丛中惊溅出
一串大雁血染的
唳声
全让北风
传遍荒漠了……
于是,你竖起鬃毛
向北天发一长嘶
正冷月中天

越鸟巢南枝

三月边草
还如碧丝般细细的
可浣纱溪边
桃花盛开了

新月正照在
绿藤缘窗的小楼吧
有人在阶前
怅望梧桐枝头
空空的旧巢吧
于是,羁留燕山的越鸟
筑新巢于
南枝了
让思念从这儿
长亭短亭地走去
会看到苎萝夜雨里
灯下白头人
在听檐滴
诉说北地的飞雪呢
这一夜
新巢孕满了旧愁……

云外一声鸡

梦醒,昨夜星辰里
昨夜的风
已吹走骑麋鹿的你
这忽儿,山雾使野径
游丝般飘忽得
没法儿再寻你
出林的鸟儿竟撞在
断崖上
传来扑翅的哀鸣
而深山何处钟
也成远海的航标灯
缥缈在
无边的白夜里了……
呵,云深
不知处
却忽地传来云外
一声鸡啼
迷蒙中啼出一片
超验新境
——茅屋,柴扉
迎上来竟是麋鹿和你

月涌大江流

当如练的静水映出
素娥的面影
大江奔腾了
碧海青天的那颗
夜夜心
也随激流而汹涌起来
这世界乃有波光
激滟出
月色溶溶的皎洁
这境界是在
艳丽着天地间的大荒吗
于是,江月的柳岸
我乃拨动了夜弦
赞美你
月涌
大江流
一场爱恋持续地奔进啊
那音响
是荷露般流转的

鸡声茅店月

是祖逖五更起舞时
用干将
捅破晓梦吗
是月照大漠似雪中
悲笳声
惊回小楼昨夜的
迷魂吗
你的路乃从床下草虫鸣声里
醒出来了
这是以茅檐下
闪闪的马灯光
以马嚼夜草发出的
重浊喘息
铺就的又一段新路啊
而微明的东天
已传来冰川雪谷的呼唤

那就告别吧:鸡声
残月斜照的
茅店——
人生道上又一个小站

人迹板桥霜

这一条横跨峡谷的板桥
是中断的山路
披浓霜而延伸的
希望吗
早行的探求者乃感奋着了
那就让料峭风
作出山穷水尽的阔笑
让一片小小檞叶
从身边滑入深渊吧
你的移行
是云岛般镇定的
你的跨步
是锤击般坚实的
这一切
都为了能继续盘山而上啊
就这样,你
终于对峡谷,湍流
完成壮美的飞跃
啊,身后是人迹
浓霜,板桥

一枝月黄昏

当年华随砧杵溅起的
微波远去
我乃有一枝寂寞
黄昏在
弦月的清辉里
这会是荻苇岸边的梅痕
清浅着
荇藻的枫溪吗
年少的暗香
梦也似浮动了……

海日生残夜

引起你回忆的
会是那一痕
云海间苍茫的残月吧
而一个甲子的
残月意绪
也已成一场
天涯孤舟何处泊岸的
惦念呢

可谁能料得
当生命的尾声
也已嘶哑时
东方无边的白浪上
竟出现一束
轰响的光辉——
新阳，震亮希望的远瞩了
你乃有海日
生残夜
灵的确信

乡愁的方向（组诗）

◉ 邢海珍

黄河路

诗人说黄河之水天上来
水没到，一个名字落在这条街上
黄河路一时涛声四起、水光潋滟

地平线
在一座小城串起朝日和夕阳
南北走向，是天南地北的襟怀
贯通数十里故土
驰骋的山河就在我的门前

拂却红尘
打开一个喧嚣的天地
车流和人声、时光和速度
一次次唤醒我
在哈尔滨和松花江之北
有二百里春风一路扑面
直指遥不可及的乡愁的方向

黄河路
望断天涯，望不断那条远方的河流
一忽间残秋已去，心中的大雪
正堆积往事茫茫，或沉沙无限
在古老的水声中收集柳絮杨花
浮生是浪，花若鸥鸟
梦入黄河，然后排遣昨日的相思

夜静更深的故乡
一条黄河去了，只留下路
在这个宁静的小城

亲人们渐次走散，但风景尚在
前世今生亮起灯盏
黄河路醒着还是难以释怀
我自沉默无言

穆加贝老人

非洲的黄昏，一枚落日在远方冉冉下沉
历史一愣神儿，在此稍稍停顿了一下
你叹息一声，终于在桌前坐下来
津巴布韦平静的灯光照亮你的高龄

九十三岁，你是老人，穆加贝老人
历时三十七个春秋，现在你不是总统了
国务劳碌，心事繁忙，你毕竟老了
该回到安宁的风景里，好好歇一歇

或许你有好多要说的话，其实不说也罢
风云在天空流逝，没有那么多时间了
你和你的国家都该快些坐下来
及时整理一下自己的心事以及表情

国父的光环，一道多么靓丽的风景
你的继任者称你是父亲和导师
荣光和花朵，装点了黯然神伤的黄昏

岁月之河滔滔，淘洗多少英雄好汉
前方，津巴布韦的春天景色宜人
平静地微笑着走过去吧，穆加贝老人

朝着冬天的深处望去

一个冬天站起来
我呼吸它满身的凉气
白雪着寒衣　用天然水晶把河流包起来
对这个世界说一句
我深爱你的季节

我用手拨开凛冽的风声
然后用心朝着冬天的深处望去
月色颤抖着时令的表情
历史和时代的抒情有了硬度
莫不是蓝天下诗歌睡眠的身体
正在醒来
唇齿接近温暖的地平线
在望不见的地方
一个冬天衔着自己发芽的问号

闪　电

想起它了
是在遥远的夜晚一闪而逝
如今已是冬天
我坐在一个平静的夜晚看着夜空
光的叹息
在心底留一道记忆的划痕

退路之外是茫茫前程
冬天的雪地上
我看不清一路脚印的去向
就像闪电丢失在往昔
纪念其实也无路可走

北河套

那是心灵暗淡的远方
北河套是一个风雪交加的名字

一地大雪，漫天阴郁
母亲的青春岁月在一条路上跋涉
身后是几个年龄尚小的孩子

挥动镰刀
割下稀疏而贫寒的荒草
把慌乱的鞋印留给夜晚
一缕火光
悄悄照亮我记忆的额头
母亲不再年轻的背影走远了
北河套
那是我梦中游走的地方

我写下这三个字，北河套
便看见母亲的名字从这里经过
北河套
是生命途中泪流满面的地方

老　者

我以这个世界上苍老的声音
告诉你们
时光铺开的一条路上
你们都是老者，或迟或早
树叶凋零，秋天的脚步越来越近
枝上缠满凄然的冷风

但你不必惊慌也不必失落
你的秋天必然是一个深邃的季节
看不见大地的皱纹深处
有许多哲学的种子栖息
你幸福的根可以扎下来

你要知道
将来你必是一个慈祥的老者
而今日里
就该气定神闲地去看大地和苍天

别处的意义（组诗）

◉ 詹明欧

别处的意义

对于黄昏者来说，
已经失效，但并非
全部如此。
一双老花眼睛，也许
能将远处的风景看得更清。

多年的爱与恨，砌入墙壁，
黑洞里，藏着青春的梦。
如今，拔出了这枚
表面不再平整锈蚀的钉子。
那独眼的洞孔，
对于整体是一种缺陷。

海水囚禁在瓶中，
等于把涌动的声音抹平，等于消音。
出发，不是别处风景在召唤，
是内心下达了无可抵抗的指令。

远方迷人的景象，
不再晃动于失神的眼睛，
支托于手与下巴的连接处。
而是码头落进了傍晚的海洋，
一个帝国巨大的身影，
正在生成无数把金黄的钥匙。

变

要是能像孙悟空挥舞金箍棒，
一个筋斗十万八千里，
捉妖，大闹天宫。
我就把干燥的梦想，用香烟点燃，
直至燃起一场通红的大火，
照亮大半个人生。

一切尚不具备，只能独自阴郁，
像一块湿湿的抹布，
洗尽饭后肮脏的碗筷。
像蜗牛一样慢慢爬行，
慢到静止在一张椅子上，
几个小时不改变姿势。
就像今夜，慢慢躺倒床上，
慢慢放下蚊帐，
沉思中解开自身的衣衫。

道路变了

宽阔的嘉木路，夜里无人行走，
车子可以开到100码。
自从开设了夜市，一下子变得拥挤。
一个个摊位，罩着白色尼龙薄膜，
远远看去，像一座座临时搭建的灵堂。

今晚，一青年残疾歌手，
两膝着地，从灵堂过道里穿过，
悲伤的歌声穿过人们心头。
一曲歌罢，只见行人和摊主，
纷纷朝他挂在前胸的
红色塑料桶里扔钱。

我显然被感染，也停下车子，
掏出一百元钱，想了想，

最后摸出一张二十元的给了他。
他头也没朝我看一眼，
连说声谢谢也没有，
我心里顿时咯噔了一下。

他迅速掏出一支烟叼在嘴上，
扬头看着黑色的前方，说了句：
我操，我两次来这里都下雨。
我心头一惊，他刚才所唱的歌，
仿佛一下子黑掉了。

我转念一想，乞讨者难道都要，
一副弯腰打躬作揖的模样，
凄楚动人，捐者才心安理得？
就不可以抽烟，就不可以说着
那句已经变得很中性词汇的我操？
我操，大地变了，道路变了。

在名人面前

在名人面前，我得小心翼翼，
沉默中倾听，不轻易发言。
不敢把作品拿出来请他批评，
不想自取其辱。

我坐在名人家的红木沙发上，
他把擦过嘴脸的餐巾纸，
扔向垃圾桶，却扔到了我的脚边。
如果我的作品放在他面前，
命运比这团纸好不了多少。

我跟他走在大路上，
他把一口痰，吐在脚下的路旁。
我怀疑的目光，
落在他依旧谈笑的脸上。
突然，一种厌恶的情绪，
像阳光下的乌云，掠过我心头。

春天快要来临，
迎春花爆出米粒的新芽，

杜英与香樟树，落叶纷纷。
我踩在树叶上，
像踩在帝国崩溃后废墟上。

黑夜中浮动的暗影

因为股票狂跌，心情跌到了深渊，
阵风中，唰唰飘落的香樟叶，
很好描述了此刻内心混乱的状态。
何以解忧，唯有喝酒，
坐到公园凉亭的木椅上，
啪的一声，打开青岛易拉罐啤酒，
好像打开了另一扇门。

内心慢慢燃烧起来，
右手狠命扇了自己左右两记耳光。
深感孤独，又需要孤独时，
一老妇人提着蛇皮袋，
坐到离我不远处的一块石头上。

公园里零星的路灯亮了起来，
如昏蒙的眼睛。
远处的游人大多已散去，
老妇人仍然低头坐在那里，
偶尔朝我看上几眼，
她是否担忧我跳入凉亭外的池塘？

我喝完六罐啤酒，
掸掉衣服上花生碎壳，预备起身离开。
老妇人摇摇摆摆地向我走来，
她是向我乞讨，
还是想占用我的位置休息一下？

原来，她是要捡那六个空罐子，
捡那加起来不到一块钱的易拉罐。
我给了她十元钱，
她连声说，好人，好人。
我给了股市那么多钱，
听到过一句安慰的话语了吗？

此时，我身上唯一的筹码，
就是黑夜中老妇人浮动的暗影。
就像前面两块不同的石头，
在冷夜里，彼此靠得更紧，
周围的万物，全部被黑夜所蒙羞。

庙里喝茶

把酒杯放一放，把茶杯端起来，
用小盅慢品，
不闻香，不去识得女人。
识得窗外晨雾，
从竹林间像炊烟般升起，

雨水熄灭了蝉鸣，
狗吠拓展了寂静的深度。
具有回音性质的肃穆钟声，
掐灭了刚刚冒出来的喝酒的念头，
念头也是一种罪恶。
喝茶吧，喝茶，喝出苦味清香，
喝出庙里寂静的光阴。

记一个人

他心智健康，
有足够的资格、定力，
拒绝媚俗，向平庸宣战。
在权贵聚会的酒桌上，
他向他们敬酒时深深弯下了腰。

众人眼里的高傲者，
事实上，也是个平庸者。

在这众生喧哗，
价值观混乱的时代，
没人会搭理一个不肯屈就的人。
一根禁闭室里的潮湿火柴，
引不燃一场大火。

二颗门牙掉落

我羞愧于门牙掉落时
暴露的缺口，
正面对着与我玩着游戏的孩子。
这首当其冲的漏洞，
一下子使我的面目变得可憎。

我连忙用手掩住嘴巴不再说话。
像玉米粒整齐排列的牙齿，
突然失去两位依靠的兄弟，
犹如一段罪行被揭发，
一段不幸的家世被曝光。

两片嘴唇大门关不住外漏的气息，
发音都有些明显走样。
这一小部分的黑，
仿佛就是黑暗的中心，
人生从此有了一个空洞。

作为一个不幸的象征，
在我内心造成了些许迷惘恐慌，
整个夜晚有了不敢面对他人的羞耻。
这小小细节的伤害，
胜过拳打脚踢的疼痛。

张店镇_(组诗)

●詹黎平

发 小

再次遇见他
是在光阴的后半段
他蹲在路边,与面前待售的蔬菜为伴
一张松树脸
像冬天的树枝一样虬曲清冷

时光的前半段
我在城郊的农民房遇见过他
那时他仍是集体捕捞队的一名工人
常年在千岛湖上漂流捕鱼
烈日下,几十名工人分散排站在数条小船上
慢慢缩小包围圈……
起网:银光闪闪,数万斤鲢鳙鱼跳得可欢
——我见过一幅名为"狂欢"的巨网捕鱼摄影
照片
他乌黑但青春的脸上闪烁着神一样的欢乐之光

时间使一切都归于沉寂
至少有二十多年未见过的发小
像一条鲢鱼又从记忆中被打捞上来
我有理由相信
刚刚遇见的就是时光本人

木脚桥

故乡的小溪上有一座木脚桥
小时我们常在桥上经过

不光脚是木头的

桥面也是木头的
每个桥桩和桥面都用铁链拴着
以防洪水来时不被冲走

他木讷得像块木头
我们取笑他是木桥礅子
木桥礅子插在故乡的溪水里
物尽所用
但时光如流水潺潺
洪水逼退了时代汹涌的浪潮
上岸的木桥礅子再也找不到呆在故乡的理由

从此
面目皆非

刘丽梅

我想写一写刘丽梅
这一个和那一个
叫刘丽梅
或者不叫刘丽梅的女人
她已活过了二十一世纪的前十五载
进入人生的中年
她风韵犹存,徐娘半老
做着卖菜,补鞋,推销保险的杂活营生
偶尔也跟男人玩玩暧昧
她是大街上随处可见的泡桐
秋风一来就落叶满地
她是路边的野花
自生自灭
她是家门前的垫脚石
努力垫高儿女的梦想

她是手心里溢出指缝的细沙
是石头丢进水中一圈圈荡漾的涟漪
她是口香糖
是廉价口红和香水
是被树枝不小心钩破的长袜
性感，让人想入非非
她是家长里短流言蜚语的消费者
长舌妇
如此普通
隐藏在生活里
仿佛是生活本身
哦，刘丽梅
年轻时我甚至追过她，
满大街都有我们一起轧马路的身影
但最后跟她结婚的却不是我
我想写一写刘丽梅
这个不时被老公挟在腋下倒拖回家的女人
是我迷茫岁月沉默孤独的精神寄托
刘丽梅
她不是一个人
她是无数个
苦难
但内心坚强不屈的
中国女人

唱　歌

在春天我们学会了唱歌
但不是歌唱
酒后，我，刘丽梅等一帮人去Ｋ厅
刘丽梅唱了一曲："我爱你，塞北的雪"
唱得认真投入……
雪，那是冬天的事物
刘丽梅为什么喜欢唱冬天
其实，我们都没去过什么塞北
一辈子呆在江南
可刘丽梅最爱唱"我爱你，塞北的雪"
从没有听她说起过
理想是什么
唱着唱着我仿佛真的看见
雪从她的眼眶里飘下来

飘下来
晶莹闪亮

得闲片刻偶感

只有此时
我才能顾及那些被我忽略的无用事物
我才能感受那些消逝的时光属于自己
我抬起深埋在尘世里的头颅
看看蓝天，和
移动在蓝天上的白云
这些古老的东西仍新鲜如初
我听到风穿过树梢
叶子发出犁铧般的响声
仿佛神路过留下痕迹
而这些在平时总是忽略不见的
它们既真实存在又虚无缥缈
就像人生中我所经历的爱与忧伤
在一个偶尔得闲的片刻
从身体内部沉渣泛起……

一千多年的鹅卵石街路

岁月风化
一千多年的古镇萎缩成数百年
那些木门老屋、那些青砖黑瓦、那些酒幡叫卖
那些春江花月夜，都被一一吹散
城已破，但路还在
楼已空，但铺路的鹅卵石没空
那条被马蹄马车踏过一千多年的路啊
鹅卵石们仍在地上排列整齐
等待你我的脚步从石子上踩过去
就像从古人的肩膀上走过一样

邮　局

一栋老屋的门洞里
有人在贩卖高山石莲豆腐
我们一人要了一碗趁凉喝下去

生意显然萧条

烈日高照
街上行人无几
我们散漫地站在老屋门洞口
不小心掉入仿古的陷阱

据说,百年前这里曾是邮局
一间厢房的木门上
镶嵌着两个三角形标志
仿佛接头暗号
连接着前朝与今世

赌艺坊

硕大的赌字仍贴在墙上
给某个年代作背景

一张长条形赌桌
空空如也

押注开宝的吆喝声
如潮水般退进岁月深处

数百年前
亢奋的赌徒曾在此历经命运沉浮

如今我走进赌艺坊
只为一睹当年赌场的盛况

发现平静中仍有
惊心动魄

小姐闺房

导游指点
说这里就是小姐闺房
男人到此须止步
当然,谁也不会真的在此止步
甚至脚步还会迈得更大些
仿佛谁落后谁就无缘一睹小姐的绝世风采
但其实,除了空气
除了无形的时间

往昔里,哪有什么小姐
进去后出来
总有失落与怅惘浮现在脸上
好像我们都生不逢时一样……

张店镇

大约七十年前
这里发生过一场战事
——张家店战役
国军一个旅被全歼于此

有一位老伯年近八十
在老伯绵延一生的梦里
经常出现这样的情景
七岁的他躲在屋门紧闭黑漆漆的炕床底下
等四周寂静了许久
才敢爬出来

透过窗棂他偷偷向外张望
月光下,几条饿狗
在扒拉撕扯堆成堆的官兵尸体

后来这里还下过一阵雨
雨水使血流成河

老伯一辈子未敢离开张店镇一步

唯有时间最不可靠

唯有时间最不可靠
它东倒西歪,转瞬即逝,站停不住
风永远吹刮着它
即便我们有记忆这把利刃
也无法藏住岁月
未几时,一切都变得不可辨认
人是物非
一代人走了
又一代人崛起
从没有人做到独立于时光

每个人都有回不去的故乡（组诗）

◉ 蒋 蓝

故乡的女人侧卧乌云

逆光下的午睡
故乡的女人侧卧乌云
将往事紧抱胸前
她的腰后是一马平川的果林

一条从她梦里路过的花蛇
受无意识的动作而惊吓
将她的果汁流成火焰
像糖，定要嫁给白盐

故乡的女人用给我擦过脚的长发
绞缠蛇路
蛇回到梦田
为乌云镶出金边

一个纯美的年代
总以没有面庞的举止
以肩和背接纳缓慢和清凉
酿成了远去的一脉青山

十万只马蹄

就像螃蟹落入深井那样
回到故乡
因每次入水的方位不同
故能获得观天的角度

那是用盐铺就的道路
十万只马蹄把石灰岩磨成白盐的道路

清晨一场雨雪摊开灿烂的马皮
卷走了盐的女儿

一个人以肚腹行走的岁月
在于当我仰望星云时
我还是一把
不断收拢的卷尺

盐锅里的鱼

龙门一跃的呼啸
鲤鱼落入大平锅，吹皱一池秋波
卤水的泡沫推宽了长方形天际
鱼再也打不开鳃的手风琴

鱼渴望回溯到低微的生活
暴跳的波浪不断撕扯鱼的腰线
即将失明的时刻
长方形的星空凑然凝冻

鱼用长尾拍打钢板，阿里巴巴，阿拉巴巴
鱼看见自己骨头上的盐霜
就像锅边舞蹈的美女
回头无岸，就变成了盐柱，或盐肉

头撞南墙的鱼
把一架完整的鱼骨锲入钢板
热浪巅峰之上
鱼吐出比白盐更为灿烂的银鳞

多年以来，我经常与这条釜底游鱼遭遇
它在钢板里举起坚韧的刺

让我的未来如鲠在喉
我的全部所为，其实是一根鱼刺的穿凿

窥豹的过程

这不同于我咬住竹管潜伏水下偷窥
上面的大人物
用竹管插进天空
是竹管拉长了三星堆人的眼睛
他们就像凶猛的萨德爵士
把骨血与矿石捣碎
熔融为火力

一根竹管在寻找不曾留驻的豹子
竹管就为万物烙下了豹的封印
天空铺满了粉红色的盐和铜钱
豺狼必与绵羊同居
豹子必与山羊同卧
景致足以让摇晃的竹管歪打正着
豹子打开的火红的祖国

窥豹的人是心中无豹者
所以渴望穿越
心头长满竹子的人
偶尔也会捡起一根吹火筒
为了找到豹子的牙齿
他们调转枪口
对准我的脐下三寸

字库塔

一场躲在银杏叶的雨
终被死鸟的弧线摇落
字库塔竟然泛出烧造的香味
在细雨中以蓝烟谋求上路
偶尔飞起的灰烬
字被带走，纸成为天空的补丁

字库塔比背景中的烽火台
更具自卫技术

一根穿透乌云的发簪
划纸之声盖过撕裂绸子的玉光
笑声是蜀蚕的礼仪
纸上之字瘦如带火的燕

书写者毕生的努力
不过是渴望泊近烛火
让思想发出烟味
那只飞蛾举起缎子的羽翅
埋首于火焰咀嚼的褶皱
在雨中，酿成了我的墨

乱飞的花和乳房

蔗林的手指总被
火车的呼啸钉穿
轨道凝满了糖霜
在一个深夜
在我学童时代的梦中
铁路被蔗林的长发软化为鞍
我骑上双脊马
吃着糖，去看海

我在日益变暗
舞蹈的蔗林是腰线的大学
火车在一根甘蔗里
从头至尾地哭泣
裙子反飞
就像预谋的出轨
但剁开无数的牲畜和卧轨者后
哐当声里就有了破响

城市的强光削低了甘蔗
让甜和星光退到了根部
今夜我顺铁路而行
一对情侣置身于忧伤的汽笛
像被解除武装的偷渡者
他们双手抱头
忘记了
乱飞的花和乳房

浉溪画梦录（组诗）

●温　青

可燃梦

在幽远的梦境深处
有细小的泥蜂筑巢
巢穴盘于睡梦人的指头
那是一枚不断孕育着生命的戒指
因为一次莫名的悸动
睡梦人蜷缩双手

一种细不可闻的声音撕裂了泥蜂的家园
瞬间爆起的尘雾
让一只硕大而羸弱的母蜂抬头
暴露了所有秘密的生命即将终结
她尚未热起来的血液
带动幽暗的火焰四散奔流

无边无际的桑麻从根部生出殷红
睡梦人猛醒于惊悚
他的恐惧，刹那间铺天盖地
以慌乱的双手拍打、扑救
此时，毁灭不可回头
那纯粹的火焰，已经开始成熟
一个暗淡的世界即将结束

回环梦

让他在梦里忽老忽幼
并远离他的青春年少
这是一个梦中人
在河边独自苍老

河中央的彩纸船
长出绯红的花朵
守望者有一双灵巧的手
把浪花栽进丛生的草

泥土生出一千个梦
它们成群结队
一边梦想洗去尘埃
一边跟随草根过河

一个师者带领游鱼读书

从贤山搬下石头
一个发髻松散的师者正襟危坐
他用一百年的光景
教会一河游鱼读书

水是一直清澈着
让垂钓者也看到了愿者上钩
六百年不腐的流水
把师者的命运带往浉溪的下游

游鱼早已开始哺育诗文
包括你正读着的这个文章

把童年的村庄搬到浉河

十三年了
我搬来了村头的那棵老柳树
在我须发将白的年龄
它也可以装扮爷爷奶奶了
浉河是它走走停停的葫芦沟

把童年的村庄搬到浉河需要多久
我就能活多久
从内心出逃的人
踏上的是一段生死轮回的漫漫长路

在流淌中停下的还是石头

山在南
石头下来时风已暗自躲走
这是赶山用的溪流
洗掉滚动的行色
在流淌中停下的还是石头

它们丢掉了一些棱角
与流水少了些许冲突
因停顿而激起委曲求全的涟漪
每一道波纹里
都伸出一只攥着山魂的手

石头永远记得自己是山
溪水从来不会想到回首

为一条河流布置梦境

近在我的中年,远在你的天边
坐拥群山的浉河
我为你布置的梦境与逃亡有关

人间所有的水都陆续被捉拿归案
你必须跨出城市的藩篱
后半生才能颐养天年

我耗资百万在岸边结下茅庐
只为与你紧密相连
在芸芸众生的夹缝里

还有多少与你互通有无的睡眠

与你一起漫游的出逃
不养涸辙之鱼,便会别有洞天

扎根于河床的梦魇

不能行走的河蚌
把死亡紧紧关闭在梦的边缘
水草俯身干涸的河底
扎根于河床的梦魇
还要游荡一百天

雨水枯萎的季节总有这么长
从山顶下来的风
即将拿走最后一线河面
尘世的残酷,对一条河流毫不遮掩

当大地的血管破裂
最终的伤口,是一条结疤的河床
所有的暴力都埋伏其间

细数落叶布下的谎言

它们的绿色狭长
以微黄的指尖,引导冬至的路线
浉溪流行远古的凉意
河畔平躺的落叶
布下焦灼枯燥的谎言

我细数每一次的破碎
在每一片词语中打上中年的斑点
而每一个斑点的纹路
都抄袭了波浪的梦幻
所有站在河边的垂柳
从内心到躯干早已被河流侵占

在西溪湿地（组诗）

● 六月雪

一

近处的日子被我们拆散，
大部分散落原址，少数运至远方。
你即少数中的小数，搬运工作履历与病，
附带捎上自己。多情的动车
发明了穿越术。我却猜是隐身术，
在反复核对的地址中
你说：快用游戏布置这迟到的相聚。

二

旧的双脚追赶新的行程，
谁沿途寻找，谁便丢失自己。
我不是一直在失去里追索，
而是在完全投入中飞奔，
重蹈即覆辙，那压抑中盘踞的释放，是词语
一再干涩后的湿润，靠近
是我们搜寻已久的渐渐地离去。

三

我们从周家村入口石桥两端
向彼此走来，十米的石桥，走了十年。
而十年，红杉仅红过一次，
红色即衰败，死亡以终止的名义
送来请柬。但我的红指甲已远去经年，
枯萎却微笑，温暖
是深深的凉意。

四

秋制造的斑斓被我们称为美，
美已经够深了，深得不复存在。
那些落叶，复议与测量
几间屋脊最后的温度。

冬天是仁者，安葬腐烂的肉体，
也埋掉一段刚刚伊始的情感。

五

伊始就是奔向结束，
湖水在终点处等待春天，
荣辱沉入湖底。飘浮着的
是生活表面的残渣，荷与我们的目光
是最后的殉葬者。不死心的相机称赞亡故，
记述不相称的述职报告。

六

红杉红时，芦花便白了，
为了呈现不同的自己，草木比拼着，
倒叙的词语无法记录远去的初衷，
日子露出深深的酒窝，笑已不是当年的笑。
芦苇荡深处，几次问询的未果中，
那场隐蔽的幽会取消了。

七

没有阳光，
没有雨，没有风。
只有我们，栽种着时间，
那一排有着嫩芽的相聚，慢慢成长
出苗壮的爱意。如何摆渡至杭州的肺部，
电瓶车与游艇静候着，一张
小小的航票，串联起
记忆深处与现实交接的共同点。

八

有多少风月，就有多少枯槁，
荷已非荷，湖承担了所有的罪，

残酷正以残酷的事实,收走生机。
树木蛰伏,等待来年,
而人,离开时说回来的
都是杳无音讯。
万物从容:经得起喧哗,经得起落寞。

九

在你的唇齿间,我沏过一杯绿茶。
不,是两杯。往与昔的交谈,
在一排红灯笼下对坐开始,
茶叶下沉,辩证上升,
我以代数之名进入,又如逃兵之势蛰伏。
椅子上的落叶,代替我们说出交替,
而不管欣赏过多少椅子,
方的,圆的,三只脚的,坐的只需一张。

十

皇帝再不经过此地进香,游人们
沿着西溪御用大道,颇有君王威仪。
唯有文人挤满了文人庵,破译文章的密码。
梅竹山庄的梅花尚未含苞,
孤山的鹤没有飞至此地,
历史的羽翼下,飞翔着的是人们的想象,
我四处搜寻,
仅用手机拍下鸟鸣。

十一

精致的鸟巢,仿制的鸟群,
吸引过人们的眼睛。
飞翔以远方的名义带来新意,
我只纠结近处,关心快乐的负担。
我们是自己的仿制品,
我们有咽喉,但永远不会鸣叫。

十二

河渚街在黄昏就穿上了灯光,
小资与浪漫随意贩卖,
灯光影绰,新式交易处处可见,
我没有硬币,我想用自己的十指,

交换你的十指。灯光终因听到
天方夜谭而闪烁其词,
跑步者轻松从身边摘取光源,
我的腿已经不听使唤。

十三

在我内心的抽屉里,
有一片湿地。只有你让湿能更湿。
它吻合着西溪的某些特征,
从身体的湖泊、花田、街坊中
提炼出刻着墓志铭的爱。
何种爱才配被我们称为爱?你鞋跟上
黏着的尘土试图解释。
爱是个虚幻的名词,我们几次
想要试探真理,都无疾而终。
但我确实尝到,一小块进行时的快乐。

十四

夜正收走我们的身体,
霓虹出卖了隐蔽者的去处。
奔跑的楝树,已经令黄色投降,
季节正提着伟大的画笔,勾勒出
缤纷的死亡的主旋律。
待我们徒步循着书籍的气息追逐,
麦家理想谷已经打烊了。
而我竟是一枚小小的苍耳,蛰伏在草丛,
等待采摘者发出:哎哟——

十五

你由小数缩为遥远的符号,
等在这个句子的结尾。游戏也应
在此刻进入自身的出口。
我从不曾以遗忘作为终点,也
不以铭记作为延伸。
我以无术之术归位下一刻的
身份之中。那饱满的、明媚的、诱人的
快要归还给衰老的、腐朽的、遗弃的
我已做好准备,随时说:再见,西溪。

迟来的雪（组诗）

◉过承祁

迟来的雪

还是来了
正月劝不走冬天
春寒的狂舞
不能令时光倒流
仿佛是腊月的补课
我温习了年丰

还是来了
那些新年不该有的东西
就让它淹没在茫茫之中
我还有什么要担心
桃花里的爱情
玫瑰间的浪漫
酒茶里的诗
云烟中的琴
我仍然由文化结魄
仍然走在轮回的路上

我相信天道酬勤
认认真真做自己的本分
每一天都是好日子
每个位子都是世界的中心
每份差事都是好的前程

雪还是来了
要来的终究要来
要走的就让它走吧

桃花的欺骗

坐着坐着觉得有些冷了
脑子空空荡荡的有点想瞌睡
头皮搔不出时间的流淌
腮帮子上称不出时间的重量
我是入道了
还是与道无关
我在绿茶里加了点草药
开心肺　化痰实
整个上午好像只有这杯茶
与生命关系密切
而生命的意义是什么
无从知晓
无为或有为是过程还是结果
如果时光是这样打发我
我好像心有不甘
但我又能怎么样

我想起桃花可能要开了
我莫名其妙地有些兴奋
我准备采了分成两篮
一篮酿酒
一篮做茶
醉过头了喝茶
醒得累了饮酒
我用一树桃花把自己骗来骗去
却逃不出折腾的魔咒
那桃花开不开和我有什么关系
爱或者不爱
不是桃花能决定

我不能靠一个比喻过日子
可是比着比着好像就有意义了
我总是不该多想却偏偏多想
真不知道是
想透了烦恼少了
还是想多了烦恼更多

楼顶的阳光

正午的阳光在琴声中变得很慢
但不是傲慢
它更像是慈悲
不那么灼不那么燥不那么烫
我十分知足在身上
渐渐扩散开来的温暖
并且放心地让它在我的皮肤
渗透
我准备收藏它
越多越好
在毛孔里锁住它
就像在记忆里锁着童年
直到夏天才把它从汗水里
释放

我咬了一下手指
我不明白牙齿和手指的抵牾
为什么会把人带进思考
我把脚搁在栏杆上
全身赖在藤椅中
被晒烫了的血流回了心脏
然后冲向大脑
潜伏已久的湿气无处可逃
我眯起眼睛
看了看对面的山
以及下面的楼
想想那些背叛阳光的人的脸
想想那些逃避不了阴暗的人的
悲惨命运

雪将至

雪就要来了
先下着雨
于是更冷
而我拒绝被冬俘虏

一杯咖啡让交谈变暖
不像你
我没什么可以忽略
也没有刻意要记起的东西
没有谁在雪的那头妄图颠覆我
当你准备阅读自己的纷飞
我只想让嘴唇在咖啡杯沿
靠岸

雪就要来
说是带着夜
所以下班了
我想早点回家

冬雪还是春雪

醒来
雪已经在了
它把黎明提前了
它是梦

有梦为证
雪确实以花的形式
飞扬了一夜
我想这是春天的预演

我不奇怪
自己会想起春天
就像昨天没雪
我在等着雪的到来

孤寂的下午（组诗）

◉ 许志华

下午，孤寂

一

木匠不在
斧头，锯子，凿子，刨子，锉子，墨线盒，手摇
钻，直角尺
这些就是他的全部

二

那张小木桌子
涉及父亲、黄狗和木匠叔叔的交情
木板与木板扩大了光阴的裂缝

三

林子里，有斧头的味道和两个男人说过话的
味道
阿黄带路，带到一个挂满沙袋的山坡
手里捧着一堆松果

四

下午，一个人
从洞开的院门里望林子外的马路
空荡荡的公交车上的门在远处开了又闭

五

黄龙洞，天慢慢地擦黑了
穿过宁静的林荫道
空中飘着煎好的鱼

去 掉

有一天，我也要被去掉
那么，我可以预先去掉那些最好的日子
和去掉那些最坏的日子
（它们本身都很少）
我愿意和那些不好不坏的日子一起
浑浑噩噩地、舒舒服服地被去掉
这也就是说，我去掉了的时候
将是寂寞得无人知晓

鹭 鸟

现在我开始步步深入这片湿地
像一只自由滑翔的鹭鸟
现在我是另一只无人惊扰的鹭鸟，
在水边独自伫立良久，然后自言自语说：
现在你可以飞回去

蓝色的野花、紫云英、桑林、芦苇
还有这片片相连似乎永远没有穷尽的水域
把与之毗邻的那座城市越推越远，越推越远
现在我是那只刚刚从傍晚起飞的鹭鸟
远处的城市晃了一晃，在那一瞬间

蝉 鸣

被它整个地吸进去的村庄
使它日夜地号啕
在绿枯了的柳树上
我找到它的壳

在绿枯了的柳树上
挂着空空的村庄

城市的声音

有时,是鸡叫声,
(他并没有听错)
有时,是电锯卖力地奏乐
有时,是密密的雨点敲打窗户
有时,是压在盒子里的方言突然弹出
有时,是楼下那条人来车往的马路
急刹车尖叫着擦过一张匆匆的脸
然后,惊愕的马达
加速

废弃的渡口。下午

石头和野草,碎玻璃
搁浅的拖鞋,还有一顶破草帽
都在各自的位置上,等待
有什么深深浅浅的来临
或无痕的经过

而一只羊在吃草,在走动
一只戴眼镜的羊
从它的角度看过去
是江畔树若荠

局　部

一场雨不是一场雨
是一块落泪的玻璃

许多年前是这样
许多年后是这样
再过许多年还是这样

悲伤总是以同一种方式表达
但往往灰尘覆盖了悲伤

停车场上方的夕阳

自从有了停车场
它就出现在停车场上方
我常常会遇见它
在停车场上方

有时它在那里
我刚好经过那里
有时它还没到那里
没到那个苍凉的位置上

雪

上午有雪粒子,停停又下下
下午开始有雪——暗香浮动的细雪
广播里说:
在远离城市的山中激荡着鹅毛大雪
座座群山头戴白色的冠冕

这是上午的雪,下午的雪
和下在远处的雪
这一刻与那一刻的雪
此处与彼处的雪
都不一样

在仿佛按了快进键的短促的浮世上
每一种雪都已下过很多场
以至于这一种雪和那一种雪
这一刻的雪和下一刻的雪
此处与彼处的雪
下着下着就重叠在一起了

雪粒子和小雪花亲密得不分彼此
秀气的细雪和粗犷的鹅毛大雪
如一对浑然忘我的舞者,把极致的纯粹
带到弥漫着酒香和肉香的炉火旁

细碎的骨头（组诗）

●李利忠

晒　盐

人们修筑盐田，纳潮制卤
谁能想象，眼前一肚子苦水的大海
会吐出这么多细碎的骨头来

雪　霁

雪后的天空，像一个易于打碎的碗
倒映着月亮轻浮又虚诞的半张脸

蜡梅义正辞严，从不失约于坏天气
"她在雪前是孤独的，雪后一如其旧"

无　眠

整个夜晚只有一颗星星
整个夜晚暗暗地把它擦得更亮
就像它在暗暗用力
要凿破整个夜晚一样

岭　边

走在岭边蓄满水的梯田间
我克制不住地想
如果这个世界是用伤口组成的
我该怎样才能让你知道
你是我最疼的那一个

玫　瑰

我们成不了玫瑰，我们只能成灰，成泥土
在泥土里，我们有时会碰到
长成玫瑰的骨头，骨头有根

而我们已和玫瑰走散
或者干脆就叫
被玫瑰抛弃

白玉兰

将光收拢，尔后踮起赤裸的足尖
踩向未知的虚空
我们称之为舞蹈

它美不胜收的霜的脚踝，在夜的边缘
像谙熟于心的灯盏，照亮
一棵树的缄默，一个男人的中年

土豆曲

一个人上坡，一个人挖，一个人清理，一个人装
矍铄，从容，像在土里淘金

在布袋坑的早晨，站在窗口看他挖
布袋装满了，看他慢慢挑下山

不知道他叫什么名字，初夏的阳光
像布袋将我们如两只土豆装在了里面

鸟

雾霾散去
我对着天空学了声黄鹂
天空报我以开阔的蓝
我又学了声布谷
天空报我以更高远的蓝
我停下来。我暂时还不会别的
更多的鸟的啼鸣

南 风

南风吹了一整夜
第二天还在吹
第三天还在吹
第四天还在吹
第五天还在吹
第六天还在吹
第七天，风停了，落日圆浑
一地的盐赤裸无辜的躯体
大海已被席卷

大运河

柳丝漾过青园桥
柳丝漾过朝晖桥
漾成一条河
风儿轻
白鸟的羽翼也轻

柳丝漾过霞湾桥
柳丝漾过江涨桥
河上的船只
它们顺风顺水
不负气，不犹疑

潮 水

潮水日复一日
在我的睡梦中到来
这是多么值得信任的事
有时我醒来，听见月色中
一线潮水喑呜而来
我就会想，这么多的水
每天发扬蹈厉
最终为什么
仍然是水
这是多么值得信任的事

涛 声

浑如一个人夜深不寐
忽地听到体内
纠结多年的声音
决绝　荒寒
让我惆怅
起看星斗满天

好吧，江流，今晚辜负的睡眠
归你，涛声归我
我梦里的渔火、蒹葭和月色
归你，经年的愤懑归我

火 焰

就在刚才
我们手牵手走过断桥
我们走后
记忆仍在那儿手牵手走着

很多年过去
断桥上的这两个身影
在秋凉的夜晚
一直手牵手走着
有如我们迟钝的躯体里出走的
两支火焰

舞者的愤怒(组诗)

●鲁 蕙

抵抗者

不必等待这一天,不必答应
让你做肋骨上的居民
就像我的背影,重要的是
不能优美地统领你的世界
即使你越发善心维护我的骨头
这些爱的手段,又像最谦卑的保健品
选择,捍卫我们的骨骼
从目前,只能是唯一的秩序

所有的力量,都无法和季节作对
正如,今日谷雨——
即将告别最后的春天。现在,黑夜闪着光
来源于你的手掌,一遍遍
慈悲地祈祷
如果你的眉间,保持超乎一切的威仪
或许,会有更多的喜悦
如无人看守的神秘花园,缓缓自动打开

无辜者

你以为黑夜就是黑色的,天空
仿佛一墙之隔,所有的月光都在这里
我以收藏家的身份,保存
这些古老的陶器。你所有的幸与不幸
有很多理由做出判决
温柔地活着?让自己荒凉?
也可独自一人坐在房间里,慢条斯理
数着窗外
树上乖巧的鸟儿

望着它们在你面前一遍遍展示
如果,你愿意
这些有你统治。除非,你从胸前掏出
说服它们的理由
对于春天,我已失去听力
旁若无人捕捉你的存在
包括你的光芒,你的孤独
你的一批批武器和军队,你的星系
所谓这些财产,曾经有的细节
也是上帝在操纵

对于你来说,活着

活着,一个人对空气说话
孤独行走在前胸的大教堂里
这是上帝给予的
从你走出海的石头开始
不敢远离海水的屋檐
是的,悄悄用手指去挖那些贝壳里的人
必须让他们一个个走出来

从手里滑落的东西,已经微不足道
仅仅是些奇怪的姿势
不需要保留,更不用扩大
如马戏团的猛兽和色彩,在鞭子之间旋转
不过是受制于魔术师的手掌
不必为这些现象分心
就像看到一座无形的花园
你已身在其中

听到一种声音

深夜我听见一个人,唱着只属于他的曲调
独自屹立在黑暗里
那声音又像从肋骨之间发出的
仿佛上帝派遣的使者
仿佛查拉斯图拉独自下山
离开他的故乡
我探究地望着他,他似乎并没有注意
或者根本没有看到
从寂静中生出一双眼睛,透过黑夜的空间
凝视他的世界
喂,你是来拯救人类的吗?
我只是清了清嗓子,终究没有说出声
紧张地关注着他的举止
心室一次次裂开,从里面滑出一连串的语言
你会好好的,你会好好的——
他望了望天空,想继续宽恕人类
空气里是神秘的气味
他的目光恰巧接触到我的灵魂

孤独的舞者

声音消失时,孤独
缓缓嵌入肢体
灵魂在自焚中变成了灰
记忆虚弱地下沉
也要另辟一面镜子,照见
我身体里的另一个你

一次幻想,就是一次远航
返回原处的时候,剩下的旷野
春草接受骨折,春水
在反对空旷的河床上

如一群老去的青衣。我想
避难一样避开你,但树上的子规
用你的声音,为我建起了
一座悬空的集中营

拿玻璃的人

需要哪只手?
左手托着玻璃,右手握住我的腰
再附加一些火焰,与消耗发热的掌心
语言,逼近关闭的老房子

如果玻璃猝然破碎,一定是关于
宽大肩膀里的碎片。撕裂的血管发出杂音
轻率地相撞。整个过程是恩仇与爱

亲爱的,是停下来的时候了
是的,所有的问题都具备它的纹路
就像你胸前透出的光,并不随意
穿行。照射

我需要这样的舞蹈

沿着天空的内侧,目光投入大地
桃花、梨花、杏花、油菜花趁她们还没醒来
我选择走出发暗的老屋子
顺着光线和弯曲的树枝,让灵魂
站在倒春寒的正面

就这样,我将一直保存的颤栗
融化你的嘴里,四肢、五官和内脏
然后从你的肌肤,眷恋地走出来
就像掌心摇晃的瓷器,准备
随时碎裂

点 到 为 止 _(组诗)

◉董喜阳

点到为止

在目光里站得久了,目光的
部分影响着你,轻的
重的。嘿,记忆的鸟探出了头

两根电线间的漂泊
它们的脚趾产生了自由感
自由在不自由里的游弋,法律温柔的
治疗并不见效

某些受过煽动的风,来得突然
电线杆的一个哈欠
全村人都陷入了黑暗。这
黑暗高过麦田
高过木椅与低音区的许多事物
却在长短句中倒闭

全村人的眼睛,脚趾都是
红色的。火狐的嘶鸣
春天在大地的伤口上涂满口红
恍惚中的歌唱,像是比喻句
或是拿"牛逼"造句:
不要把牛逼在磨盘上劳作
——那是驴干的活儿……

贞操论

坐在书中切除太阳
接受着安静的
黑暗的水声,从耳朵射出的

子弹击打右腕的神经
左手的露水在掌心里跑了一天
它撑开的疆域,我的单纯,我的身体
——开始裁员更多的脏器
比如冠心病,肝硬化,肺痨等
成为跑动的另一种化身
草药在罐子里,西医的脚步
发了霉。此时,踱步,和衣
所有的雾气被逼到死角
影子醒了,一生仿佛一座城池
攻守之间。库房的
贞操变冷。我的踏破门槛的
霜花从未如此白过

寻 找

世界在背叛道德之前
我错过了自己的盛开,巨大的激情
陷入蜜糖,井口的麻雀
掌握在时间之外
它们被剩余的阳光临幸,一双
镀上金边的翅膀
让一只患了失血症的鸟儿学会了鸣叫
反逆的声音落了一地

一株单纯的向日葵
在风来之前,它的期待像是
挂在钢丝上的雷声
与所有的雾水一样,徘徊在森林之间
仿佛倾斜的停歇,穿着
崭新的球鞋,在阳光与树叶间
嬉戏的欢愉是那样明显

我倒是更耐心地等一种灯盏
将麻雀与向日葵笼罩
或打开,或熄灭
危险的光芒也可以志同道合

噢,就算是弥散的神性
在身体里的注入
好让荒谬的毒药不投在我的脸上
我的脸是诗歌的缩写。我的死
将在坟墓中获得第二次人生

窗口

我曾为山林中巡逻的
水汽担心。它们的视力和脚步
如何能准确地寻到
善良的窗口。一盏灯一直亮着
温度持续暖着
宁愿用高烧来完成祈祷
青春的荆豆花,樱草,丁香树
以各种姿势伸向窗台
它们是变幻的桥
是彩虹,是宇宙在我眼前
巨大的投影
蚯蚓,蜈蚣,蟋蟀,鹿角甲虫
纷纷而来,沉默的万物之音
嘿!离神最近的窗口

再度孤独

紫菜蛋花汤入口,小白菜
架在筷子中央
星期一的微笑托住星期二的脚
餐桌上牙齿清脆的响动
与我的人生,有着相同的
声音和语调
比如说把动作放置在感慨之前
像太阳在岩石上完成睡眠
缓慢的再现性
庄园不再是雨水的自然堤坝

我的缺少绿色的语法
护送我的孤独
还将为我的孤独买单。一个
标点即使活在水里
投在火里的,也只有壁虱

密语

多想拥有这阳光,迎着风
流泪绽放的花朵。蕊是大千世界中
细小的爱,穿过针眼
智慧的彩带喂养屋顶的清贫
是吧,只有一种鸟
会为自己设置樊笼,并在荡漾中
完成对冒充的膜拜
对着房屋,我们全部都跪下来
尊贵与金黄在虚无中
仿佛海岛上
饥饿的礁石钻出水面。光芒在
它们身上打个盹
哦,我的眼睛在地平面上兜了一圈
倒回的时候流着汗
阳光是咸涩的,温暖的照耀
我期待这是造物主的光
并没有影子吵扰
必须流动,向着诗不多的远方
把向后的也当作向前

一无所有

穿着白衬衫进旷野,我的白
生产你,即便大旱年头
上帝的歌还是由我来唱,点曲的
从光影中走来
哼着丰收的民谣,仰仗词的方向
这歌词像是一座城市
除了内部,一无所有。失去外交的
风依旧吹着,黄昏里
除了一个人,什么都没有
生活是一场巨大的
虚空,连虚伪的空气都容不下

简陋和凄凉啊
好像庭院的过堂风。我的案头
冷意为我保密的事儿
将是活着,仿佛不错的人生

疗养法

菜园里的事物一半醒着
一半假寐,我是一个半醒半醉的
外来微生物
长着善良的眼睛,明媚的笑
洒在春光里,有种青草的味道
我的形容不是雾气
是我自己在镜子上的发光
湖面的倒影也行
我为这样的想法跌进沙发
咯咯的笑声
经过清明的某些路口,鲜红的
地毯上躺着巨大的符号

笑着说死的欢愉
哭泣着喊存在的苦痛。为自己
感到不安的雨滴着清响
葡萄架下的人
无论黑白,都会死去
在活着人的谈论中死去,在死去
人的揶揄里被悲观举起

我并不反对把最高傲的语法
分散给病句,或是将
卑微的污点留给活人。如果还让我
活着:我决定只了解世界的
一半,剩下的一半给
麦田,交给一个叫海子的诗人

与世界联合

并不是完全的空皮囊。我还有
值得炫耀的东西

比如遵守契约的阳光,免费提供
蔚蓝的大海……乃至于
尚不期待崩溃的年轻,壮美

吃过饭之后的我,身体里
收割的盐与顺势而倒的风,强烈
那迅猛的温情
像是光荣的花火揪住世界的
尾巴。力量,能获取的
具有广阔人脉与背景的资源蕴涵

物质主义在木马上旋转
我靠着精神的遗言存活,仿佛
钢筋水泥是光下的陀螺
高楼与房屋都是罗起来的骰子

我们都要保持活着
一个缺少客观的世界。被革命的
革命者们文明的被迫——
秘密不再有
当我们孤独地等待死亡。然后把
干净的身子还给世界……

装　潢

水在石头上轻松地睡觉
在世界怀里柔软的
受过伤害的人,像是对抗时间的万物
保持沉着的缄默。炭火在
海水之间,隐约有开张的船桅
在汽笛声里,掩映日月
我的内心深处,一片黄昏升起
它似刀片吞吐着锋芒
割破了浓重的雾霭。并不是日子
谦虚的评论,是两把椅子
对于青草控诉的受理
请允许我把发烧的冰体丢进水中
或许睡眠里的鼾声
会完成一次安静的装潢……

借丹青问讯山河（组诗）

◉章锦水

雨中当湖
——与友拜谒弘一法师

细雨微风。吹皱当湖水面，
一张巨大的漪纹宣纸，轻轻飘动。
从何时铺开？又待何人濡毫？

可以取魏碑之意，可以构大篆之形。
可以风花雪月，可以铁马秋风。
可以绘繁华世相，可以书落叶黄昏。

一个足踏莲花的方外人，
布衣芒鞋，形销骨立。
深陷的眼神有一种苍茫。
背手伫岸，铁线的胡须直戳脚下大地。

浮尘中有多少知音？今宵别梦寒彻骨。
一曲《送别》，怎能隔绝凡俗的深情。
长亭外，是残月如钩。

且借丹青竹笔，为枯灯画幅孤影。
七瓣莲花上，聚集众生漂泊无定的灵魂，
蘸清寂之墨，唤作纸上皈依。

大道至简。锋芒磨去，尘世抹去，
山中的日子亦一笔抹去。
谁能看破圆寂之时的悲欣交集。

南浔夜遇

要等到多少黑暗，才能遇见。

白天的忙碌，仿佛往生的业障，
我在汗水里努力救赎。
直到在江南的雨水里，洗去桃花、梨花，
洗去尘埃。洗去耳朵中的尘垢
与眼睛里的浮华。

店招的脂粉此时隐去。
水洞睁着一只眼，闭去一只眼。
余光落在西晋的码头上，
照见淳熙十六年的南宋江山。
靠高墙而走，是否城池固若金汤？

运河的运数千年在变。
水中的明月也在变。
马头墙上的斑驳，
青石巷深处的吆喝也在变。
空翠柳下，
唯有坐在河埠边的我，一丝没变。

南浔的魂在水里。
我的魂在这里。
一瓶啤酒、一杯麦茶出卖了炎热天气。
一份龙虾、一碟小鱼喂饱了饕餮。
我本一长衫书生，
从古代流落于此。

方岩，方岩

斧劈皴的画，大写意的江山。
冬阳与落叶合谋，谷中堆砌诗的韵脚。

峭壁高悬,流水的目光自下而上。
险句在五峰顶端戛然而止。

鸟鸣脆生生来自林间,
余音撞击广慈寺的洪钟。
一群香客,心怀虔诚,赞美生活。

因了世俗,巨石阵有天下粮仓的意蕴。
因了经书,飘动的黄叶有了善的禅机。

胡公的政声,千年的传承;
陈亮与朱熹的雄辩,空谷传音。

抬头看见兜率台的率性与真,
而洋洋洒洒的天墨水,
还在书写义利并举,齐家修身。

出世入世,松涛与高士已模糊了角色。
峰回路转,时间与空间已交集于史册。

而我是诗人,心中有酒。
我是否已经千杯沉醉?
我是否过于沉湎忘怀?

方岩,方岩。找不到苏醒的理由,
我就做一块五峰的石头。

过　年

过年了。腊月的冷吹开一地的冰花。
红梅的枝头点燃晶莹的春信。
河流悄悄解冻,水在洄荡处唱着哗哗的小曲。

过年了。父母一早倚在门口,数着时辰。
数着儿女倦鸟知还的此时归期。
数着白发岁月中尚可期许的团圆日子。

过年了。红色的喜庆渲染久闭的门扉。
年夜的灯笼,泛着温暖的光辉。
"吱呀"声中,关上一年,又开启一年。

过年了。再迢遥的路隔不断亲情的回溯,
再忙的生活都不该绑架心灵的托付。
再多的应酬,可别忘了最亲的相聚。

过年了。不要让眼泪书写悲伤。
欢乐是一颗常年发芽的种子,
让老人优雅老去,让孩子快乐成长。

过年了。我们必须挥霍吉祥,必须事事如意,
必须多福盈门,必须大欢喜。
我们想的,都是平安喜乐。

过年了。慢下来,谁在乎卑微与高贵。
谁在乎几杯酒的沉醉。
我们过年啦,早莺啼啭,大地花开。

旧　年

旧年,从一束光中走失。
它的尾巴在昨日的窗外,
隔着尘埃拖曳小小的身子。

旧年的旧还很新,
是一件只穿过一次的衣服,
穿上就在时间中瞬间老去。

旧年有一枚坚硬的壳,
一旦尘封,谁也无法在今天
敲开黑暗的核。

旧年是遗失了的日子,
仿佛看见,仿佛抓住了影子。
终究被我们从指缝里放过。

旧年啊,我来过,
快乐与忧伤,一朵飘动的云,
而今停在空中。

大陈·铜院里的闲暇时光

把茶斟上,亦可酩酊大醉。

在大陈，这一次努力抵挡，
仍醉意袭来。
贾爷的盛情里有茶多酚，
有一对铜雀锁住小院的春，
有一枝未开花的紫藤。

端起并"放下"的偈言，
谁在试图理解。
茶汤很浓，
一天很短，庸常的自我需要悟道
才能醒来。

舟山岩宕

这一堆堆读不完的书，码在山野。
风吹千年，雨淋千年。

采石工说：这些石头写的书，
见风硬，见雨坚。
采石工还说，石头的命，自己的运。

从前，锤击的声音密集交响，
不同的山头，相同的频率，
在生计与苦难之间回荡。

今天，壁立千仞是铁打的江山。
一泓碧水是柔性的丹青。
废弃的采石场兀立如鹰，静谧、孤寂。

偶有游人的芒鞋木屐，
更多的臆测天之鬼斧神奇。
而我到此，还能读懂采石人的义胆侠心。

无须穿越，我见到石壁上高悬的身影。
石块与文字，一样的方形，
春秋笔法，钢钎与火药写下的纵横之计。

也无须唤醒。现在的沉默，
时间里的黄金。
我的肃然与敬畏，是黑白的内心
与硬朗的风景。

过遂昌千佛山

没看过走读攻略，
我随一辆车晕乎乎载远。
在这个世上，我已习惯了被安排。
习惯了把自己交出，然后夜晚抢回。

与游磊兄邻座，心里石头般踏实。
韩文公式的河南口音里，
还有些许唐朝散文的韵味。
我努力地让耳朵识字。

前面到了千佛山，我合掌作揖，
双目下垂。
佛是已醒人，我是未醒佛。
凡间总还有那么多鸟事。

"我伸不出抚摸天空的手，
那么让我足踏莲花"。
一步步，从水上走，涧中跋，
树梢飘，云里游。

我看到了那么多高踞的石头。
隐约离我远又近，有色有光。
"揭谛揭谛，波罗僧揭谛"，
引我去攀爬，彼岸仿佛很光明。

水帘洞后是未来佛，
是巨大的金轮在转水转山。
尘世间，做不到圆通无碍，
我是惶惶然来到遂昌，临时抱了佛脚。

流浪高原的眼睛（组诗）

◉ 杜 剑

下南关

与东关大街平行的一条小巷
我第一次见到新鲜的核桃
一个小孩用锋利的弯刀
熟练地切开果皮
他的每一次精准用刀
仿佛都会触动地球的神经

一位少女在烈日下
把自己裹得严严实实
她本想避免被人偷窥
四元一个的向日葵
像种在她身上的眼睛
结实、饱满、拥挤

这里有四种食物与青稞有关
馕、馓子、酿皮、酸奶
有四个族群与这条小巷有关
回族、藏族、土族、撒拉族

塔尔寺

此刻，我是再平凡不过的凡人
没有节度，欲望飞涨
祈求菩萨保佑飞黄腾达、平安健康
佛，不动声色
余则成般潜伏

菩提子织成衣锦还乡的绫罗绸缎

风光、体面
一位老者，身着红衣
远离故乡

酥油花，青花瓷的模样
富贵牡丹、龙凤呈祥、花好月圆
千亿年矿物资的颜料
画不出你的模样
绫罗绸缎绣出泥身木骨的佛

藏家人，心中装满虔诚
用最简朴的姿势，依次依序
朝拜所有的佛，就像
丰收前必须依次依序
耕耘、播种

青海湖

即使站在桑斯扎峰眺望
也看不到你的全部
一条湟鱼游过你的泪水
水鸟穿过你的呼吸
拍打怦然心动的心跳

日月山，钟情你的郎君
才高八斗、腰缠万贯
别再贪恋青海南山和橡皮山的
阡陌良田、万顷草场
与你的郎君一起
风化成盐

雅鲁藏布江畔编织绳索的老人

我以为,坐在雅鲁藏
布江畔的两位老人
是无家可归的乞讨者
其实他们比我富裕
他们拥有雅鲁藏布江
而我只拥有院子里的
假山假水
他们编织绳索的原材料
是百分之百的
高原纯羊毛
而我只穿着一件
从批发市场买的
只有百分之十羊毛的背心

在纳木措仰望天堂

如果把天定格为5000米
282米就是纳木措和天的距离
而我在280.3米就看到了天堂
即使匍匐前进
也能在10分钟之内到达

出发之前
先把灵魂扔进这圣洁的湖水
我有足够的理由相信
念青唐古拉山的雪水
会涤荡这些生锈的灵魂
然后再猛吸几口纯净的空气
让体内不再有尘世的喧嚣
最后我还要用一只矿泉水的瓶子
采集一些湖水样本
看看里面究竟有没有天的颜色
还有那些雪的味道
是不是就是白云的气息

青稞酒

曲水县的这群村妇
脸色都很红润
不知是被青稞酒醉红的
还是让高原紫外线灼红的

但有一点可以肯定
她们的脸上没有抹防晒霜
也没有抹胭脂
这红色与青稞有关
与青稞酒有关
与太阳的光芒有关

心中的格桑花

我承认
我是因为它的名字
才喜欢上它的
我在西藏见过那么多花
可我真不知哪一朵是它
藏民说美丽的花
就是格桑花

由此推断
那些盛开在拉萨河两岸的
野花就是格桑花
那丛点缀在布达拉宫墙角的
浅黄色小花就是格桑花
那朵绽放在纳木措玛尼堆旁的
淡紫色小花就是格桑花

我被诺尔盖的云砸伤了

没有一点防备
突然间被云砸了
还好,天不高
只有两层楼那么高
云也不重
跟我口袋里的纸币差不多
最多连硬币也加进去
速度也不快
像散步的老人

但通过诊断
我还是得了脑震荡
好在我拍下了被砸的过程
有确凿的证据指控它
可意想不到的是
迷失的灵魂
竟得到了根治

金鱼笔记（组诗）

◉向以鲜

一

剪刀　蚜虫　扭曲的窗子
以及扑满尘土的琴声
将一树自由梅花
变成沉疴中的美人
流水经年累月地咬出
半段百孔千疮的岩石
杂种的风景在春天
中国的交叉小径
蜿蜒奔向未来
暗香疏影已游进鱼的膏肓

二

一个叫臻的北宋和尚
在西湖的背影中
念诵金刚经
并将散落的秋虫
投向放生池
那儿
陡然出现的金色
看上去并不十分起眼
却掀开了崭新一页
情色史诗
苦难的章句
涌于慈悲之海

三

漶漫的美学灾难
始于上天恩赐之福
源自溪水中的小天使
偶尔会因环境而改变颜色
这种本性却让人发疯

并赋予工笔或写意的幻想形状
实验者痛下杀手
催生新的物种：金鱼
游魂一样荡漾
于东方琉璃中的喀迈拉

四

晚清的虚谷
会不会是臻师的后裔
则用古拙的笔墨
领养着一大群
浪游的生命
在上海的关帝庙
虚谷借着英雄的刀锋
要把所有的鱼儿照亮
鱼儿倒是亮了
自己的灯却熄了

五

千年的水中花
渐次盛开
头上肿瘤艳如鸡血宝石
眼睛大过童年吹破的肥皂泡
黄金与白银嵌入颠覆之躯
炽焰裹着冰霜翩跹吟诵
再裁一条彩虹长尾
仿佛打扮出阁的新娘
痛哭的珠泪砸碎镜子

六

疾病从来没有如此绚烂
连阳台对面的猫

也显得有点儿意醉神迷
江湖儿女萍踪云雨
人工饲养的舞蹈家
更多的冒险情节
谱进鳃叶　鳞片和火红的鞋子

七

还有妖冶的蓝
人们对蓝颜的偏好
几近癫狂
不仅要让鱼儿
跳动蓝色的心脏
恨不得将整个鱼缸
整个庭院
都变成蓝色的暗夜

八

鱼戏的天堂
或地狱
还必须足够小
最好是一只
握于掌中的瓶子
或和坤琥珀书桌下面
那片高仅三寸的
水晶抽屉
小到鱼儿
不能自由突击
不能勇猛穿行
将本来的梭子与利箭
磨成浑圆的
蛋

九

瞧！短尾琉金
脑袋与背弓形成145度夹角
薄若蝉翼的凤凰漫舞峰峦
鹅头鹤顶　虎纹狮鬃
数不清的袖珍禽兽
向方寸之池云集
蹒跚而至的泼墨婴孩
划拉着算盘珠子的双目

坚硬尾鳍插入黑丝绒
如一柄打开的桃花骨扇

十

另一条名字叫望天
眼球翻转向上努力突破
无穷缠绕的水草
与俯视的人们形成对峙
奇妙之处在于眼眶
三只圆环　三只重叠的月亮
反光物质从玻璃深处
升起非凡的露珠
不生根亦不曾滴落

十一

喜鹊花由黑白两色组成
头背尾鳍如子夜
腹部则赛过初雪
看来，一条鱼与一只鸟
相去并不遥远
落雁之思照透沉鱼
而新进入伙的荧鳞蝶尾
在更黑的母体中
吐出光的词语

十二

朱鱼谱写麒麟斑
每一鳞上有二色
或白边红心
或白心红边
或黄心黑边
或黑心黄边
尾鳍具见如鳞状而花者
斯鱼如兽中之麟
禽中之凤
实为世间不常有之物
黑色的波中仁兽
带着圣贤的意志
只需一转身
就游进另一片
苍穹

十三

那些随波逐流的身影
穿上萨满羽衣
彗星的鱼儿
躲进象征海洋
圆滚滚的肚腹顷刻敲响
梦想的晨钟暮鼓

十四

用内耳倾听世界
虽然深藏于头骨之中
但反应敏锐　如同先知
加上侧腺也具备听觉能力
因此　别把鱼儿当摆设
请小心客厅中的谈论
尤其是政治与色情的话题

十五

近视者视野广阔
对于色彩有着天然的感悟
人类的怪癖反映于
凸眼兄弟的视网膜上
有的视觉神经
在崩塌状态中近于瞎子
虽然无法识别人的面孔
却能记住主人的言行举止
有时还能揣测其心意
热烈追逐着偶尔投下的人影
这看似条件反射的觅饵行为
正是鱼儿的深情所在

十六

更为奇妙者
吴中养鱼专家
其所蓄金鱼
能辨别旗帜的颜色
赤玄紫白
错综交织在一起
如一道不断收缩
又放大的虹霓

只要主人在上面
摇一摇彩旗
相应色彩的鱼儿
即依次上浮觅食
彼时
旗帜即冲锋号
鱼儿就是
待命的战士

十七

少女孙芳祖
日汲井水置于榻前
浮了绿瓜又沉碧李
夏天好安逸
有一天少女生病了
孙家以盆为沼
畜金鱼数尾
朱鳞翠藻环游
少女倚枕投饼
观鱼儿往来争唼
这让病中少女
感觉到一丝儿生趣
并想起庄子和鱼的故事
父亲悲伤地写道
未几疾甚　鱼先死
唉！
哲学救不了命
鱼儿只好以死相拼

十八

春天
所有的生灵受惠良多
从冰冷中解放出来的囚徒
大行鱼水之欢
鱼卵如星辰散落
但是睡眠　始终是一个
悬而未决的问题
鱼儿是世间少有的
不能闭上眼睛的可怜虫

十九

有时潜入砂中
有时匿于森林的水底
如果在貌似睡眠的状态
放入微少的乙醚或普鲁卡因
濡沫之间即失去知觉
直至停止呼吸
麻醉的涟漪不再扩散
此时可以确定
鱼儿已长眠

二十

多么残忍的趣味
多么冷漠的赞美
在午夜的弱光中
不是鱼的鱼
梦见久违的祖先
银灰色的鲫鱼惊鸿一瞥
面目全非的夺目子孙
泄露人性中反生命的阴暗面

二十一

改变造化的行为本质
是欲扮演无所不能的上帝
让游鱼变成蝴蝶
变成任意的虚假园囿
那又能怎样?
太阳如常生活依旧
"而你　伟大的灵魂　可要个幻景
而又不带这里的澄碧"
赤裸的塞壬喉咙喑哑了

二十二

魅惑的荒岛歌者
曾在迷茫水手心里

偷养着一条金灿灿的鱼
养在大海的背面
(像北宋的臻师
或晚清的虚谷)
彼此永生不能相见
相见即渴死

二十三

万物皆镜
鱼儿的脸
是镜中
之镜

二十四

变态的霓裳哀歌
杀鱼不见血的基因突变乐章
还将继续狂暴演绎
直到有一天　天才的人类
变成车辙中的被观赏者
这场旷日持久的变奏
终于戛然而止

[注] 金鱼由宋人自野生鲫鱼驯养变异而来,琉金、望天、喜鹊花、荧鳞蝶尾、鹅头红、麒麟斑等均为金鱼名品。据生物学家陈桢载:羽衣金鱼于1848年后发现,彗星(Comet)金鱼则由美国福可米勒氏等于1881年育出。北宋西湖南屏兴教寺臻师养金鲫鱼之事,清人朱彝尊《曝书亭集》中曾有过考证。少女孙芳祖病中观鱼事迹,见录于《小螺庵病榻忆语》。《朱鱼谱》为清人蒋在雕所著。吴中金鱼能辩旗色者,郑逸梅于《金鱼掌故》中有载。第二十一节引号中语,摘自法国诗人瓦雷里《海滨墓园》。

西湖的情诗(组诗)
——给HF

●卢　山

一

湿漉漉的西湖,植物的叶子闪着光
爱人,你初醒的眉上绽放着一座南方

微风吐露着昨夜的情话
我们相拥着交换彼此的梦境

杉树从阳台上送来雨水的问候
推开门的是清晨的第一缕阳光

当植物们从雨水里折起藤蔓
爱人,我们的船就缓缓起航

二

夏夜的蝉鸣消隐于浮生的流水
植物们啃着夜色,或者腐烂,或者生长

夜行的昆虫渴望着光
如我们年轻时候偏爱黑暗的小树林

情人们相拥着进入黑夜的山谷
并不在乎头顶是否满天星光

爱人,并没有雨水遮断通向明天的睡眠
我苦涩的枝干上缠绕着你白色的花瓣

你说,睡前再给我讲一个江南的故事吧
我隔夜的胡须忽然陷入你潮湿的腹地

你少女的心事还搁浅在西湖的暗礁
我三十而立的航船已经驶入遥远的大海

三

在公交车站,我们等一辆回家的车
在车辆到来之前,
我们相拥坐着,北风吹过环城西路
扬起一日的旧时光
我们就这样被它覆盖
在喧闹公路边的一条凳子上
晚一些的时候
远处居民楼的灯陆续亮了
多少车辆和行人从这里走过
也不妨碍我们相拥而坐
植物们在晚风中梳理一日的浮沉
汽车的灯光照耀着我们
照耀着我们身后洁白的雪

四

当我们穿梭于这片盛大的山林
所有的树木都认识我们
——我们相遇在南方的湖畔
像两株在热恋中汲水的花朵
把一生中有颜色的日子全部置顶
这缓慢的散步,踩着西湖的微弱的喘息
我们必定是在书写一篇矫情的散文
取一个响亮的标题,说我爱你
从灵隐寺到雷峰塔,我们双手紧扣
仿佛这是寒冬里唯一的温度

在湖畔,我们席地相拥而坐
夕阳用硕大的回车键
敲击着我们的脊背上的光阴
你靠在我的身边,并没有说话

用双手为我按摩小腿的疼痛
暮色里,湖面升起几盏灯火
这些生命里的行走和劳绩
便是我们生活的二维码
其中包含着余生的疲惫和闪光

五

在黄昏的雨滴落下之前
我正在写一首给你的诗
此刻,万物静默,华灯初上
亲爱的,这一年来的山水
我们小心翼翼地保存
日记本里写满了马塍路这一带的
鸟鸣、晨曦和公交站牌
西湖的波浪曾打湿
一对恋人疲倦的裤脚
我们每一次的注视,都催促植物们
向着黑夜更多地生长
九里松的山林都认识我们
当我们拥抱亲吻,
草地上的小蘑菇发出清脆的尖叫
多么美好的遇见啊,当我们风华正茂
从一个陌生人走向另一个陌生人
然后完成一个共同的人生
这世界变化万千,大河奔流
爱情引我走向你的身边
晨曦日落,我只愿和你分享
这平凡生活里的疲倦

六

我们并不是亲密无间,更多时候是彼此嫉妒
每一次远行那路上的大河奔流,你所遇见的
每一株草木和花朵,都让我陷入深深的嫉妒。
都会把我困在幻想的陷阱里,吞掉大把的泥
土与花朵,
让我成为一个多动症患者。
自我建立的五光十色的假想敌

总是在黄昏时分偷偷搬运我们的信件
不能专注于写下每一个字。让流水失去耐心
让晚风和花朵生锈,让生活失去每一个细节
有时候我们牵手走在路上,却害怕失去彼此
我会怨恨路上多余的行人
甚至想颁布一部法律:严禁树叶掉落地面
连天空里的飞鸟都是多余的
都不足以映衬我们此时的美好

七

十月吐出一个湿漉漉的南方清晨
植物的叶子上闪耀着尘世的光
桉树下小动物们秘密行走,搬运一日的餐饮
环卫工人捡拾树木的昨夜旧梦
一些夜游者的呓语忽从枝头坠落
此时,慧芳女子,便从栀子花的梦中醒来
我瞥见你少女的脸上
荡漾着西湖初秋时节的羞涩和喜悦

这是一生中美好的一日。一个俯卧撑
云朵即将起飞,空气也足够用来深呼吸
我们清晨早起,说一声早安
再换上干净的衣服,出门去一个地方
在马塍路口,你把手放进我的裤兜
贴着我三十岁颤抖的肌肤
这娴熟的动作显示出一种伟大的默契

喜鹊从西湖跃起,投下一个历史的惊叹号
一个宣告,相见恨晚的人必须相爱
当我们写下自己的名字,用史无前例的诚恳
这其中必然隐藏着多年的苦涩山水
在一个时辰完成历史性的重逢
人类史上任何一次功炳千秋的谈判
都比不上这两个青年生命中的一次结盟
十月十日的晨风浮动着这座山林
湖面上跳跃着那些来自人间的光和大地上的
事情

秋天将我的寂寥往深里加重（组诗）

◉冷眉语

白　露

晨光先进入窗子的眼睛
接着是
倒垃圾的阿姨
窗台上，绿萝叶子落下来
风轻得只带来了
桂花的香味
我随手剪掉几盆植物上
多余的枝蔓——
没经历过秋霜
就不要再经历了

中秋节

窗外，一片枯叶旋转、飘落
叶落归根
而我却无落脚之地
我又一次在属于他人的故乡醒来
羞怯地盗用别人的温暖

收起哭累的梦
吃月饼，画月亮
再模拟另外一个自己
成为我生活在这个世界上的
替身

秋　天

叶子依旧绿着。哀伤
虽不够显现，还是能明显感受

蛰伏的能量逐渐衰竭
黄昏尤为冷漠
秋天从我们的内心出发

早上，保洁阿姨的扫帚下
一些绿色、黄色、褐色、以及
暗红色的叶子
正被装上垃圾车
我似乎听到不同的色彩
集体发出异样的声音

秋天。是的
秋天终将会带走一切
"世界被动卷入其中"
我们也无非是落叶
等待被清扫
以便给新的叶子在空中腾出道路

如果我生在唐朝

一定有许多，像李白一样的
朋友。无论是
溪水、江水、海水、泪水
沾上一滴，就是诗
过了中秋就是重阳了
你开不开口，拿不拿笔
那些桂花、菊花、芙蓉花全开了
不像今天，多少人
在镜中
借一场雨，一滴一滴
洗刷欲望

界

我丧失了所有欲望
那些小鸟就不同了
它们在空中安身立命
也有调皮的小鸟俯冲到
水面,啄一圈涟漪
轻松叼走一条小鱼
我的心像一块石头沉了下去
在被选择和遗弃之间
至今没有答案

于无声处

老榆树的时光是无声的
我闭上眼

匍匐已经不解
站立的本意
在行乞的天桥下
有人蜷缩在破棉被里
黑夜试图掩盖什么

有机翼划过苍穹
一颗星星和另一颗之间
有着看不见的线
只差一根银针了

寂

风声紧的时候
我习惯闭着双眼
门窗的抗拒
弥漫了整个房间

大街遗弃的地段
一盏路灯亮着
不与谁对峙

也不缓解什么
没有人走过
即使有,也不过是
将寂寥
往深里加重了一些

午后

从白天到白天
从黑夜到黑夜
我消耗掉时间,灵感,情感
在喧嚣的世界里做梦
多数时间
禁锢在四壁内。隔着玻璃
触摸复杂生活的表层
而桌子上的水杯一动不动

失重

那些熟透的果子
安详地落入泥土,与枯叶
一起腐烂。而今
它们中的一些有了新的选择
一个人想一个人时,一颗果子
就将自己倒挂风中
像悬念
一个人想一些人时,一群果子
呆呆不动,像挖空的心

滑

当一片鱼鳞般的云去远方流浪
我忍不住哭泣
我的太阳赤身裸体

不再喜欢做白日梦
关于佛陀
从来不搭理一个
自闭的人

乡 间 往 事 _(组诗)

◉ 大 喜

春 雨

青苔般的寄生菌,附赠品
人间惯于以季换季,而天上的神仙
长于普施恩泽

它是饥渴者的偏爱物
比如秋冬的草木,比如单身的人
比如,异乡的月亮

这落在无眠者身上的软鞭子
娇嗔地抽打着土地
抽打着窗台和窗前发呆的人

如果你说它,轻轻悄悄
就偷用了爱情的籍贯和形体,也无妨

它确实秘密酿制了特种酒
入口无声,后劲超过了兴奋剂的尖叫

邮筒边的雪人

"把一个内心洁白之人,领到人间"
——多么无辜!

按上眼睛、嘴巴、鼻子
只许它笑,只给它看满世界的白
系上红领巾,像马上就要送往工厂一样的教室

积攒了多少话要对远方诉说,却身无分文
——多么无辜!

只好一点点卸下自己,从土里
另劈一条暗渡的邮路
向河流和草木,寄出忧伤

仿佛,忧伤是成长中必吃的补药

香菇博物馆

声光电模仿着风雨姿势,雷电腔调
有多少人进来
就有多少颗心,陪着小菌蕈
重走一次秋冬冰雪,再做一趟风中孢子
夹缝中的菌丝,爬墙虎

大多数人说到菌蕈,会赞其是一种山珍美味
而它的自我认知,是草木枯烂前献给人间
最后的一朵花
身负传递感恩和良善之重任
极少数人则说,它是神在草木长眠时温柔的抚慰
一个弥香之吻的分享

它从山林土著,入皇宫贵族,到庶民布衣
像极某朝,宰相或贵妃的人生起伏

当我们谈论,一朵小小的菌蕈
背起了一座博物馆
我们还会说,吴三公背起了菇神庙,像某个洋
    名字
背起了一部经书

岩下石头村

绕村的流水中站着石头
田地,村头桥,祠堂也站着

石头不会说出村庄的百年秘密
允许风往来石巷,散发炊烟的家长里短

石娃子打小抱着石头睡
到了山外,石头一次次丢开身体站出来

含羞草

我经过他身边时
风只使他稍稍抬了一下眼皮
满山的野菜不是我的,也不是他的
他肆意摘取,并未经任何许可

一直以来,我也像他那样
从生活中摘取,索要
向父母,妻女,向默默的人世

我突然无比羞愧,像黑夜愧对白昼
像含羞草,轻轻一击之下
卷收起身体里任意丛生而多欲的枝叶

绿萝

成天把脚搁在水里的人,扶起
一扇小面积的春天,

她在阳台透蓝的玻璃栈道行舟
于红木桌沿,站作崖上横箫的青衫客
"危险的唇间含着美"
莫如古樟下读信
莫如窗前发呆的一杯咖啡

似乎身边总缺一个素色,或红衣
少一杯杜康,少一把焦尾

倒是想问,你眉刀轻扬
是否裁剪了一片旧年的月光
可曾作一阕小令,填进阁楼全部的闲愁暗怨

只发狠地绿,把前生后世绿成一小方荷塘
绿得,仿若远离了人间

月半弯

"圆满只是短暂之词。"
撑起一个原始的苹果,少一根肋骨

成为故国天空色的瓷盆,还少一窑烈火
不够像半块白铁皮,割断一条江行走的纤绳
更做不成闯江湖的银簪,试出唐朝发出的思乡
　之毒

倒有些像想逃却逃不开的马蹄印
倒有些像一把旧药勺,喂养窗前内伤深重之人

村头古樟

一个固执的异姓老头。这么
描述,相信你不会异议

站了几百年,一定有它一直想强调
和表达的东西,但时光对此一无所知

许多人走动、凝视、合影
甚至,捡拾枯枝落叶

试图破译,或等待它吐露心事
显然过于幼稚

此刻,它最大的可能是
过去送给未来的一支拐杖

南明湖

一次次在心里浮现某些倒影
证明它有多想站上云头

从高空俯瞰抚摸城市

有时，它像刚刚回乡的游子
要反复提及丽水、几处老城门、万象山、白云山
否则，很容易把故乡当异乡

另一些时候，它像一条宠物
趴在暮色中，柔软的舌尖舔吻着少微山的脚背

过一段时日，它把积攒的皱纹
悄悄漾上旧宅院老街巷，让怜爱青苔般纵生

只有冬天，当你微笑着看一段瓯江往事成了南
　　明湖
欣喜于它像小棉袄挽起你的胳膊
你会猛然感慨，原来，我也老了——

秋风里

一张一张，树叶给执掌江山者投票
众水果齐刷刷的变脸艺术，暗媚人意

蝉鸣缺了主心骨，主动降调
是否预示下一轮火荼，遥无可期

故国河流沦为底层游民
被谁剥走了一层一层纯嫩肌肤

唯棉花在高枝卖萌，咏雪，怀古
而秋风擅当推手，翻来覆去炒作词义

灵山寺冬日

流水追赶落叶
时间疑似某位国际观察员
几座青山，在深潭找到自己清晰的倒影
寺门虚掩，一小部分风有了深度
放生池众鱼商讨新句
经书半翻，自我修改的倾向，渐浓

安溪往事

与你相关的事，统统被天空的锅盖罩在安溪村
五里外就是福建，那儿更偏南，草还绿
偶尔你去政和县城看病
咳嗽声把秋风，从一个省拖到另一个省
街上的少女还穿着苹果色的裙子
浙南和闽北，正好构成你冷暖不均的肺叶
父亲，我与你的距离
像春天，前后都隔得有些远
值得心疼的事情越来越少
坐在门外的石块上，一再望你回村的路
暮色从后门山一点点降下来

海风吹刮时间的白骨（组诗）

◉南尾宫

海风吹刮时间的白骨

数十艘抛锚的渔船　钉牢
躁动的大海

波浪折叠着一封封书信
努力着　要寄给谁？

时间是哑巴的嘴　惟有海涛一阵紧一阵地应和
划桨而过的海鸟没有捎来任何音讯
海风吹刮着时间的白骨　吹刮着人类吹刮着庞
大的虚无

向晚的日头病恹恹一瞥　大海顷刻涨红了脸
突然涌起的欣喜无边无际

苍　茫

你在大海开阔的额头
静止　快步　跳跃　尖喙戳进
大海的肉里
你跃起　骑在海的脊上
将宏阔剪得零零碎碎
你掠过海的上空
漏下几滴鸣叫
很快被大海的阔吞掉

这与大海极不相称的啼叫
有如我瘦小的祖父
披一身海回来
将淌着海水的网具挂到暗屋

在院子划火柴点一根烟
（不小心将夜的一块
烧掉了下来）
偶尔发出的几声咳嗽　短。小。
很快被生活的阔吞没
烟头在嘴上一闪一闪
像一只海鸟迎风飞入苍茫

哭泣的大海

大海啊　你为什么日夜喧哗
你浩大的胸腔里
澎湃着多少吨心思

我看见你
举着白色的诉状
踉跄着　一次次
扑向岸

你来自哪里
是否来自遥远的日出之处

已经多少万年了？
这些苦水是否就是如此
聚成了一座大海泱泱漾漾的冤屈

我听见一整座大海在哭！

一尘无染的内心

波浪一拃一拃地
丈量着到达岸的距离

你日夜跋涉　无骨之足
欲到达哪里
你冲了上来　岸又将你倒了下去

铺在大地的一块玻璃
有着少女瞳仁的澄澈
我欲渴饮,但不能止渴
亲爱的　这正是我要知道的:
你一尘无染的内心
藏着多少万吨的盐

海上的祖先

大海推着千万吨的大风
灌进陆地

深色衣服的赶海人　扛着网具
蹚水走向大海深处。
在大海这部鸿篇巨著
打进小标点

赶海人骑在浪脊上
撒下网具　挥舞竹竿　追赶鱼群
这个铁匠　从丹田提取风暴
拍打着大海这块巨铁——
啪。啪。
这孤独之声　击醒
海上的祖先

大地沉思的眼睛

大幕笼下
一座天空的雨奏盛大的静寂
大海　大地沉思的眼睛
你在思考着什么
你涌动千万吨言词
翕动的唇硬是没蹦出一句话

蜷缩于大地的睡狮
细雨梳着它的鬃毛　辽阔的绸缎
裹一座森林的大火
当风暴的蹄踩在它的身上　它站起
抖动如席鬃毛　大口吐出
一座海的狂怒

大　海

站在甲板上看大海
大海是一本书的封面
风的手指
翻动它的扉页。
大海翻动浪花
如舞女的裙袂旋起

诗人站在甲板上
吐出胸脯里的浊浪:
啊,大海!
如发情的公牛赞美母牛健壮的屁股
多少致大海的诗篇
让诗人收获了功名

"又怎知海深浅!"
波浪的大手掌一抹
就将你轰然烈烈的一生
抹去
大海有一口贪官的大肚

索性扔你下去
看你在海的血盆大口里
活蹦乱跳时
还喊不喊大海啊我的故乡

万只狮子

大海的皮肤肿起一个个痱子
痒痒的大海藏着万只狮子

小镇上的外来工（组诗）

◉ 林燕如

炸油条的人

炸油条的人
在菜场一角安放炉灶，支起大锅
他的脸和手
像锅沿一样油腻腻
眼球，因为长期的烟熏火燎
混浊不堪，深陷在眼眶里
只在有人买油条时闪出些许光

人们买他的油条
却并不给他好脸色
他瘦，沧桑，皱巴巴
像一根冷却的油条
被一双双看不见的手
从中间撕开，把他
和这个烟视媚行的小镇隔开

卖水果的女人

这小镇上到处是我忽略的人
可这怎么能怪我呢

永安路上卖水果的那位
她的后背与面孔在我眼前
换来换去，如此忙碌
我当然只注意到她的生意

如果从外表看，她爱穿蕾丝上衣
迷你短裙，一条长辫染成棕色
大街上迎面走来
我只能当她衣着光鲜的中年女子

现在我熟悉她，就像熟悉我自己
我们都是生活中磕磕绊绊的人
她失右臂，我失左耳
她抓着秤，我抓着笔
在这貌似安稳的人间一步步爬

她蹙着的眉，流过的泪
我不曾见到过
但我看到她像镜子一般
映出我在人世的不易和不妥协

辽里路上搬运工

我每天上班路过辽里路
每天都看到他们等在那
"一副集体的面容没法辨认"
只要谁喊"有活了"，他们胯下的
摩托车跟着一声尖音，一拥而上

在陶瓷市场，地板城
双手一使劲，便拧开力气的阀门
把几百公斤的重物搬到车上
沿灰色的路面向一座座楼房移动
他们把身体弯成一张张弓
决定弧度和半径的是
物体巨大的阴影，或者一碗饭的重量
从一楼到四楼、五楼、六楼不等
于汗透衣背中，一趟趟往复

第二天，他们又恢复预定的位置

等待攀爬不同的高度
我能清晰地看到一张张弓
却看不到他们弯曲的脊梁

清洗油烟机的汉子

五十开外的汉子,他跟我说
以前在五金店上班,店倒闭了
他两鬓斑白,一双手青筋突起

他旋着被油污胶住的螺丝
睁大了眼,似乎连眼角纹都拉平了
挂在高处的老式油烟机

不太好用力,要斜着身子,踮着脚

螺丝松了一下
油污泼溅出来,在脸上,衣服上
他紧抿着嘴唇,继续干

终于旋下来了
他舒口气,用手背擦把脸
一边娴熟地清洗各个接口
一边跟我讲使用常识

从头至尾,无暇顾得上
自己那件污迹斑斑的外套

仿安多民歌（外六首）

◉吕 达

曾有一条河横在我们之间
我转身离开没有渡河
如今看见河水清澈
我就泪如雨下
他还在河边徘徊
只是要等的人不再是我

曾有一座山在我们必经的途中
我爬到山腰就停下了
如今看见雪山顶上金光闪耀
我就泪如雨下
他还在山中
只是雪落无声他不会回答我

曾有一件珍宝送到我手中
我随手丢弃了
如今看见他
我就泪如雨下
他就是那件珍宝
只是不再属于我

安多小调

弹起琴就想起你，扎西加呀
唱一首情歌，哎呀呀
爱情烧得人金黄呀，扎西加
秋草藏起绿意，哎呀呀
春去冬来，快藏起你的光芒呀
免得山上下雪山下凉

想起你心就上了弦
于是日头下就有了唱歌的人呀，扎西加。

弹起琴眼泪就止不住地淌
于是地上就有了河呀，扎西加。

重 生

不要不厌其烦去刺我的心
要一下子刺透我里面的黑暗
好让你为我创造的一切找到破口
冲刷我的身体；

不要让我爱
要先给我爱；

不要给我青春
直接领我进入暮年；

不要给我明如白昼的智慧
给我树枝经火的损伤；

取走我的性命
让我一遇到你就速速咽气
当我一脚踩在地球上
另一脚踏在你天堂门口的石头上

语言有限

世界一直以来按上帝创作的程序运行
到我，出现漏洞

如果诞生的方式不是通过"合而为一"和分娩
如果相爱的人用一个浅吻
一个婴儿就从天而降成为二人的后裔；

如果老去的过程没有痛苦、不堪
如果死亡能够保持生者的体面；
如果家园没有被贪婪弄得面目全非
如果还能在原野和绿荫间耍玩；
如果没有仇恨没有种族屠杀
没有残忍没有战火纷飞
没有漠视没有流离失所
如果没有伤害……
如果程序重写
如果恶再也不会被写入我们心间
你就少给我们一些聪明劲

少给我们一些词语。

明　暗

黑暗可以生出光明
譬如花朵来自泥土
譬如童年来自无人之境
不属于我的良田、晨星和屋顶
譬如上帝少给了我一半的天空
好让我把全部的爱献给另外一半

生活不是为有柔情的人准备的
耶稣背过的十字架，不是我要背的那一副
我的那一副是盐酸氟西汀
别名爱情

命运之箭射向我
我几乎两次放弃同一个世界
又几乎两次爱上它

门前植物

那悦人的色彩独具柔情
藏匿于各异的形态之中

在幸福与不幸之间蔓延
形成了田野与旷野的千差万别

如果有幸
乔木高大的躯干会紧紧依偎着一座农舍
并且献出自己所有的根须
好在不为人知的地底更彻底地深入
紧密地围裹着宅地基

如果有幸
栖于它荫下的那些低矮的爬行蕨类与藤蔓
挤挤地挨着
风一来就互相碰一碰叶尖
亲密得好似一家人

有一句话不知道该怎么说
如果有幸我就是这棵树……

创世纪

你把什么放入了它们心间？
桃花落下，桃树开始酝酿果子了
棕熊兄弟在树下玩耍。

那灌溉我们的，除了爱还能有别的吗？
你把水与河流分开
使我们不渴

你造了夜晚，使白昼光明
造了一个女人，被称为妻子或母亲

作为万物的家长，你不需要回报
只需要在最后一天，我们还待在一起
像一家人
你看着，就说是好的

爱（外五首）

◉ 娥娥李

就像母亲掀开自己的衣裳
从内衣口袋里掏出孩子想要的
糖果

就像我希望成为你的
第二个
孩子

就像我是他们所有的角色——
那些我想要成为却还没有定义的事象
我愿意是他们
所有的

就像我希望事物是圆的
是月亮
而月亮是我的另一半
我要照顾我的黑

梦想的自画像

街角的咖啡厅隐没于
躲避流星轨迹的人们，这些不明的颜色
集结此地，湮没无闻与黑夜
时而他们也畅饮，然后酣醉
回忆，仿佛蚕宝宝在流泪，在簸箕里
翻滚着逃离，又一次徒劳，虔静
于善意的被剥夺的绿的果实

那是冬季的缓流被春日浸润
或九月的第一堂语文课
他们际遇梦想，用彩色或白色的粉笔
画在黑板上，用铅笔爬行在练字本间

用小刀刻在桌角，或默默
铭记在心中：
"我的梦想……"

梦想千奇百怪
没有实现的理由也千奇百怪
然而九月的语文课，和春日，和绿叶
和梦想本身，不曾变过
就像没有人用黑色的粉笔写出
我的一半生命是夜色

如此狡猾

我想把头发剪了。在心里
已断裂了几十次的长度
无法再眷顾时有时无
那些说过的话每一个字都在塑形
不是原来的样子
不是现在的样子——
变色龙。秋天来了
带来了一篮子的冬
人还没有老，却载不动流水
稀松。根根脱落的发
仿佛深褐色的像素迷恋寂寥的风
我用黑夜的眼眸团团围住
总有些新的命题在途
那小小的愿望如彼岸
之舟

我们终于感到……

我们终于感到金黄的落叶

飘离我们褪色的瞳孔
落入到东湖的一侧，我们并未
真正观察风吹叶动的这个过程
倒是看见分手的爱人用同一只手
抚摸另一个恋人，用同一双眼睛
忽略彩虹或彩虹的前身，用同一种声音
话出异样的言语，用酱紫色的牙床
回忆粉红色河床里洁白的小石子
我们是自己愿望的敌人——
颜色的演变摇动了岁月的波纹
褶皱了心扉，我们对此熟视无睹
我们对熟视无睹有天生的禀赋

我感到所有的潮水……

我感到苦恼
当脑海里必须要破除
那些虚弱身体的给养
和执意拥挤的细胞

它们牵引了我长着犄角的意识
组织了我本真的言语
斜斜地灌入到一支
满是裂缝的笔
（哦，如星闪烁恰是它的美）

一些碎浪溅出属于它们的领地
我感到所有的潮水……
这些薄薄的纸
无法完成哪怕一个重大的人生命题
何况那些终将被监禁被溢出被豢养的史实

歪曲的风与阻塞的河流占据大地
我感到所有的潮水
扑向岩石

你是我的暗流河
——致X先生

冬季凛然，信风吹了亿万年

乱发疯长，遮住了先人的脸
思维没有变长，暗夜不曾变短——
无人经验
所有的说辞皆是历史的隐晦
人们依照心念撰写过去
又执春秋之笔曲意现在
而未来，仿佛一季调色板里的盛夏，实则
一幅《日出·印象》，一个潦草的永恒

在旷野的尽头，启明星的方向
你的身影像一条荒原上的独狼，立于悬崖
思索未来可有别的模样
有一束光忽明忽暗于汪洋，那不是灯塔
是生命焦灼成一舟孤帆
你望着朦胧又沉寂的星云，读出了
波涛的色彩
你，那道不明的传说，一座雅典神庙
似哲学的问句，沉潜了千秋的风霜
你，一个思想之流，流变了
阻塞的河道，灌溉了九州
你思虑日头下的国殇，荒芜的夜半潮湿了胸膛

我要告知你我无可奈何地信奉这样的箴言：
尼采的"超人"引发"末人"和反思想巨人
相互抵消，世界长存
命脉在太阳下生息，萤火虫亦各行其是
星宿和水流对我们同般公正
人人皆是坐卧而起又终归
躺成地平线

你不置一语，心中布满沟壑
交通的信息变得愈发复杂
缓缓的流淌无济于事，慈悲的航程颠簸流离

友人啊！莫要神伤
我的心上有条夜航听任你的风向
日夜已留有你的影子，不停穿梭
你是我最重大的秘密，我的暗流河

我喜欢你是寂静的（外八首）

●吉祥女巫

我喜欢你是寂静的
我知道你也一样

此刻，我又走进了喧嚣里
没忘记带着你的影子

记忆中，两条锃亮的铁轨
驮着咔嚓咔嚓的轮回，谨慎着向前
你的影子学着它们
和我保持着一定的距离

终没能冲破咒语的禁锢

目光及十指的冲动
在一个闪念间似被唤醒
旋即又沉沉睡去

傍晚的静谧里，那些平白伸出的手
让和顺的风，忽而陡峭起来
让一颗悬虚着的心
再一次，停止了妄动

北风吹

一直都在……
这是北风温馨的回应
七夕之前，它又吹了过来
意料之外又情理之中

小镇偏僻而遥远
太多的幸福都源于虚构
一丝真实的风声多么可贵
像久违的亲人……

北风一吹
多少的烦忧都散了
北风一吹，鸳鸯和蝴蝶们
又可以开始做梦了……

必然的主题

阳光从帘起处撞进来
将白花花的肢体
摊开在床上、地面上
如欲望的引线

多年前遗落在心里的一颗哑雷
啪的一声，炸开了
曾经的雪花，火苗及咒语
一齐再现

如果它们之中
有哪一个敢把回忆认作自己的名讳
此前和之后的一切
便都被赋予新意

隐形的火焰

隐形的火焰，出其不意地
又闪动了几下

午夜的钟摆忘记了摇晃

藏在身体里的小人儿
又蠢蠢欲动了

看,她的腰肢正在拔节中
不断发出脆生生的响动

午夜的钟摆停止了晃动
仿佛是一种默许
血脉里的野草即刻峥嵘
骨头里的山水随时呼应

小小的人儿,就这样
一步步涉入险境

银碗盛雪

至今,还有一些云朵
悬浮着,缓缓向梦的入口移动
仿佛故意想去步谁的后尘
隐约的呼唤声,时有断续
那些手握前世欠条的人
随时都会被命运的绳扣,拴住心魂

"唯有走近蓝色的海
才能亲吻到,快乐的波澜……"
叹,那个天生与水为敌的人
终于毅然走向水,且坦然于坠沉……

故,旧史里,留有以下撰载
"每到月圆,那只名叫'永恒'的鸥鸟
必会对着虚无,鸣叫三声……"
而银碗盛雪之境,只好有待于来生

我爱你

分明听见平地的惊雷声
之后,所有的玉兰,都开了

"我爱你……"
这是一个悬念
可怕与可爱的成分,纠缠数载,
终未能分出一个,胜负输赢……

"悸动的意念,才只是轻轻流转
瞬间,就已然化作永恒……"

还是继续说说玉兰吧,看!
不觉中,它们早已坐满春的门庭
我猜,最是浓烈的那一群
必是来自火焰的故乡
而最是清寂的那一个
很可能就是蜡炬的灵魂……

摇曳之美

春天的每一种新生
都值得我们用心灵去尊崇
一如这莫名而来的摇曳

几分是意外?几分被注定?
两片叶子,早已无暇顾及
能够此呼彼应,才是它们最重要的当下……

忍不住就想赞美这个三月
它所怀抱的每一种
出其不意的小清新,小别致
怎么就那么令人着迷……

思 量

有些声音稍稍偏于淡远
轻微的跋涉之后,就涣散了身形
有些意念仿佛平地之雷
一经出现,便引发持久的颤栗

怀抱着空气的人儿
为了不让自己太过沉重
只能不断地清空体内
多余的盐及水分

小内疚多于大欢喜
永远都不是她想要的比例……

叙 话（外六首）

◉徐卫君

这一世，我制作古琴
不选梧桐枝，只求满山的老杉
一年的时光成就一把瑶琴
即便伏羲氏淡定人间六千年
本体垂垂老矣，吟唱依旧清风明月

这一路，我踏遍青山
追寻道的根源，天的尽头有混沌
世间少点纷争，多一些安宁
我已在佛前祈祷了两千年

这杯茶，我只斟给你
佛说有缘人，我谓之轮回
慢慢细说前世今生的凡尘与天空
且听我弹唱几曲凡夫俗子

这一生，我住梧桐树下
没有凤凰禅鸣，没有涅槃的火焰
自身做琴体，演奏一曲高山流水
绝不做伯牙断琴，天下尽是钟子期

红 梅

立冬以后
雨雪在北方用肆虐擦拭着万物
世界寒颤不停，惟有你
比含苞待放的春天更迟疑

风捂着雪籽打在梅枝上
我不知道是雨在销魂
还是盘根错节的你在骚动

你那不胜的清雅和动荡的摇曳
此刻，红梅的湿身让我看得发呆
我多想我也是她枝上那细小的一粒
趁其不备，偷袭她含饴的花蕊
让日后结出的梅子
血脉里流淌出我的诗意来

花开堪折直须折
莫待无花空折枝
即使因采花而英名毁于一旦
也要借花，在佛前绽放
让这无限的妖娆化为人间的芳菲

电脑中毒

是谁，来了次斩首行动
以一份报账单的名义显示
点开，各路终端瞬间告急
"千年虫"已经将内存包围
十面埋伏，哪里还有出路

桌面火了，跳动的精灵有了泪水
来自各路专家的声音
是传达上层建筑的指示
是来自基层的轻轻咳嗽
还是流在网络上的头脑风暴

手机的铃声如早晨的闹钟一样热闹
两块电板，充电器唉声叹气
楼上楼下的问候雪花般飞来
这一场闹剧该结束了
停电了，鼠标发了脾气

邂逅

整整三十年没有听见你的声音
偶尔想起来
岁月已经拆迁了中学教室

很想从你的课堂牵一丝回忆
让同学们浮想联翩
那时候的你,风华正茂

无数次经过中学校园
思念的风铃只在天空摇曳
恍惚从时空中迸发出一声呐喊

退休后,你沿芹江走了似乎一个世纪
岁月在你的脸颊刻下一道道台阶
钱江源在你的脚下奔流而去

天南海北的学生插遍你的思绪
开化这块土地溢满你的沉思
黄昏的芹江上飘满温馨的炊烟

冬季的暮色来得太早太早
日落西边下的一张报纸
邂逅了三十年前的班主任

牵手的老人

黄昏饭后,散步,看夕阳下山
南湖桥上,台阶,有白发苍苍
目光聚焦在那双紧握的双手
他们走了多少的路,什么力量
让苍老的手紧握住夏天的炙热

南湖的公园,白玉兰就在身边
奔放圣洁,爱情纯真的代名词
今天,却黯然失色
八十三岁和七十七岁的携手
握住了春天,握住了生命中爱的绽放

迷离的眼从星空穿越
秦时明月汉唐的风
上下五千年的春秋
人类用勤劳演绎内心的渴求
最终的那抔黄土埋的无非是爱与不爱
若说爱,这双手羞涩了今天的红尘

寒山湖的吆喝

是谁,一声吆喝
从天台山寒岩出发
一走,就是一千两百年
今天才到达寒山湖
被我在湖心岛屿上捡到

打开,这来自大唐的吆喝
传出四面楚歌的乡音
极目张望,找不到突围的栈道
难道要我和西楚霸王一样,拔剑

渔夫在鱼肠里放入了通敌的证据
委托玉兰花在萧瑟的春风里点燃烽火
沿湖边的窗扉偷偷潜出
被饥饿的乌骓马截住,一口吞噬

马的嘶鸣惊醒了夜梦中的我
披衣推窗,仰天长叹
寒山子啊,为何我不早生一千年
若与君推杯换盏,何等快哉

老　家

乡下老家,田野满眼的绿色斑斓
春之后,入夏的万物焕发的勃勃生机
打扫庭院的女儿,绘画的女儿
百年红花继木深藏的那枚嫣红
此刻的温馨宁静填砌着喜悦

还需要在历史里徜徉,寻求信仰吗
眼前就是归航
再广阔的天空和海洋

属于我的注定是这绽放的家乡
注定是与我一起长大相濡以沫的村庄

我已姗姗来迟，轻抚屋后的竹枝

看过山下过海，今天只看儿时的时光
历史只是尘埃，谁知道夏商周之前的天堂
只有这狗，这猫，这块菜地，这条小溪
还有，头顶掠过的声声鸟鸣

对一场大雪欲言又止（外八首）

●吴警兵

期待一场雪的来临，人们只是挂在嘴上
并赋予了许多说词，其实
下不下雪，那是天的事
就像窗外树枝上的那片黄叶
不知什么时候会随风凋零

可以说，下雪是一门技术活
如果期待的日子久了
如果，可资的话题多了
这时候的雪，就下在了节骨眼上
下在了心坎上
下在了花样百出的说辞上

对一场突然降临的大雪
我欲言又止，对这么空洞的洁白
我不知如何是好

台 风

乌云集结，自由的歌绽放于天空
一切都那么安静，呼吸急促

上天的指令枪扣动扳机
重重天幕被击破
草木和花朵，街道和公园
没有一个可以幸免

柔弱甜蜜的风和雨

远道而来，加入这场宏大的战争
疯狂与暗灭，层层加码

让所有的力量不再是力量
让所有现实，都露出了真相

一杯孤独的酒

这杯酒，浸在歌厅
浸在寂寞的音乐里

时间过滤了一切主要部分
起点和终点，都无可辩驳

从杯口到杯底，谁也无法预测

可否盛下一夜月色
举杯的人，趁着这歌声
回到了自己的孤独里

走过隧道

一个人走过隧道
一处黑暗走向了另一处黑暗
这一小段路，在这个深深的夜里
充满温暖
灯光照临，身影
像一颗子弹，穿膛而出

要寻找什么？那么迫不及待，决绝
我又一次将自己曝光在
新的黑暗里

完美总是不近人情

天开始从黑转白
从暗转亮
我的神志，一下子清醒过来

许多事情，亏欠的产生不够及时
如能做到天衣无缝
一切，就顺理成章了

谎言习惯在白天生产
并把它带到夜的梦里去

完美总是不近人情
不管夜的这颗黑眼珠，多么无边无际
它也会被白天的白
抹得一干二净

假　装

窗外的天假装成蓝色
云假装成白色

风没办法停下来
这多么失败啊

河水假装静止不动
是无辜的

整个午后
我假装失去了记忆

浮　萍

给我一个有阳光的午后
就遇见了你。在局促的一隅
时光短暂停留

起于青萍之末的风
让我们看清了自身的弱点。人生
真的需要扎下根来么

我们脚下的这片土地
从不在乎草木的枯荣
而相遇，那是迟早的事

就算相拥一辈子
所有的记忆
也终将消逝于时间

时间里的秘密

晨光从绕步岭穿过来
梅溪缓缓流动
流过康桥水郡最隐秘的部分
风从不曾改变什么
普明寺的梵音成了时间本身

我们试图从中走出来
却谈何容易。太平湖群山环抱
不存在谁降伏谁
锯齿一样地深入与浅出
与疼痛无关。在有限与无限之间
内心的真相无法被揭示

二手时间

太阳像蛋黄高悬头顶
万物隐去了它本来的面目

朦胧的美是如此残酷
歌声沉没于时间的河流

真实像呼吸越来越奢侈
幻境却如影随形

那盏被寒冷包围的孤灯
总是亮在它自己的世界里

徘徊（外六首）

● 胡富健

你可以在高处
譬如山巅、房顶
想象一些仰望的风险
也可以是低谷
河汉、渡口
成为船
生出泅水的冲动

一阵风，或者
一记喇叭，一声鸟语
都能惊一身冷汗

难以置信
走过的树又走回了
稻穗不断作着揖
向着土地

一粒尘埃，其实
可以灰暗，也可以荣光
对于你这样的灵魂探路者

门

门立着
尚且渡不尽人生
更何况，躺下
任小丑、鬼魅进出
偶尔跷起二郎腿
确实难倒一些鲤鱼们
不知如何地一跃
这道坎，有时
也会侧身

徒增流的拥挤
天也会贴出门联
不管开心还是烦恼
都会泪流，不过
与门无关，人们
照样进出

冬天来了

季节出版了一部新书
把秋的落叶都扫描进它的扉页
东西南北中各有章节
寒冷的话题整整占去九十来面
祈祷温暖，始终成为主旋律
而北风却翻看出凛冽
光秃的树木以自己的瘦身
支持绿色的回归
蛇也用冬眠的方式禅定
那些雪的插图
让少年兴奋，去效仿
堆起快乐童年
候鸟飞过，叼去苦楝眼珠
梅花也笑傲，纤尘不染
只是霾这节的记叙加重了些笔墨
遗憾没有鸭子、水牛、小燕子的嬉闹
不过，没关系
后记里已埋下春天的伏笔

路口

变幻的红黄绿
循规蹈矩，不知疲倦

书写,生命的三原色
冬天,风总是那么瘦
是谁在抢开
给了黄灯一个猝不及防
骨头裸露,地上一摊残阳
植被,流动的植被,依然流动
我分明听见
人间的酣睡声
路口,也早被冷漠
深深划伤

村口,一个女人更瘦了

始终没抛荒,田地
一天比一天更能怀想

滚圆如土豆
健壮像玉米棒子
还有幽远
若玫瑰
牛羊也肥了

村口,一个女人更瘦了
一天比一天更荒凉
却一天比一天更镇定
虽头发如丝麻
白中染些黄

等待,比路还要坚韧
也更加漫长

那一场雨

湿了人间。湿了尘土飞扬的思想
一些污垢从此横流
唯有焦渴,皲裂闭了嘴
不再矜持地吮吸

培植的生命
都酣畅淋漓地拔节

跳跃。奔跑。
恰似那丝丝圣洁的毛线
把爱迎风斜织

垂帘的幕布。我站着
只为那一汪灵魂深处的对视
我便是小溪。可以
骄傲地奔流了
点燃。胸中的五彩斑斓

思念,走进行囊
泼墨。向着那沉甸的灵魂

凛冽

是一道目光
从凌厉的冬夜走来
风呼啸着
将一杯咖啡啜饮成孤傲

你走进雪地
极尽冷艳
脚印咯吱几声
便没了踪影

凛冽又是一把刀
一刀一刀削瘦冬天
让春天有了穿越的梦想

在你的怀抱里
我吟出丝丝暖意
一伸手竟触及了你
竞相放射的活力

绿火车 (外四首)

◉泥 人

相对于高铁
一列绿火车就是一条绿虫
在黄昏中蠕动
一些依旧缓慢的美
一些还在爬动的美
如同月光滑过树叶
老护工爱人般抚摸地铁
一辈子都没说出的告白和告别

黄 昏

轻风撩拨树叶
黄昏是一扇调着情
半推半就的温柔的门
一些人进去
一些人出来
然后是一整夜看不见的魔术
一些人凭空消失
一些人在天的另一边露出笑脸

一滴露水敲打绿叶

一滴露水敲打绿叶
这儿时最为简易的场景
如今多年难以得见
变成偶尔一闪而过的画面

我们不能问为什么这么简单的问题
来伤害自己

一些事不是不在意
而是真的会忘记直到再也想不起

一些物本与你无关
只是走着走着都走回了自己

庆幸的是
都相安无事地走到了终点

那些陌生的温暖

不要以为你提着蛇皮袋
我背着公文包
我们就在不同的世界

我们并没有什么区别
我们都从一个地方而来
赶往另一个地方而去

我们都有能说起一部分
或完全不能说的隐秘与苦衷
我们都不会轻易地说出
姓甚名谁

但我们上了同一列车
都会有短暂的不安和温暖
在火车急刹时
我们都会醒过来看望彼此一眼

石 头

火车从半夜开过去时
我想起一块石头

一颗旷野中半裸半埋
不与绿草花朵为伍的小石头

终其一生的坚硬与孤独

是为了让一只奔跑的野兽

跌一跤
站起来继续奔跑

林 间（外六首）

◉ 李树侠

当栾树叶子落尽
天空倒挂着蓝色长衫
从透光的枝丫中间
不经意间,露出了里面肥胖的白云

偶尔有三两声鸟的鸣叫
把林子掏得越来越静
簌簌的声响来自松软的落叶
你深陷于往事的脚印,难以自拔

拐上羊肠小路,几朵花把秋天的颜色
深埋在野蔷薇体内
远处的歌声,像一粒粒露水
珠圆玉润地滚落

阳光又一次涌进来
这片小小的树林
在一个人幸福的颤栗里
缓缓垂下金色的眼睑

回望群山

我又一次回过头
把自己站成一根麻木的楔子
钉进苍穹和回乡的路径

松涛阵阵,如同潮汐

风把芭茅草推倒又扶起
这个走在山间的人
内心也有同样的挣扎和动荡

脚撵着脚的小雏菊
在黄昏来临之前
点亮自己的灯盏

青苔在石头上摊开身体
孤独的鸟鸣
收缩成一粒粒黑影,落满树梢

此时天空被群山撑得更远
熟透的果子纷纷落下

多好啊
一切都有了好的归宿
一切都会被星星照亮

站在故乡的山岗

十月的长风
信手撒落一把松针
疼痛如锥心,铺天盖地
你听不到内心的回响

一只虫子抱着树叶摇晃
情节生动如悬崖上的寺庙

无人祷告的香火
被竹林和野草孤立起来
倾斜的光线停留在睫毛之间
落日随着多年前的忧伤慢慢退场

你长久地伫立，遥望远方
这透明而干净的眼神
仿佛来自山上两只吃草的羊

雨　后

白鹭松开羽毛，桨声远去
岸边的芦苇在雨后
垂着凌乱朴素的脸

桥上被雨打乱的人群
重新来到河边

水已经清洗完头顶的乌云
抱着你的倒影
一会儿安静，一会儿汹涌

这时我看见苇絮在飞
河面落满毛茸茸的唇印
鱼群蜂拥而上，仿佛尘世的幸福
被风一一找回

迟　归

内心深处有雪开始涌动
北方的人在破冰

最小的战栗从柴火中醒来
饺子一上一下滚动
这些洁白的耳朵
住满那么多小儿女
到处都是饥饿的声音

土路上的脚印被雪慢慢抹去
沸水刚刚顶开锅盖

在一碗清汪汪的水里
母亲望见了那个迟归的人

暮　晚

云雀停在树梢
一支多么轻盈的晚笛

竹叶侧身让过流水
咿呀的木门
惊动了黄昏的光影
我依旧在等
急促的心跳，如小鹿
如那年钟表走动的声音

被河水打湿的石头
在我的心里一块块放下

故去的人那么遥远

我所在的小城
故去的人都藏在西山

檐下的寒露刚刚晾干
小雪一步步逼近
再翻过一个节气，冬至就来了
旧坟的新绿又长成枯草

我们带着纸钱
穿过十五里坊
这么多山水
这么多奔波的怀想

再走完几条田埂
才能找到躲在树林里的亲人

在场的理由（外七首）

●卢艳艳

两个陌生人闯入镜头，双手摆动。
看上去，他们是父子，
在我定格的画面里对话。
转过相机，此时框住的场景
是一片银杏树，听不到远古回声，
只瞥见它们，模糊不清置于
寂静之地，
继续着上一纪的生长。
不远处极速光轮，尖叫声飞起来，
此时人间，更像一个游乐场了；
或者游乐场，才应该是人间
应有的模样。
我需要放下背包，走过去，和他们一起
随一束光奔跑。头垂向大地，
像一颗地轴尽头的凸起，
在急风中，独自旋转。

失语者

夜空下的工地轰隆作响
我们像陈腐的泥土，从睡梦中惊醒
挣扎着翻身，被铁掌轻轻举起
堆在刚挖开的伤口边缘

每天，我沿着墙角缓慢行走
感觉在绕过身体某处
不断卡紧的位置——也许是喉管

在时代的基坑里
水不断渗透，锈掉了无法修理
而逐渐衰老的声带

火车慢慢开走了

它复制着启动、离开，以及
拥挤和空虚。伏卧于低洼处，
滑行在交错的时刻表里。

如暗绿色的竹节虫，被风雨驱往
别处——
这里没有走投无路的事物。
站台上的人群，仿佛瞬间
被卷入了时代的车轮，加速着黑暗，
明亮和转折。

窗外所有一切，慢慢后退，
引领我，倒叙至宿命的源头：
那里，我尚不知道起点即终点。

尚不知道，我送走的每一个日夜，
正慢慢把我引向皱纹一样
渐行渐深的岔路。

青海湖

没有人提及，垮掉的山脉
比春天还深的春天
藏在油菜花里

去青海湖的人
他们准备泛舟，骑马，看鸟飞翔
准备把浮生，沦陷在湖底

准备面对宽阔的蔚蓝，说
盐粒般细碎的秘密

准备把太阳扔向云端
属于自己的神谕
露出端倪

最后，他们原路回落
像从马背失坠的孩子，紧紧抓牢
一根羽毛

向日葵

向日葵是一种色彩，
是一个人用生命泼洒
太阳和烈火的本色。
它不会将你烧成灰烬，
只用金黄的花瓣和木质的
果实，让人们看见
什么是温暖，听见
什么是脆弱。并在每一个夏末
独自带着天空，
遇见隔世的灵魂。

雪

昨夜的白去了哪里？
起身时，所有寒冷
爬出枕上的凹痕，重回巅峰。
仔细倾听。今夜的白
还未到来。

所有罅隙被光线贯穿
——它们旷远，虚无。
有时像尘烟，弥漫于
长久的凝望之中。

有时，又像利箭无法收回，
插在窗帘的黑幕上。
睡眠只是灯罩下，扒开
一堆雪，寻找遗失的黑发。

推开窗

窗外几棵梧桐在晃。
有时是叶子，
有时是空空的枝条。
喧闹声交织在阳光里，
恍惚从另一层世界传来。
楼下没有汽笛声，
楼上隔着薄薄的五孔板，
就是一个虚无的空间。
倚窗的孩子，
手握彩铅，把小人书上的图
复制在窗台的白纸上。
却没意识到，
也没有能力，把窗外的景象
描绘下来。
如今，这一切再也没有
可以见证的事物——
当四周已立起高墙，
当你心中已没有可以
推开的窗。

溢 出

饥渴的世界，需要
一壶水在炉上炙烧着。
只有沸腾那一刻，
才向四周扩散，才肯
在慌乱中寻找突围。

如血液充满整个身体，
向外释出疼痛，用手捂紧
无法收拢的指缝——
对抗是多余的。

试图从生活的
毛细血管里，抽身而退。
却发现只是渗出毛孔的
细密汗珠，等待岁月的布边
来回擦拭。

秋风吹响魔笛（外六首）

●鲁永筑

秋风吹响魔笛
把群山和阡陌搬进了染缸
黄色、红色排挤着绿色
浩荡南北，攻城略地

翎羽一族，平时太热衷于饶舌
以致忘却了储积，眼下只得逃离
这是无奈而必然的选择
而人与兽，仍在原地周旋

一条长江，一道黄河
再怎么执着，终流不赢岁月
谁听说有哪一种孤单
可以沸腾心肺俱失的海洋

是谁在云朵里拨动琴弦
以高山流水画起眉间乡愁
让一个历尽沧桑的人
发如雪，在廊下吃力地走过

沙　溪

沙溪如刀
在磐石间锉下
一道沟壑
然后用乳汁
温润村庄和土地
以及舒适的日子

修竹被磨成鸟簧
吹奏汩汩水琴
枫杨在廊桥边招手

挽出一串串蝴蝶
一万朵玫瑰
一万个出浴的美人

奉劝那些没有定力的人
轻易不要去沙溪

葳蕤羽衣

我在怀疑人类的同时
也在怀疑蓝天和白云
但我，从不怀疑大地
是你，让我披上葳蕤羽衣

他说过那么多好听的话
现在全部由他自己收回去
它以晴朗的名义哄我
却让我挣扎在风雨里
不管我如何邂逅
是你，让我披上葳蕤羽衣

我不懂生活，且活在生活里
我不解风情，却醉死在梦里
我走的，都是别人曾走过的路
我想的，都是自己不敢想的事
看到河流懂得曲折意义
看到草木懂得枯荣命理
能躲闪这么多不舒心日子
是你，让我披上葳蕤羽衣

既然从你这里萌生
就愿从你这里枯死

能否活得高贵并不重要
重要的是,这件葳蕤羽衣
还会不会被后人提及

在何氏宗祠,
看高铁飞过祖先的发髻

"人类的脚板是有根系的"
在文昌何氏宗祠前冥思了片刻之后
通过了这句话的内心求证
一族之人生于斯长于斯死于斯
只因根系扎于斯

五凤楼危檐斗角,鸟革翚飞
大享堂肥梁壮柱,雕版画屏
何氏子孙拜兴拜兴再拜兴
何氏祖先尚飨尚飨再尚飨
只因根系扎于斯

外墙粉了一遍又一遍
瓦片换了一茬又一茬
衣袂拂拭出来的门槛
辉映着神龛上木主的荣光
只因根系扎于斯

而今,高铁飞过祖先的发髻
后现代与古文明发生碰撞
二十米的落差
却要完成数百年的穿越
那些由慎终追远引发的思索
只因根系扎于斯

期　待

我期待的未来,还在
内心胚胎中萌动
基因重组密码序列里
编入圣经、心经、道德经
和其它仁爱文化的优秀素材
以及草根深处的语法

妻子说,不用那么复杂
有阳光、流水、食材、炊烟
一处院落,几亩薄地就行
当然还有一如既往的你
和越来越棒的孩子

儿子说,太老套了
对于未来的期待
需要建一个属于自己的国
没有战争和苦难
没有说教和税务
在陶潜的笔意里渗入
后现代的生活方式即可

我说,你们的期待都不错
但必须加入几种常规
比如读书和喝茶
抽烟和饮酒
以及虚荣和现实

我发现,我的世界里没有期待

蝉

它以嘶哑完成控诉
夏的灼热。风从原地兴起,
在远处唤醒耳膜。
打乱造物主安排稳妥的秩序
像一只麻雀追逐一只苍鹰

小河流淌,杨柳依依
——慵懒的日子
蚂蚁仍在树下搬运岁月
"这是一个曼妙的夏日"
有人喝茶,有人打盹

秋天尚未到来。浓荫仍在
爱情里低吟,自丛林
到白云,牵引我的眼神
而看不见的它,仍在树梢
酝酿下一个起兴

虚 构

他和她都是虚构的
真实的他们隐藏在现实
没有人，能够打开囚笼
把他们活生生地救出来

黑夜无限膨胀，阳光
必须介入诗人的混淆

凝结后的形态有光和电
他们挣脱枷锁，骑着汗血宝马
全身披挂，一路砍砍杀杀
从地狱深处夺门而出

清晨，沙滩上，有两行马蹄印
太阳抖落乌云，跳了出来
以一种不平庸的理解
吻遍一道道伤痕

抚摸记忆的日子(外四首)

●再回首

再一次地汇集在这个初冬
感受青春飞扬的日子
只是头顶，早已泛起灰白

山坳的风轻轻地吻着肌肤
那种感觉，有一丝丝熟悉
有点久别重逢的样子

这一抹清一色的队伍
还是那么整齐，那么挺拔
只是沧桑的脸庞不再青涩

想起了那一年，远离家乡
从此与故乡与亲人和故土
衍生出书信电波和故事……

在岁月的长河里，我看见
那个懵懂瘦弱的少年很单纯
清澈的目光充满自信……

向前走，一路的血与火
用诗和远方，记录青春……

秋之舞

只是告别，却也漫长
那手，一握再握
掀起满天的缤纷

这是多情的时光
在冬日里展示
秋天的童话

羡慕的风，有点冷酷
心底的悲悯促使他
尽情地闪耀

期待与秋的约会
早已成为惯例
只是有时，缺少拥抱

那份爱，执着而灼热
一个温柔的眼神
用色彩，出卖了内心？

我把时间定格为晌午

一切很自然，连醒来
突然地眨眨眼
脑中，却有太多的空白

昨夜，把自己骗上床
是一丝丝的睡意
绝非那香烟还有咖啡

昨晚的天空，月亮很圆
看不见那天宫庭院
一份皎洁，勾起思恋

我们大多数的奔波
无不是为了活着
有时候，还要折腾自己

我把时间定格为晌午
才明白看到的阳光
很温暖，很灿烂……

躁动的那份原始

转眼，会成为瞬间
转身，意味着再见
那些过去，只是纯真
一串串的脚印，凌乱
却带着自己的青春

看看身后的那条路
延续着的年少和轻狂

却留下了满满的记忆

躁动的那份原始
吹过了仿佛世纪的风
让脚步，不再沉重

你可以织一张网
把自己和心事慢慢包裹
然后，选择重生……

徜徉的心事

风里来雨里去，都是日子
当雨点和阴天的相伴时刻
那是你我密密麻麻的心事

曾经刻在脸上的那点明媚
在岁月中沉淀为斑的记忆
然后，退化为皱纹和故事

无须为过去，踌躇不前
走着走着，路上仍有情怀
诗和远方，依旧在身边

蓝天和白云的优雅相随
让大地奏响温暖的乐章
诗意着生活，还有我们

歌唱吧，给未来和自己
那被风吹皱的岁月
终会平息你荡漾的心事

看守人（外六首）

◉ 翁德汉

看是看着的看
守是守护的守
眼睛进化成激光幕布
双手捧着一滴水祈祷
时间在头顶停顿
闪耀着的绵羊一只一只消失

故事伤心落寞
江南不下雨
人、事、物疯狂发芽
断电是断电　断水是断水
那只著名的乌鸦
已经对着黑夜虎视眈眈

一辈子的事情
一刹那定格
摇摆在隔离带两边
花会笑　草会哭
看守人对着自己的守
高唱信天游

收尸人

收尸人
一直在收尸

剪掉所有日光的刺
痕迹修改成
一朵开在黑暗里的
菊花

无视差　满怜悯

一双手关上一扇门
那场冲刷灵魂的大雪
正悄悄把时间收拾干净
落在了经幡上

夜行人

装上月亮　点白星星
给黑夜打扮打扮
清除杂草的任务
落到了蚯蚓身上
驱赶寒气为狼提供了动力

化了妆的黑夜依然那么黑
过度涂抹的眼睫毛
溺爱着眼睛
寻找打破垄断的夜鹰
把自己当作一束光

啊，有了光

被抽走的黑结晶成体
成功燃放成冰冷的烟花

守夜人

夜的颜色被公开
就算影子
也能在灯红和酒绿之间踩好点
把该做的事留给光明

黄昏无法拿出补贴

黎明关闭了水蒸气的通道

斯密说守夜需要一种技术
漏洞百出的夜
占领了学校
是谁在传授握镰刀的方法

采茶人

雾起。露珠结束一段姻缘
绿色的晨光
被双手舞成芭蕾
其实所有手段都闭上眼睛
所有要坚持的因果
一层层吞噬

被背叛的茶
被背叛的大自然
都在喊冤枉

主持人

往台上一站
台下空气
开始失去自由

话筒和椅子
自觉接受检阅

默默盘算角落里盆景的呼吸

非要议论脸蛋身材
连着大脑和嘴巴的神经
已经干枯
以年为计算单位的公式
套牢了灯光的过去、现在、未来

经纪人

拉上幕布
悄悄运行的程序不停地散热
有的热直通冬天的空调房
有的热则患了癫痫病

落到纸上的幕布
折一下
叠一下
连空气也晕头转向

掀开幕布
……

蛰 伏（外十一首）

◉ 柴　薪

天空中有凛冽的大风，最后的几片树叶
落在它的头顶
季节已压至胸口，一只黑熊
在落满树叶的洞口收拢它的鬃毛

从四处奔走的红尘中抽空回来，停上片刻
让这秋日尽剩的温暖景色
渐渐进入内心，凭借它

来抵御和度过漫长的黑暗与严冬

白 云

把庭院里的
几朵花和几片叶子
抚摸了一百遍一千遍之后
伸手想去摘

天空中的几朵白云
这时候
一阵大风掠过,白云
忽忽悠悠地飘落下来

灯

一盏灯熄灭了
一夜之间一盏灯熄灭了
一年四季每夜都有一盏灯熄灭了
或许还不止一盏

灯熄灭了
灯熄灭时无声无息
就像那虚无,无法悲伤
就像一个独自活了很久的人,猝然死去

去拉萨

从西宁去拉萨的路上
我驾车子前往
他叩长头前行

当我超越他的时候
那一瞬
我反而觉得拉萨
离我越来越远

小雪

我所有的悲伤
无影无踪
只有当小雪来临
才会在草木上显现

一群人和一个月亮

天上一个月亮高高悬挂
地下一群人,围炉夜话

一群人或许比一个月亮
更孤独

鲸

谁能穿透时空
读懂我千年的悲伤与忧伤?!

面对这个冷漠堕落的世界
我真的无法
仰起高傲的头颅
一直往下沉,往下沉
越沉越深
却把巨大的尾巴
高高扬起

苍 茫

我的世界一片苍茫
接踵而至的秋天更加苍茫
一棵树一个人,甚至
一个人与一棵树的距离

寂 静

这地方的寂静是与生俱来的
绛红色的山门,山门前褐色的石阶
石阶边青翠的草木与黄色的野花
庙宇檐角上的一个风铃
角落里的一张蜘蛛网
琉璃瓦上跳跃的一只小鸟
柴房里的一簇烟火
这里的一切
似乎都是寂静的

寂静的,有大雄宝殿里的一截红蜡烛
一个蒲团,一缕香火,一卷摊开的经书
一件移动的大红僧袍
佛祖眉心的一颗蓝宝石
禅房里的一盏灯
还有禅房里那个空空的白色的净瓶
等待着一枝柳

一枝梅或者一枝桃花的插入

寂静的,有寺旁的流水
寺中的晨钟与暮鼓
还有僧人诵经和敲打木鱼的声音

燕 子

像故乡旷野风中的剪刀
或天空中的黑色泪滴
现在知道
它们是一群用一生的光阴
执着去寻找故乡的游子
在天空虚无和季节轮回的沉默中
低迥
以翅膀拍打辽阔的悲伤
以回归纪念那些未抵故乡
而中途早逝的亲人

我更愿意说出这些

在四月,在故乡
鸟鸣是树枝的灵魂
鸟鸣是故乡的呼唤
我更愿意

安静地坐在连绵的山岗下
像刚刚醒来的小草
拥有暖暖的春风
与黎明之前幽暗的雨水
他们都是无声的
他们都厌倦了飞翔的生活
从我的眼底
涌起热爱光明的薄雾

故乡的明月

那天晚上
月亮就挂在我窗前的树枝上
像一个远走他乡的人
于夜半滴下的泪滴
像我用半生期待的奇迹
把落入水中的雪花收回
把映入镜中的容颜收藏
似乎月夜是恍惚的
似乎所有的树影都是为了
在这世上摇晃一下
然后变成落叶
寂静地落下

醉 酒 记 (外六首)

● 紫木槿

我把那个夜晚的星辰都租下来
每个星辰一个酒杯,全满上你的温柔
我们一齐饮下
醉了天地宇宙

天明了
再把你的吻放在斟满曙光的酒杯

一饮而尽
醉倒在爱的国度

一阵风把我吹醒
眼前
风是红色的
心事绯红了乱颤的花枝晃动的娇羞

鞋 子

脚是鞋子的翅膀
路是鞋子的天空
鞋子的奔走是一种飞翔
诗是你的翅膀
灵魂是你的天空
你奋笔疾书就是一种飞翔

鞋子是你的战马
冲锋陷阵要靠它
身体奔跑在欲望的高楼大厦
灵魂钟情于跋涉的乡间小路

灵魂也需要一双合脚的鞋子
远处的山野才是它真正的家

苹果树的自白

我是一棵苹果树
幸福地开着花
蜂蝶好喜欢我
纷纷飞到我的怀里
蜜蜂说:你好慈悲
蝴蝶却不知道我内心的伤悲
蝶多么像有些男人
只喜欢我正好的美貌年华
一到人老珠黄就纷纷远离

暗 吻

你咋爱他那样深
存在手机上的照片被你吻了上千遍
因为一次不小心
竟把手机吻掉了
掉在地上开了花
他在你心中仍是那样完美
你可知他也有一些缺点
你说你能包容他
可他能包容你吗
他也一样爱你这么深吗

你的吻他一直不知晓
你更不对任何人透露一声
包括心上的人

一只蚂蚁

一只蚂蚁走近一根大骨头
没有退缩,没有哭泣
不去观看飞翔的鸟儿
不去评价蝶恋花
不去坐等蜜蜂酿出的蜜
一边吟唱着自己的诗篇
一边啃着难啃的大骨头
它清澈的生活在夕阳中波动
释放纯净的光芒

不飞向天空
不游向水底
而是扎根泥土
在宁静中回忆那烫红的情感
光洁的额头依稀可辨
一如我纯情少年
经历漫长的黑夜
经过漫长的隧道
听到清脆的鸟鸣
看到弹琴的山泉
幸福之情无以言表
纯粹与明净刹那间笼罩我
悲伤纷纷掉落河底
蚂蚁终于啃完难啃的骨头

冬天的沉思

冬天的思考比春夏秋的声音都静
是干净的静,沉淀的静
适宜读书写作,适宜反省一年的荣辱得失
记忆画屏可以穿过笔尖
白发会变成升华

月色挂在树梢开出别致的繁花
与岁月握手讲和,内心不再抱怨
湖担心水再喧哗干脆冻上一层

发酵一年的情感抽丝剥茧
或甜蜜,或忧伤,或疼痛

走在冬天的路上
处处拾到反思的语言
树木脱光叶在思考
冬虫在睡梦中思考
人们的境界默默提升,连同情商财商

爱你就喊出来

你是多么优秀
我是多么爱你
三十年都没有表达
今天我要大声喊出来

不再羞涩,不再顾忌
你的心在阳光里
你的眼在月辉里
你那温暖的手在春风里
你那可爱的笑容在吐香的花蕊里
你是多么慈悲
我是多么爱你
三十年都在暗恋你
一直不敢表白
今天我要大声吼出来
不怕冷嘲,不怕热讽
我的心在你的眼里
我的情在你的诗里
我的爱在你的心上

听 周 云 鹏 (外一首)

● 常 丹

海子式的诗人,他牵着一条狗
出来了

——老周,老周
有青年大声叫喊
我做过最俗气的事
拿起新的相机
拍这个金色光中的瞎子

我应该听的
当吉他响起
响自敦煌,西藏,克拉玛依,
他丈量过的金色大地
响起

我夜夜都在后悔
把他装进匣子里
还有什么匣子
比我的眼睛更近?

在上海,青年旅舍

莉莉,百合花的香储一把
在夜里,
让疲惫的旅人生出自卑心
捧着床罩摸到铺位
脱衣草草,屏住呼吸

床帘后面,是上海的精致姑娘
衣架上赤裸的蕾丝吊带裙衫
曾裹紧洁白的腿
纤细幼弱,锁骨和脚踝
隐形的高贵的
三寸半高跟鞋

与自己对抗,在每个清晨
描出胭脂容色的小小房间
只收容背影
收容都市的疲惫车尘和岁月

致 野 菊（外五首）

●郭兴成

散落枯草之间
是您遗失的小诗么
还是谁撒落的泪滴
还是母亲多少
多少寂寞的叮咛

您是如此恬静
静如亘古记忆
在晨钟暮鼓的山野
把生命与馨香交予时光
轮回

我知道
冬季已来临
等我再来看你的时候
或许你
也如母亲样凋零
那我的思念
我的泪滴
该如何把悲伤掩葬在您
寂寥的残香里……

雨漫茗溪

不知又是第几场秋雨
慢慢侵蚀江南烟华
执一杆淡淡的期待
揽一江浓浓烟雨入怀

这是条无声的河流
两岸曾经芦絮飞舞
抵御了一场场北来的风

栖息过一群群南归的雁
这秋雨岂能浇灭
她沉重的独欢

雨声弥漫
谁的叹息飘落江面
经年的渔火
温暖你风霜的容颜
一衣蓑笠
避一世风寒

月满山野

如水的月华下
群山如刚沐浴而出姑娘
脉脉含羞
披着如幻的裙装

一壑鸣泉穿过幽篁
清脆中带着寂寞
无耐中夹杂忧伤
似湘妃在轻轻吟唱

寺里青灯明亮
普度谁迷失的方向
如此温暖的月下灯光
融化了夜晚山野些许凄凉

月光抚慰疲惫的小径
给她披一件洁白的衣裳
我轻轻把脚步落在上面
屏住呼吸凝听秋声飘响

如此的月光
拥抱着宁静的山野
我似乎已漫步梦境
沉醉在那潮湿的远方

无畏生长

昨晚秋雨淅淅沥沥
带来今秋最深的一场寒意
我蜷缩着如一只戚戚的秋虫
用昨天幸福回忆温暖自己
从颤动的嘴角微笑歌吟
明天或许死去

不远的昨天
我用青春编织曾经的梦想
风雨兼程着
播下一遍遍一道道的希望
潮起潮落中
像麦芒般无畏地生长

而所谓的渴望
不过是一种自我的幻想
像珍藏的那片戈壁的胡杨
随我凋落于
苕溪边的深秋雨夜

即使毁灭一切
生活也无从绝望
既然昨天有过无惧生长
今夜我又何惧再一次凋亡

河

星星躺依水草入睡
倦鸟伴疏枝而眠
白玉兰豆蔻初开的情怀

春梅绯红的香颜
挂在湿湿的风帆

你是如此淳朴
如故乡的母亲河
而所谓现代精英文明
正在给你穿上科学的嫁妆
无法阻挡

淡然回眸的乌篷船
已沉入遥远角落
只有丝丝叹息
伴着江南无边风花雪月
辞别在你蜿蜒的沉默里

垂落暮色深处
荡一叶小舟
停驻我沉沉的期许
今夜萍水相逢

独

一人
一屋
一扇窗
一片海
涛声泱泱
星月恹恹

一条路
一个人
一壶酒
半支烟
肥厚的黑夜
瘦削的灯光

何处夜归人

披 云 山（外七首）

◎沈文军

是云披着山还是山披着云
我重回故乡找寻

山并不高，像平原的面包
山顶有烽火台耸立，景色秀丽

树并不多，像老人的胡子
山下有戚继光寺把持，香火旺盛

山道并不陡，新筑的像云梯
游人很多，草很青风很温柔

我的行囊很重，背负离乡的故事
我的故乡就长在云里

大街上一场暴风雨袭来

突然间狂风大作
大街上，一场暴风雨袭来

风呼啸着，街道铺上了雨
稀里哗啦的黑影

黑影中，房屋在摇灯在晃
汽车在呻吟广告牌在散落
桌椅凳在露天广场飘荡飞舞
行人像老鼠般四处抱头逃窜

喷水池中的音乐仍在嘹亮唱响
一根根喷水柱跳跃着
阵阵风雨吹来，腰扭了头被压下

水柱一次次倒下，又一次次挺立
这压不垮的耐力
就是我们的生活轨迹

外婆的山后鲍

山后鲍，外婆的家
外婆牵着我的手在拣稻穗
太阳光，正火热火热地晒下
远处，鸭子在水中寻找食物

稻桩，有一些稻谷混在泥土间
外婆弯下佝偻的身体
颤抖地拣着
一把一把……
回家后，再一遍一遍地清洗

这是我儿时的记忆
像电影般地在我脑海里播放

几十年了，一直在播放

咸草的梦

像一个悲怜的孩子
一根可随便丢弃的草

草也有草的命
咸草，吸吮着海涂盐的粗粝
吸吮着日月精华，长得随意

不怕泥浆的掩埋

不惧阳光的曝晒
浑身变得柔软,使之风来如细腰

最后,农妇把它编织成
一顶草帽的时尚
是让女人在阳光下更像一朵花

草帽,我构架的梦

沙漠中,像牛仔一样骑在马上
草原里,抱着星星睡觉
我戴草帽
去了美国的拉斯维加斯
还有西藏的喜马拉雅山
我构架草帽的梦
遮蔽内心的燥热,
风尘,以及雨水。
我享受,上帝赐给我
带着风的草帽

晨曦的海堤

海涂,鸟,晨光,闪亮涟漪
我站在高高的堤坝上,目光炯炯

晨曦的海涂,再没有熟悉的身影
十年前外公走得匆忙,没有说再见

不见了外公的身影,外公的竹筐
也尝不到了海的新鲜

小时候,我和外公架着小山板在这里出入
四周的弹糊,小蟹跳跳停停非常熟悉

我喜欢这里,宁静而舒坦
外公,我在幻想你朗朗的笑声

鸟　语

说什么鸟语
我们是有思想的人

我们可以用智慧和开明交流
可以坐在明媚的阳光下
让风,让流水来说明
什么时候,什么事
有失我的身份

我的身份并不高贵
我的优点鲜亮缺点明确
但这并不能成为你打击的借口

我是一棵树
希望有土地,有阳光
也要风和雨露的抚育
我是一条鱼
只要有海洋
照样可以存在,畅游

要砍树要杀鱼
你就行动吧。无所谓的
我有灵魂,照样可以自由地生活

在龙泉陈村刀枪剑陈列室

一进入
便产生了时光的飞越……

关公刀,张飞枪,刘备剑
桃园三结义威武杀出
曹操挟天子以令诸侯
百万雄兵虎狼般奇袭而来
这时,杨家将的忠
梁山好汉的义
孔夫子的仁
结集成援军,到达
撕杀声,呼喊声,擂鼓声
响彻云霄,尘土一片飞扬
我置身于惨烈的战场……

战斗中
美好的爱情纷纷涌现
乌江边,霸王别姬握剑吻别

后花园,吕布偷情貂婵枪挑董卓
睡床前,宋江愤怒剑刺婆惜
渡江中,孙权嫁妹意夺荆州

窗外,枯枝在冷风中打颤
我看见一排排的小刀
暗暗匍匐着——
小刀正刺向身边的亲人

上 关 _(外五首)

◉田兴家

她嫁到贵阳,上关就空了
像心一样。我站在窗前

油菜花即将凋谢。青春的遗憾
黄昏一般袭来,让人不能自已

六年前我们走过一片油菜田
花开得正好,和拥抱一样温暖……

她估计忘记了,这些不值一提的往事
而我却在心里百倍地珍惜。

我曾经幻想在上关遇到一个人
可二十五岁匆匆而去,我依旧感到

孤独,比晚归的鸟还喧闹
在这被我一次次浪费的春天

等待,就像夜晚般的时间……

有时候我关掉房间的灯
用手机照着稿纸,想写点什么

在单身宿舍里,窗外的虫鸣
同事的笑声

会让我突然思念一个人
给她发信息,一直没有回复

等待,就像夜晚般的时间
和我的二十五岁,让人心急

而最心急的是我母亲
她白天做活很累,现在应该睡着了

哦,战争肆无忌惮地继续
被打回故乡的我小心翼翼地
在这时间般的夜晚,等待
愿意和我并肩作战的那个人

青 海

这一生有没有机会去青海
在你身边坐下来,看着城市的灯火,叹息
用体温融化四月份的雪

这一生要在外省住多少酒店
我才不会突然想流泪,和二十二岁一样矫情,
　　悲伤
给某个姑娘发短信说天儿又黑了

这一生还有谁一起摇微信
"窗外有几棵樱桃树","结果实了吗","已经
　　被摘了"
只有几颗还挂在枝头像是遗漏的光阴

这一生默默无言很快就会过去
我在小镇上,孤独的时候想象我们相见的场
　景,一个人
度过本该属于两个人的夜晚

南方,就像一封信

想象她收到信的时候,笑了
在阴晴不定的南方,可以把心事写给一个人
然后一起失眠,看到月光。在深夜

听一首长长的歌,就会到七月
"童年一般地飞舞。"那些鸣叫的蝉
没有名字,像很多我们遗忘又想起的旧事

比如她曾经在电话里流泪,说不能嫁到南方
说你应该找一个女朋友:不要习惯于孤独
说我们要保持联系:等我写的第一本书……

那一年你坐火车经过她的省,大片大片的麦子
一望无际,犹如你没有发给她的信息

存在手机里带回南方,一些念头就过去了
一些年头就过去了,而此时的南方就像一封信

黄昏,看雨

落在树林里,和晚归的鸟鸣中
有人坐在窗前等待天黑,然后孤独

他曾经发过一条说说:"真想去树林里拥抱那
　些雨"
但直到允许他矫情的女生都结婚,他都没有去

山上的小路很干净,她们不愿过多地把脚印留在

他的二十五岁里

他的二十五岁,有几棵樱桃树在窗外
被风吹过,一阵一阵地令人心慌

再过五年就而立了,而他还没有好好地吃过一
　次樱桃
能立些什么呢。他梦中的樱桃树又一次开花
　结果

哦,时间总比花期还短
樱桃又一次挂在树上,鲜红得像恋爱一样

午后的送信人

下雨过后,这个世界又明亮起来,他有可能累了
把信件抛进天空,看着它们纷纷落下
落在田野,像桃花、没有声音,让人想哭泣
那些叫桃花的姑娘都嫁人了,和当年一样、不
　爱说话,默默地
在村口等待他带来远方的音讯:"战争即将开
　始了……"
她们涨红的脸,常常令人感到心慌,一阵一阵
他的雨伞,在哪一年哪一个人送的,现在已经
　很旧,挂在背包上
啊,多么寂静的午后,比他要走的路还漫长,
　像一生
他要送那么多信,却没有人给他写一封。有时候

他觉得自己也是一封信,被上帝捏在手里,从
　人世间送往天堂
偶尔在途中被抛进天空,又桃花般落下。那些
　叫桃花的姑娘都嫁人了
这么多年已经过去,她们还会不会等在村口,
　涨红着脸

小河直街舞出刀光剑影（外五首）

◉ 蔡启发

雨停，云层依旧滞留在
石板路铺就的杭州小河直街
那一会，拱宸桥上
我没有看见你迎面走过来
岸边两只铜铸的水鸭
乐得张开了双臂
招惹与同伴接纳，拍摄的情景
景象环生，让阴沉的天空
飘逸出晴朗的彩色
到了后横港，风街景
显得艺术一点，谁在说
转来转去与绕来绕去没有两样
工艺美术无法博物
与我们走在秋天之间
电梯传递了向上的力量
刀剑想起了战场上的刀光剑影
岁月的灵性风沙了爱情
我像回到唐朝，游过山水
步入微式的中国
切思刀剑文化，何不
以诗意的镇邪
舞蹈一个民族的坚韧不拔

葡萄，一脉雪水

我的到来是沿着一脉雪水
走进葡萄沟，万物是静止的宝地
找到你，吐鲁番
经过火焰山转道坎儿井
取经的故事，就在路的延伸处

那一盘，记载的历史

经过文化积淀
透起神木园的森林绿翅膀
堪称味浓唯美的盛宴

是这一曲绿色果园
逆袭掂量，在手机的拍摄下
成为绎演的民族风情
抢眼着游客们源源不断

和款款而来，提升乌鲁木齐
为国家的诗歌地理位置
簇新荟萃
在沟沟到交河古城的舞蹈
我就想在品尝美食之前
欢快跳一次
维吾尔族：麦西来甫

经过达坂城

毫不怀疑这是，一次远观
像春天来临时走进古城
寻找老牌旧坊
慢慢触摸屋檐，欲滴
一排排姑娘深情的笑窝
没有两边的石狮子
坐成一个闪闪的亮点
闪着的光，迎向远处
竖立，有四季的风
吹过辫子粗又长，对面小楼
虽好，可不是今夜的下榻

清新的景色中，眼睛显得

那么渺小,复制长凳
临街的窗口
假使你不知道我是谁
我记忆的潮湿
依然收藏你的亲密热情
不是用脚趾勾到姑娘的心事
经过了,远观
带着风电的怀想,再来
走入街头,唱达坂城的姑娘

织诗网

到了大岭后,我突然发现
乱礁洋一点不乱,稳健的气场
彰显着礁上的洋流光芒
与列岛,在大目洋和猫头洋之间
掀起的一浪浪智慧
原则的感恩与议事日程
因为下雨,成了各色雨伞行动
颁奖典礼上腾起的浪花,自成体统
有许多颁奖词和获奖感言
在渔家姑娘织的鱼网上滑落
沉浮一道亮丽的风景线
这时的伞挡起风,景色就是主持人的长裙
好看,以男人的名义
编织起渔民的爱情与婚姻
编织海岛仙子体制的渔歌一样
嘹亮温柔,独领风骚

过时不候

人生就是一次过时不候
通常只能用一刹那来抬头
临摹风驰电掣的生活
只会是隐约的一只蝴蝶感觉
赎回想要的时刻吗
无论你在江南或在塞北行走

许多人不能踏在同一条河流
穿过河床,密密的石头
你看见了你,我看见了我
人们都在水漫处
如石而立,涉水走远

一潭近水的梦在远游
清晰的感觉,亲切的流转
惊诧了多少年
有时侯的默许褶皱
让亲爱的覆辙人之初的性本善

做一条宁波象山旅游的鱼

因为此刻,我早已虔诚为
一位松兰山旅游者的朝圣信徒
幻想和象征中的门票
我已经不再重要
从台州去隔海喊空,相望的老家
我从椒江,转道路桥、经黄岩
无不要兜满一圈心灵阳光

沿途老旧的风景
是一片片挥之不去的礼物
甩开了昨晚的些许无眠
勾兑成风中象山走走的缠绵情意
应变想起,即是乡愁
早年的谆谆教诲,我的心
仍然收藏着海的耳语

一路聆听涛声依旧,进入到象山港边
甚至清楚存储鱼一样的美好记忆
或快或慢,都有点急切
来回穿梭出鳍的意思,收藏古今
我做一条宁波松兰山旅游的鱼
想象山大港通向天下

三角梅（外四首）

◉康湘民

梅有棱角，那些尖锐
必曾刺痛过一些好色之心

她的红唇濡染过四月雨
春风醉卧，谁的素笺含泪，破译了她虚构的冷
　艳？

梅会飞翔。阳光在花蕊里安营扎寨
对于虚茫的命运，她会反戈一击
——也有长成参天大树的
在河门口公园，有人说
把三角梅漏下的花香煲汤，慢慢啜饮
一生皆宜

我说，唯有梅花让一些赞美廉价；唯有梅花
支撑了岁月的骨骼；唯有梅花能使我的一小
　茎时光
纤尘不染

桃花的一生都在拒绝坠落

哦，我有风尘之心
打马过三月的人
又一次复活了崔护的柴扉和人面

那些惯于笑春风的腰肢
囤积了一千吨的火焰和雨声
那些红颜，使我在埋葬冬日后
有了暖暖的心跳

一定是芳菲擦亮了小径
五片花瓣开始击鼓，吹笙，弹琵琶

她们体内
有无限江山

花蕊里怎会暗藏忧伤？
桃花的一生都在拒绝坠落
光阴起舞，惊醒了谁的空枕？
潭水三千尺，小小涟漪里有你，有我
有不度乡愁的灼灼其华

在桃园，我还没有抖落衣襟上的一小片沧桑
胸腔里的喜悦已轰然打开
花浪逶迤而去
那些质感的、晶莹的、永远不会消沉的声音
向着密密麻麻的人间
吹送着春光

一棵红豆树里暗藏着千年坚贞

用一树繁花锻打前世情愫
春华秋实也抵不住岁月的疼痛
"人情薄似云，风景疾如箭"
一粒火星溅上春天的画布
南来北往迷离的眼被刺痛
你献上承诺，献上了
一千年内心的哭泣

春天总要引出惊喜。浮世如水
泛滥出内心深潜的泣声
蜜蜂轰鸣着，像要带走私奔的野花
一个人在另一个人目光里能走多远？
——她不能原路返回
一粒红豆

承受了一个王朝雷电的重量

但依然有满枝承诺忍着不落。满枝承诺
私藏了一千年古典的幸福。而我们
离灯红酒绿太近
曾经满世界喊一个人的名字
满世界寻找爱神之手,想要写出
无尽的青葱文字

游人如织。我想说
二十一世纪的爱情,除了浪漫和闲适
还么么需要
一棵红豆树里暗藏的坚贞

蓝花楹

秋风吹过山城,叶中的故国似已衰老
我想我的人了,蓝楹花的香气纷纷洒在衣
　襟上
这么多年,岁月没有向我袒露真相

我所痴迷的蓝色,在苍穹之下、五月花事的
　顶部
小路渐远,爱情留下誓言和忧郁
那一年,夏天整日昏睡
我多想去南方,去你蓝花楹优美过的地方

初衷饱满而美好
时光把灵魂还给了肉身

我一直期待着,白云苍老,花儿把雨露还给
　土地
我的守望
会与你的归期达成共识

而现在,烛光一寸,家书千卷,关山万重
我只想
拥有蓝花楹一样细小、幸福的生活

夏日荷花

她抚摸我,清凉的手指
慢慢滤去经年虚火
这行书的夏日,越来越薄的皮肤
裹不住
一朵荷花盛开的力度

蝉声醒了。大地多辽阔
庄稼们长势良好
水声和文字一起沉默
下午五点的风
修饰透明
她盛开,在我身体内部
涂抹阳光的暗香
我盛开,于一枝荷的花蕊寻觅
今世菩提
孤寂的尘世里,轻轻喊一声
就有青涩纷纷抖落

见不得风的水泥（外七首）

◉ 牙侯广

被废弃的水泥袋抛洒在荒野
已变硬邦邦，面色还保留着
褶皱的模样
我没有能力让它重新变粉末
一袋袋水泥滚滚，流入裸石
面对风，鼓捣出坚硬的，一种生活方式
就像我没有能力让你复活
在废弃的水泥袋面前，我不是唾弃
是悼念
就像在它面前，我不是哭泣
是坚硬

冬夜，来了一只野猫

冬夜，窗外的雨淅淅沥沥
父亲喝花酒，在厅堂看抗战片
一只黑色的野猫
从木窗口跳进了家里
它抖动了身上的毛发
水珠洒落一地
像一只开水烫过的鸡
它缓慢地走到母亲的身旁
抬头望母亲一眼，轻吟一声
依着母亲的脚布鞋，躺在火炉边
火苗慢慢地烘干着它的毛
母亲用钳子搅动一下火炭
火星溅到了它的尾巴
它猛地站起来
不一会儿，它又蹲了下去

故乡有座马鞍山

故乡门前有座山，东西走向
脸色远看黑黝，近看青黄
轮廓如马鞍，前后鲜明凸起
成群肥壮的牛羊，在山巅
朝夕对着蓝色天花
等一声吆喝，一个响鞭

山腰常有仙雾从山脚升腾，缠绵
若即若离，那是河的柔指
在把山的思念轻轻抚平，从此
家乡人的性格中便有了一份
伟岸中的温情，挺拔中的秀美

父亲信风水，风水先生奚落
风水先生说：五行缺水，属火山
它的属性跟我父亲的命书一致
难怪，尚在中年的父亲不顾一切
走进他的内心

闪电是不能修改的

暮色中，一道闪电
在天空中划着曲线
由浅入深，仿佛一支笔
一只乌鸦在闪电的
缝隙中穿梭，它在鸣咽
雪一样的光，吞没着
映着乌云一样的黑
面容模糊不清

犹如正在到来的衰老和死亡
它摸一摸黑缕衣
披上有云的衣裳
冲破云层,暴雨倾泻
坠入了梦境

我做不了母亲的女儿

我母亲二十多岁时就生下了我
父亲说:牙家有后
接下来,再生一个女娃就好了
后来,母亲没能如她所愿
生了个弟弟
从此,母亲整天嘀嘀咕咕的
魂不守舍,内心起火
看到邻居的女儿
她总是喜欢用手摸着她的额头
我也在梦中找寻我的那个妹妹
梦着梦着,母亲变老了
再也生不出她的模样
我在想,这辈子我根本做不了
被父亲称作的花朵
也不想抵御上天的迷魂阵
有来生,必定做母亲的女儿

一只蜜蜂闯入了我的房间

一天晚上,一只蜜蜂
两个针眼,三枚肉质的钉
时而尖叫时而浅吟
会蠕动、低飞、紧紧贴在
床头的台灯上
差点撞上我脑门
打开窗。我要放出这
无辜的迷失者,慌乱的入侵者
它在黑暗中静下来
我在黑暗中睡去,又醒来
伸个懒腰,再也不见那只蜜蜂了

从此,我不再害怕。只是
习惯了在黑夜开窗,静听风雨

这些年,没有醉过

这些年,一个人在外
扒着烧烤摊喝酒,从不醉过
这些年,深情以待
半夜的时候,下了一场大雨
世界变得不一样了,又响又亮
越来越多的雨,此时
一个人也有风骚
不抱怨你的缺席,真的不抱怨
然后驾车离开,人流中
那个向东南西北乱窜的人
却依然是我,轮胎摩擦沥青
发出噗噗漏气的声音
溅起的火星,随酒精
砍断了一路绊脚的阴冷

真实的爱情还须传说

人活在这世上,都在珍视
正经历的爱情
历过的爱,拼争
甚或伤害,留给尘世
我们拥有柴米油盐
拥有低吟浅语和
此起彼伏顺畅有趣的呼应
万物的繁衍生息
红颜皓齿的凋落
时间终将送我们安歇
或者牵手栖居地下
挨在一起,多么和谐
但仅仅如此是不够的
为使其更显贵重和放纵
还须在真实的爱情之上添加传说

落日黄昏（外七首）

● 轮　轴

夕阳像一只啼血的鸟
啼血的鸟，怀抱天空向西倾斜
陨落，寒风中微微颤动
尘世的痛
在被神一次次抚摸之后
大地上方一片鲜红

鸟每啼叫一声
远山就下沉一分
鸟再鸣
天空就整个暗下来了

而远在远方的雪正蓄谋一场
浩大的颜色革命

圣诞夜

需要用身子扶住倾斜的风
用光，照亮我们的前世
就像用树枝
撑起暗黑的夜
我们都是，有罪的人

需要把自己一再降低
降到河流的高度
才能承接来自天空
雨水与雪花
的祝福

在采石矶后山

夕阳率众鸟撤退，在采石矶后山

或者说，鸟含着通红的太阳
怀抱山峰向西突围
山的下边，河面把水杉的倒影
真实地浮现
像极了水杉自己，斑驳的前世
我从曲曲折折的栈道走过
像走在通往前世寂静的路上
我不知道是否能够，赶在天黑之前
找到夕阳，洒在水面的倒影

又见大雨滂沱

十万僧人
十万双祈祷的手，由高空
俯冲而下
漫天漫天的经语，将尘世覆盖
十万匹奔腾的骏马
马蹄哒哒，打我身边经过
我在佛前观雨
我在雨中听佛
佛说，凡是天空降落的
都是我们该感激的
我看见大地上的树木，像一个个
跪拜在佛祖脚下的信徒
张开他们沾满雨水的臂膀
来承接上天盛大的恩赐

我从山林边走过

一只鸟飞过，林子里的树闪了闪身子
纷纷为飞行的鸟让出一条道来
就在这一刻

风,记录下林的寂静

一阵风吹过,树们再次闪了闪身子
纷纷为穿行的风让出一条道来
也是在这一刻
鸟,发现了风的足迹

我从寂静的山林边走过
学着风穿行的姿势
但却不想惊动,林中的树
与鸟儿

需要有光

大地对天空说
需要有光
雪花落下来了
黑土地被严寒擦亮
大地愈是平坦
天空就愈加明亮

河流对我说
需要坚强
寒风过后,水面聚集了
坚硬的冰凌

我向着远方双手合十
在祖国东北大地上
被列车拖动
寒风一般穿行

黑土地啊
请赐予我光
赐予我远方,与坚强

阳光从天空照下来

日复一日,晨风
拉近了我
与楼台上植物
的距离

就像窗外被风唤醒的鸟
是他们
教会我如何与
身边的事物相处

阳光从天空照下来
我与植物以及
寄生在植物表面
的幼虫
同时感受到
来自天堂的恩泽

再卑微的事物也有回声

这是一个初冬难得的好天气
我的对面是一处工地
午后倾斜的阳光
与正在生长的建筑对话
脚手架上的工人
用工具
与冰冷的楼板对话

窗前压低的树枝
应答了风
我从坚守的叶片中打探到
那过往的秋天

阳光温暖大地
万物低首,哦
再卑微的事物也有回声

安吉感情（组章）

◉ 黄亚洲

余村，隆庆庵里的百岁娃娃鱼

我现在，猜想你默默思索天下的心绪；猜想你，故意用娃娃的声音呼唤世界的含义；虽说今天，你匍匐在石头深处，并不看我，只露一条黑色的尾巴，偶尔，横扫一下我的好奇心。

我猜想你，那副长了一百零六年的身材；猜想你无牙的嘴，如何在水里吞吐奥妙无穷的省略号；猜想你隐身于这个隆庆庵水塘的秘密；猜想你四肢短小的脚，在弹拨了水波以后，又如何上岸，继续弹拨地球的经纬。

你的护持人蒋先生告诉我，有娃娃鱼的地方就有五百罗汉，所以，我更加相信你的来历是神秘的。

你一定听过佛陀的经。你此刻的一动不动，基本上就是打坐的样子。

参观余村的人很多，他们也都是怀着一种听经的心情来的；而你的突然现身，就是一种示范，关于如何听经，关于一个合格罗汉应有的姿态。

关于娃娃般的呼唤声中，应该具备的背景：清风、蝉鸣、花香、夏夜的蛙鼓；我猜想，这种绿水青山的境界，就是你无误的昭示。

我猜想，世上哲理，最深刻的部分，就是娃娃的呼唤。

鲁家村童话

我愿意把这列漂亮的小火车，看作是一只穿珍珠项链的小手。每天，它都把十八颗珍珠，串连几十遍。

这十八个美丽农场的名字，分别叫作：葡萄、红山楂、野山茶、高山、中药、竹园、蔬菜、鲜花、水果、香草园、精宜木作、养羊、养鸡、香菇、养鱼、珍稀树种、野冬笋、铁皮石斛。

春天夏天和秋天，都坐在这列小火车上，往各自喜欢的地方，泼洒自己喜欢的颜色。

显然，大小游客全被色彩击中：在山楂林里他们是山楂，在蝴蝶谷里他们是蝴蝶；在拓展营里，他们是迷彩服；在跑马场中，他们是嘶鸣声。

一个曾经打着补丁的山村,由于坚持相信绿水青山与童话,相信改革与资本运作,突然在网上爆红,被预订和私家车蜂拥叮咬。

我同情那位姓朱的带头人,每天被记者、访客与荣誉追得团团打转。他集村支书与董事长于一身,他是当之无愧的小火车的车头;如果说,新时代的中国,是一列大火车的话。

鲁家村的小火车

人家那里是火车一响,黄金万两;但我们这里,有点难为情,这里没有黄金。这里只是:火车一响,鲜花万朵;火车一响,瓜果万筐;火车一响,野茶万斤;火车一响,欢笑万里。

人家那里是高铁迅捷,城际缩短;但我们这里,有点难为情,火车不是高铁,还是窄轨;童话与童话的连接处,还哐当哐当直响。

没有什么距离是缩短了,反而,快乐拉得有点长,花香拉得有点长,青春拉得有点长,幸福拉得有点长。

如果隐约闻见枪响,不必惊慌想要跳车;那是野营训练场上,一群少年,在玩弄勇敢。

如果火车穿越一处"时光隧道",也不必惊疑,时空并无太大变化,无非是,蓝天、白云、粉蝶、青竹,重新组装了一下。

全年二十四节气站牌,始终围绕着环形火车。因此,也不能说这小火车开得太慢。你咧开嘴,还没笑多少时候,人生的欢乐,就装满你整整一年了!

安静的蔓塘里村

大白天的,村口柿子树要举着这么多的小红灯笼来迎接我,也不解释,只笑。

潘氏古宅穿着清朝的白衫,也站在离村口不远的地方。它更谦和,根本不提及当年新四军常选择它这里埋锅做饭,它为中国革命填过肚子。

村庄给家家户户的小洋楼都打上了雪白的围墙,把竹子与鸡冠花说笑的声音,都关在里面;让路过的风,只顾安静地路过。

唯一发出声响的,是乡村公园的那个戏台。一群大妈舞动在古典音乐与现代音乐里,始终不曾稍停。音乐刚一断带,云雀就赶来补充。

这个安静的村子,很符合我的口味。我提包里全是城市的嘈杂。我想静静坐在竹子的阴影里,逐项,清理政治、舆论和心神不定。

哦,我看不清楚的时候,也希望身边的柿子树,能垂下几颗灯笼来,哪怕是在白天。

浙江北部的南湖监狱

把很大的一个监狱放置在一个更大的花园中间,应该是合适的。就应该在警官对犯人的耐心教育里,配上这样的背景音乐,譬如:蜜蜂的吟唱、花粉的喧嚷、春风的节奏、一万亩油茶林合唱的和声。

我年轻时曾在这里工作过。那是一个严重缺乏花粉的年代。我们习惯于呵斥。我们的横眉竖眼,有如一大片拒绝整修的树杈;也因此,我特别惊异于今天这种东风化雨的滋润:天子湖盛满了碧波荡漾的爱心,各式水鸟,都以警徽的姿态,轻轻降落。

应该把警官们的帮教意识与应急处置能力,都看作是这座大花园的园丁的努力。请原谅,面对荧屏闪烁的监狱指挥中心,我的第一联想,竟是春风里的一只精致的蜂巢。

我在花园里面行走,不时有破茧成蛾的蝴蝶飞过身边。我依稀知道,某只蝴蝶曾经的化名,是第二监区第三分监区3045号。他现在的飞行姿态,已经与春风,非常协调。

吴昌硕故居

你碾的墨,估计是一九三八年日本人杀进来的时候,旧屋上,那片黑瓦。你铺的纸,估计也是窗外,那一方,不变的青天。

当然,你笔下每一根线条,都与屋前那几竿翠竹有关。

我不是在为异族的侵略抹粉,我只是想说,凡真正的笔墨,是任何战火也烧不去的。

最后,你盖上了你的篆印。你用你东边的花窗格子,把太阳,直接,按捺成方形。

甚至,我看见,篆刻中,那些似断似连的刀剑里,始终有黄酒与血,时断时续。

尽管我知道,你居此屋之时,还只是治印,未曾作画。我上述说法,都是形容。

而我最后的形容是,你的旧居,是一只新碗。几乎所有的当代画家,都把笔,伸在里面。

郭吴村:鲤鱼河

何等了得,一条两千米长的鲤鱼,劈劈啪啪,叫整个古村,终年响有水声。

洗衣妇们手中搓的,都是鱼鳞。她们偶尔,也会用衣槌。那就使得整条鲤鱼,更加猖狂。

鲤鱼千回百转,携着明代的清澈与活泼。它并不清楚,流过吴昌硕窗前的时候,曾有好几次,勾起过这位大师的食欲。

吴昌硕推窗,凝视这条鲤鱼,并且思索,在他的篆章里,应该断开哪些线条,让鱼游过去;如何让一块石头,发出水的响动。

这是一个命门:一方篆刻,是不是,就是一个鱼塘?

小小古村,偏愿意为一条两千米长的鱼,至今,弄得心神不宁:若是这条鲤鱼,命中注定,要跳过中国篆刻史的龙门。

小憩鄣吴村

有一些松鼠咬嚼的声音,从南窗进来,往北窗飘出,像白云的一些碎片。至于更轻微一点的声音,譬如那只七星甲虫,爬过树叶时的低唱,我就没有听见。

更远的地方,传来些许吵闹。想来就是那条溪水,一直在与卵石,闹不团结。

有些树叶的手掌接着了阳光,有些,却没有;接着了的,全都向我炫耀,让我看看,白天也有这么多的星星。

桉树、栗树、竹子、马尾松,一起研究着空气的配方。为了我这一个钟头的午憩,它们动足了脑筋。

四十多年前,我的城市户口曾经迁到过这里,而这一刻,我才真正认清自己:我,其实就是伏在叶脉上的那只瓢虫,或者,就是树皮上,那只叫累了的夏蝉。

所有年轻时候的痛苦,都是老来时分的福气。

这一个钟头的午憩,贯穿了我的一生:那只七星甲虫,从我的履历上爬过,步履迅捷。

郭作家的安吉乡居

作为背景,那片竹林一直站得这样挺拔,而主人公,却始终弯着背脊,摆弄着他的蚕豆、他的番茄和卷心菜。

指缝间,全是褐色的土豆饼,不再是那支专写经济论文的水笔。

他是这一方绿水青山的主人公,一只树墩是他的凳子。庭后山溪,则是他的一条绞不干的毛巾。他每次站起来,拍拍手,屋前屋后就飘满花粉。

一群说方言的山雀,落在装修不久的阁楼上,啄着雪白的意大利瓷砖。

太阳在双休日走得格外匆忙。就是这一点,他不满意。

傍晚了,他只好开车辞离。上车前,还不忘把一串饱满的泪珠,挂上门前的葡萄架。

在高原，聆听禅音（组章）

● 李朝晖

与信仰同行

随处可见的玛尼，经幡，佛塔。

随处可见的身着绛红色袈裟的喇嘛，金碧辉煌的寺庙，以及摇着转经轮默诵经文的虔诚信众。

在高原，一路与信仰同行。

神佛端坐莲台，面带慈祥。

酥油灯燃起，香烟缭绕。清静的梵音里远离红尘喧嚣，剔除旧时光，让本心与佛光相连，聆听慈悲。

天的蓝云的白，青草的绿意洁净尘缘。

阳光传递向往。

信仰的高原，千年的信念丈量心灵的旅程。

卸下烦忧，这里就是天堂。

数点鸟鸣，坚守草原的涅槃

储存在一朵格桑花蕊间的低语，托起一碗酥油茶的飘香。

季节的时空，有音符矜持。想象滑过夏日草原的细节，渗透进记忆深处。

辞藻随一株青草起伏跌宕。

牦牛群的蹄印碾过昨日的忧伤，一个故事的情节在交头接耳，述说阳光的纯净。

抖落俗世尘埃，目光由近而远。

祥云在蓝天营造禅境，画卷留白，有风在题跋。桑烟煨起，一只敖犬围着帐房跑来跑去。

舞动的经幡成为一种象征，移步换景中陷落时光。

数点鸟鸣，把大彻大悟悬挂在草尖。

坚守草原的涅槃。

在高原,泅渡红尘

放下欲念,走进高原泅渡红尘。

洁净的气息因为遇见而生动起来,与十万经幡对视,听从一声梵音引导。

阳光下拭去文字的锈迹。

一条条河流蜿蜒,一座座雪山巍峨。

一群群牛羊悠静地吃着青草,一座座帐房点缀草原的绿意。

时光蜕下疼痛,双手合什的禅意,细数轮回。

不必纠结于细节,一朵雪莲花里端坐一尊神佛,十万朵雪莲花盛开。

言辞不值一提,螺号声声里一场傩戏开演,世界安静下来。

一只雪豹躲藏在远处,向天而舞。

演绎古老的传奇。

顶礼,灵光浮现

天地定格在高原,任时光流转。

一朵云的身影停留在雪山之巅,埋下千年的爱恋。

幻美的低语,点亮满天意象,渡一双慧眼,在高原修行。

红尘消磨去旧日的倾诉,追寻一句佛谒,找回俗世焰火,照亮前路。

听从神佛指引,让诵经声流动起来。

在虔诚的膜拜里超度岁月的轮回,信仰覆盖高原,风已大彻大悟,在蔚蓝里卸下一身经文超脱。

蜕去面具,解除欲望,一声声梵音悬挂在寺庙翘起的檐角,为魂灵指路。

顶礼,灵光浮现。

岁月风尘,陷落在谦卑的朝拜里

怀抱山水,以蔚蓝涂抹天空。

一只狼隐匿在远方,看一只鹰鼓起羽翼,在高原,铭刻千年的信仰。

一杯酒的醉意,在时光苍茫里逶迤。

风轻,云淡。

随意流浪的目光,追寻想象的引导,在绿意盎然的草原上与卓玛同行。

鞭儿舞动一曲谣语。

岁月风尘,陷落在谦卑的朝拜里。

阳光的经纬编织进高原的阔远,十万朵格桑花的憧憬已酝酿狂欢。

而神佛端坐莲台,慈祥。

是一汪尕海子的蔚蓝

有花开的声音,在细语季节深处的故事。

收藏一汪尕海子的蔚蓝,卓玛姑娘挥鞭驱动一枚枚纯白的音符,呵护时光。

绿意迷醉了情愫,向往呼之欲出。

唤醒缱绻,目光交汇处,憧憬抬高了文字的海拔。

风的凌波微步,度量超凡脱俗的想象。

柔板乐章,随一波浅浪微漾怡人,魅惑诗意的独白。忘却红尘喧嚣。

以一朵祥云为尕海子押韵,雪山卸妆的幻象,修订平仄。

不远处寺庙传来的钟磬声,参透佛韵,解读三生三世的情缘。

岸边祈愿的玛尼堆越垒越高,飘扬的经幡纤尘不染。

而我的魂灵,已抵达彼岸。

深邃,栖息在高原

谁来与你和奏千堆雪的情韵? 草书一卷,在高原,便有了起始。

蔚蓝的天,一朵白云的帆,风的长袖善舞。有音符指间轻弹,带着古朴,神秘,莫测。

总是心怀敬意,对一株草,对一汪尕海子,对一群悠静吃草饮水的牛羊。

间或会有三两只野百灵窜过我的视线,让我手足无措,无所适从。

光影明灭,逶迤在远处的雪山。

以日子为笔,一粒粒文字在肆意描摹天高云淡。峰峦的诱惑里一朵雪花凝就一朵雪花融化。

与传说有关的时光,深入到季节的深处。

在一声禅语之后,将有一个魂灵皈依向高原。

叩拜,吟唱。

一匹狼,矜持在草原

月光摇摇晃晃。

一匹狼,矜持在草原的夜色里。

孤傲的一声嗥叫悬挂在山垭,一双灵动的幽蓝,在高海拔的时光里,瞭望随意起伏的绿。

岁月叠印起故事里的起起与落落。
一个音节发出,草原上所有的喧嚣,便就静止下来。

忘却教科书上的说明,忘却童话与传说。
只把事实的真相还给一匹狼,任由它在草原扬起头颅,在时间里回归高傲。
这一刻,草原的高潮猝然呈现。

悠　静

一朵白云悠静。
一汪尔海子悠静。
一群牛羊悠静。
一位骑着马儿的牧女悠静。

一只鸟儿的鸣叫由草丛间传了出来,打破了悠静。
一只土扒鼠由洞穴里窜了出来,对着不远处另一个洞穴吱吱吱地叫着,打破了悠静。
远处一座帐房有炊烟升起,打破了悠静。

我的眼神是一强盗,十分贪婪。
四处掠夺所能收集到的境像,一点一点装满记忆的空间。
唯恐有所遗留。

一只鹰的影子投放在高原

一只鹰的影子投放在高原,交出时间的宁静。
此刻,风轻云淡,阳光正好。
蔚蓝走进眼眸,十万朵格桑花填满阔远。有梵音落地生根,时空不空。

杯中的酒醉了古老的字句,意韵隐入鹰投下的影子里。
一些故事走过传说,为记忆立碑。

随意起伏的青草,是高原的舞者,只为季节谢幕。
一声又一声飘忽的鸟鸣,不时走漏隐藏在视线之外的秘密。
引起浮想联翩。

大海蔚蓝色的咏叹调（组章）

◉张少恩

午间，舌尖上的大海

餐桌高于波浪，低于天空。
华盖般的遮阳伞笼络着我美好的心。

腰果虾仁、海带粉丝、鲍鱼土豆、洋葱花生米外加一瓶黑狮啤酒挑动我的胃。里尔克的诗集放在桌的一边，为我的食欲让路。我的眼睛回到唯物主义的碟盘，味蕾如快乐的蜂蝶，翩翩地飞，嗡嗡地响。

蓝风轻拂，阳光偎依，白云与我大块朵颐，津津有味。美妙的乐音如袅娜的藤蔓在空气中缠绕，浪涛的曲线和隔座女孩窈窕的身姿交换，玻璃杯透彻的质感和上了夏日的难得的清爽。

鸥鸟飞舞，要与我对饮，嘹亮的啼叫碰响我的酒杯。我的沉醉与大海相谐。

这个午餐多么丰盛。一个人的孤独亦有新鲜的滋味。醉是不可醉，可以兴奋，可以微醺，可以喊波唤浪，可以放歌吟诗——"面朝大海，春暖花开。"蔚蓝镀亮我的喜悦，深幽迷晃的光泽。

我忘了时间，时间亦忘了我。天空向蓝的大海弯曲。我通过那只鸥打开了世界幽闭已久的锁——生命如此辽阔，大海一样，载浪载波……

而此时我多么渴望在大海边有一处寂静的房子，安顿心灵，让梦想自由地出入……

午夜的一声蝉鸣是对大海的低唤

夜，压住了大海的那一边。想象无涯，心成渡舟，我在浩渺上张帆……

身侧的潮汐啪啪地响,带着幸福的喘息。我想入非非——非非的想入是自由的。浪尖忽闪,幽昧的微明乃是星光的触灼。疼,一闪而逝,又迅疾重现。心是不息的,天使的歌声杳邈。大海充满魅惑。

哦,美意的生活,将苦楚转化成珍珠和琥珀。坚韧的梦与永恒默契,相互提醒。穿过长夜的清寂,就有花开温馨的黎明。我看淡掌声和钦定的目光以及那些倾斜的足音。我一心一意完成内心的默许,从不左顾右盼,向光环和荣耀低声下气。

有大海的陪伴,星辰的陪伴我已福分不浅。那蔚蓝与辽阔,不息的涛声让我穿梭不息,频繁地激动……

总是新鲜,朝气蓬勃,温柔而充满鼓舞的力量,不论何时,它在我的心中都不会有一丝半点的漫漶与驳蚀。辽阔与喧腾让我的灵魂舒服。我让自己空净,内心朗然,给大海在我的内心已足够的空间。我陶醉于这恒久的存放。

此时已近午夜。突然听见一声响亮的蝉鸣,仿佛低唤了一声大海。我等待它的继续,而时空于此停顿和岑寂。蝉声的划痕愈合了,
我亦该睡去了。明天需带着怡然的神采去见!

海燕,大海之风暴的徽章

嘹亮的叫声唤醒苍茫的大海,上扬的波涛追随燕语的嘹亮——轻盈的身子,尖尖的喙,凌厉的影子如风暴闪烁的徽章。

那精灵娴熟地使用着天空和大海,惊雷和闪电亦在它的股掌之间。

它轻盈地飞,牵制着风暴,陡峭的翅翼劈断昏茫,仿佛它有控制风暴的力量,是闪电与雷鸣的秘密的机关,小小的身子点亮幽暗的世界——巨澜的火焰熊熊蔓延……

黑暗的乌云弥布,电光石火的天空威猛,海燕出示它的坚定,吟唱着圣灵的歌声。它如紫玫瑰,散逸高贵的气息;如清高的莲子,借云水之力怒放傲然的花瓣。

多么迷人,自由就是那个模样——无依无傍,无拘无束,无往而不前。凌空高蹈而不虚妄。

我应该是它,必须是它——它的投射与化身。我有高度的燃点,一

触即发。

——海燕向我飞来,飞来,飞来……心灵的永无止息的呼唤!

我徘徊的影子是乡愁的柄

东望,一轮红月从大海拱出,烛照幽暗的涛声。月光下,熙熙攘攘的微波细澜如蠕动的虫蚁,羽化的蝶——迷离的视觉。

我亦是一只蝶……不过,不在海上,而是遥远的山中。我羽化的身子至今还带着母亲的体温——我的味蕾里存储着"妈妈味"。六月里母亲从杏核里为我敲出一粒粒洁白的月光,那馨香味是我舌齿间永恒的忆念。

大海,在此幽夜,我的想念又一次泛起。从前的病痛,母亲怀中的啼哭,顽劣和野性,以及磨光的铁圈、双皮套的弹弓,墙上的涂鸦都收入记忆的匣子……多么不情愿的成熟。岁月的步子疾速地向凡俗的生活过渡,那些蝴蝶、蜻蜓、绿荫……有机可乘的夏日,如今,都成了浓愁。

一朵明月的盛开,我嗅到了春天的气息,袅娜的蕊芒如猫的胡须般张扬,皎然的感官应和了潮汐的喧哗、起伏和流荡……

母亲发髻上那一簇石竹花是她春日的姿色。她的美依然被山花烘托,笑容混合涔涔的汗滴,化成今夜含泪的怜惜。

大海,母亲对我的爱如你,而我对母亲的思念是怅惘的辽阔,无法偿还,她在黄昏的屋檐下对我的等待一次次混入夜幕,我的足音和语声是她心中的花开。她日见衰老——花白的头发在风中的飘动,越来越低的身子,枯瘦的手,是今夜无眠的大海,不息的涛声……

我徘徊的身影是乡愁的柄,被月光握得紧紧……

风抱着大海的吉他吟唱

——题记:漫步黄金海岸,一蓄长发的男青年正在弹吉他,十分投入,颇动心弦。感慨系之

他的指尖在大海的弦上跳跃、抚揉、滑动……悠美的曲子,时而欢快奔放;时而柔和甜美;时而深沉低迴……

世界在浩瀚的蔚蓝里倾听。

多么帅气而专注，蔚蓝的天空也在他的指尖上，辽阔的听觉配合他的情怀。海风徐徐，婆娑波浪的躯体。他明亮亦忧郁的眼神像阿波罗一样——美妙的少女已化成了一把吉他——无法追回怅惘的留恋和期待。

谁不喜欢青春蓬勃的气息，他偶尔的笑容，像是向往、沉醉，又像是美梦临近的脚步声。翩翩的鸥，高挑的眉，透出俊逸而活跃的质感。这夏日之浓情的风如长藤顺着阳光的墙壁攀升，碰见了悠悠的白云。

哦，那动情的指尖博纳了多少仰望与倾心。不可抗拒的吸引充满磁性，含铁的生命，沉迷地趋近。翻越辽阔，一种风采是澎湃的崇山峻岭。

黄昏靠近了，我依然于此沉醉。大海涛声不息，热烈的指尖点亮满天星星。星辰会萌芽，爱意的葱茏是月光等待已久的繁华。海浪在月光里盛开。一片轰鸣的芬芳。

我的倾听饱满，如夏花的正浓。

一 个 月 亮 (外二章)

◉柴惠琴

　　隐隐约约的桂花香,透过鹿山层层叠叠的灯光,掠过东吴公园的粼粼水波,把一整个秋天摁进富春江的怀里。

　　一江秋水仿佛就醉了,飘过的轻舟因此打了个颤儿,惊走的鲥鱼游进了不知谁写的诗行里,消失不见。

　　江边的芦苇身姿曼妙,应和着轻风,洒落几滴露水,几点星光随之坠落在暗夜里。

　　然后,月亮带着光的冠冕,从东山上升起来。

　　一个月亮挂在黄公望南楼的檐角。

　　一个月亮散落在富春江的桨声灯影里。

　　一个月亮把她的神秘和美丽,隐藏在美术馆屋顶,缸片和陶瓦的罅隙里。

　　一个月亮追着一个人,追过富春江,追过鹿山,追过永恒的过往,照见他的前世今生。

　　来吧,月亮。

等一棵树的叶子慢慢变黄

一

　　秋风吹,秋风吹,吹落了黄昏,吹散了炊烟。

　　一棵老银杏树的果子又掉了几粒,软软的,打着滚儿,被几片银杏叶裹藏着,隐匿在越来越近的夜色里。

　　那些年,村庄在炊烟和雾霭里远远近近,变幻着模样,连同这里进进出出的人。

　　我知道,对一棵树来说,再久的岁月也不过是春夏秋冬的轮回。而我,此刻看一张照片,看那个站在万市杨家银杏树下的我,那个笑容干净纯粹的我。

二

　　2009年,第一次走进杨家村。

　　那一年,这个以银杏为名的节日刚刚是个缘起。那一天,很多人以银杏的名义聚集在一起。

　　以光影,以色彩,以声音,记录一个烙着扇形标记的日子。想起来的谈笑风生,想起来的遍地金黄,还有白果的甜香,再看电脑里那一张张曾经还算年轻的脸,遥远而陌生。

也许,这更接近我们回忆往昔时的真实感受,也因此,我们更愿意为纪念遗忘而吟唱那一首说友谊地久天长的歌。

很多年里,银杏树后斑驳老墙的印记依然清晰,穿透叶片的金色阳光依然温暖。在一次一次的邂逅里,我对于银杏树,以及各种事件的记忆,就是这样子。

三

许多年以后,现实和虚拟在我的想象里交叉重叠,不知今夕何夕。

在倏忽即逝的时间里,也许只有银杏树这样古老的树种,才能在几亿年的传承里用年轮描摹时光。

今天的风很冷,突然降下来的十摄氏度,让每一片树叶在风里瑟缩,包括文教路两旁银杏树的叶子,公望美术馆里新安家的银杏树叶子,还有遥远的万市杨家那一整个村庄的银杏树叶。

也许今年的冬天直接忽略了秋天,甚至等不及一棵树的叶子慢慢变黄。而我想的是,冷冷的风后,会有阳光,会有几天以后杨家遍地金黄的风景。

寒　露

露从今夜白。霜寒十四州。寒露。就是秋风秋雨之后,天冷起来,落叶簌簌,柿子火红挂在枝头。

夜渐渐深,窗外山头上的一角天空呈烟青色,或许还带了一点点雾霾蓝或姜糖黄。

最近入睡有点困难,就像现在,万籁俱静之后,树叶呼吸的声音都能扰到我的浅眠。

睡不着就睡不着吧。在这样的时刻,最好也不要思考。静卧,等冥想,等安睡。

找了一首《紫竹调》听,昨晚比这个时间略早,曲调如烟云,已经缭绕在我的书房。

我也就只能听听音乐。我记不住词,声线也单一,唱歌这件事情并不适合我。偶尔张口就唱时,往往一两句歌词翻来覆去,然后戛然而止。

但是,其实我还是喜欢唱歌的,歌唱和说话和写作一样,都可以被我用来记录或者表达。

以前读书时要求背诵的那些唐诗宋词,我总觉得要把它们唱出来,才符合我对诗词意境的理解。

当然,我实际上并不懂古调。宫商角徵羽。浪淘沙。双飞燕……对于古乐曲调词牌,一些粗浅的认识,也是在各种偶然的状况下习得。

现在,一个人开车行进在寒露时节的桂花雨里,歌唱与我是一件很自然的事。

　　车厢独立安静,又能观察到外面,让我放松,感觉自由而孤单,这时隐匿的自我想要放声歌唱。

　　只是所有的歌词都会被我唱出来同一个腔调,和外面的世界呼应,有寂寞沙洲冷的味道。

　　它们一句两句单曲循环,或者从一首歌的一句切换到另一首歌的一句。不亦乐乎,亦戛然而止。

　　这几天,我看见了许多梧桐树的叶子,柿子树的叶子,它们被冷雨打落,沾了水,泛着微光,色彩艳丽。叶片上有秋天的斑斓,也有秋天的苍茫。

　　寒露以后,要再冷一点,我喜爱的深秋才会铺陈出她的美丽画卷。画卷上,江水长层林染,鸿雁对对排成行。

走笔高原（组章）

◉封期任

牧放高原

披头散发的妇人,怀抱山水。

怀抱一份坚贞,冲出千年的禁锢,在山崖,在灌木丛中,演绎远古的神奇。

多情的牛羊,进出围栏,高赞灵魂的亢奋。牧放山水的山民,手握鲁班移交的赶山鞭,

牧放炊烟,牧放雨水,也牧放阳光,和灵魂。草地,在牧放中辽阔起来,

坦荡起来。用绿色的胸怀,紧紧地拥抱山后飘过来的摇滚乐。晒谷场上,

阿公阿婆,舞步,轻盈潇洒。

我在高原,

站在一个陀螺之上,用一腔热血,在那片深蕴里,涂抹天空,

我还用布依八音的温婉、苗家芦笙的悠扬,勾勒出彩色的高原,多情的高原,

我的黔山,我的秀水,我那对折阳光的父兄姐妹。

高原恋歌

情感的故事,从草木灰里走出的《诗经》说起。那个青颜素娥女子,从水乡江南出发。

那些围着树皮的先民,向着太阳而舞,

刀,在石头上耙土。火,在茅草里煽情。

燧人氏的温情,石缝里长出一叶新芽,唤醒一片沉寂。

快乐于斯,幸福于斯,自由的心情长出木棉花的火焰,长出苞谷烧的醇烈。

这里没有油纸伞的风韵,没有乌篷船里飘出的风笛,也没有烟花雨巷的扑朔迷离。

只有风和雨,以及上苍嬉笑的泪水。

云彩,是上古遗失的纽扣,倒扣先民们裸露的胸膛。

奔腾的牛羊佐证,粗狂和彪悍,在高原的血管里奔跑。

太阳,雄鹰,骏马……

斗牛场上的呐喊,让我抑制心底久远的情感如瀑,倾泻而出。

谈一场爱情吧,对象是血性的桃花,是温存的飞燕。

放歌的雄鹰,把我的爱恋,根植到父兄的眸子里,

看我的父兄用滚烫的血液,焊接那些被风雨和顽石折断牙齿的铁犁。

起伏的麦浪,是我情感的宣泄,饱蘸春天的浓墨,写一首情诗,送给我亲爱的姑娘。

红豆与木棉,衷肠互诉。

苞谷烧与篝火舞,渲染疯狂的爱恋。

羊鞭挥舞。

竹林下的阿哥阿妹,心旌摇曳。

瞩目山峦,在牛羊啃食浅草的茵茵草场,喝一杯交杯酒,躺在茅台酒的醇香里,与高原谈一场轰轰烈烈的爱情……

繁衍出桀骜,和倔强不挠的精神。

高原传奇

槐树。劲草。毛竹。

随秋风起事,宣泄一段过往,锁定许多离殇。

高原上,竹笛横吹,嬉笑的童趣,啼叫的雀鸟,携着一张张饱经沧桑的脸孔,与豪迈的铜鼓,

从山前,到山后,解开密封千年的密码,

敲碎失血的黄昏,敲碎几个窝窝头就可以解决饥肠辘辘的早晨。

一根羊鞭,划过空中,

脆响处,雾霭如碎屑,纷纷散落在峡谷深涧。

一群牛羊,把萨特的哲学,隐匿在狼嚎远遁的地方。

一只苍鹰鼓起羽翼,卷起一股狂风,把信仰刻在突兀的悬崖之上。

高原,一部隽永的史诗,凝结先民们提炼的精气,在罡风中咏诵——

一段传奇,穿过父亲母亲舒展的眉宇。

还有兄弟姐妹盈盈的笑声,我与经幡对视的偈语,和村头亭廊的热泪飞扬。

对折空白

身处高原,美丽止息于云霞。

雾气,鼻息,一起贴近干裂的皮肤。听一根小草低吟,成一片辽阔的草场。

想象,长出翅膀——

牛羊奔出棚栏,啃食浅草,啃食谦卑的过往。

牧放的心灵,顿悟荏苒。

一声牧笛,穿透山的胸膛,山巅上自由,洒脱,挥洒温暖的心情。

云天上行走,脚步踏破沉寂。

木棉树丛里飘出的蝉音,填满阿爸阿妈脸上的沟壑。

此刻,时光慢慢,慢慢的,伸出旷远。捕捉一片洁净,折叠流淌的阳光,对折空白。

一句短语,一组动词,无论如何,怎么也书写不出高天之高远,大地之壮阔。

我做一只鹰,如何?

折断翅膀也要飞过悬崖。

倒叙阳光

俯下的身躯,比云还轻,比纸还薄。

一根草,两个剖面彰显的,无不是坚韧与柔弱。

分行,或不分行的草叶,锤炼时光,勾兑草色。

怅然的日子,葱绿里恬静起来。提着倦怠的心灵,倒叙阳光。

倒叙牛羊的蹄声深入到岁月的内核。

不可或缺。

亲近的土地,狂奔的牛羊,佩戴尊敬和景仰。

感怀掌心的纹脉。

放下思虑,放下后怕,放下苞谷烧酒点燃的争辩,与喋喋不休的叨念。

渗出的草汁,与五加皮,或者黄芪,一起治愈白昼的孤独,黑夜的惶惑。

我做一根草,如何?

一根携带参天梦想的小草。

伸展舒缓

牛羊,高天上奔跑。

草色的汁液,挥洒在寂静的村庄。山坡,翠绿起来。

啄食光阴的鸽子,空中打个响指。

一首骊歌,伸出羽翼,响彻壑谷。

山后,转出一张苞谷烧泡红的脸。温暖的纹脉,爬满了禅意的鸣蝉。

此刻,张口说话,无非辩解曾经的过往。

闭口不言的,不敢妄谈自己过往的言行。

沮丧和叹息,在缀满阳光的叶丛里,

一个华丽的转身,或一个舒缓的伸展,

一把脱去锈迹的木犁,便在山岗和原野,耕耙出一枚动词。

我做一把犁,如何?

犁这无处不在的风，还有雨。

碎裂寂寥

高原风很清，像一块水晶。

置身山巅，还是身处山谷，都能看见它的影子，在奔跑。

携着村庄、原野、土地、河流、羊群、马群，和阿爸阿妈的笑影、牛背上嬉笑的牧童。

高原风，快捷、迅猛，节奏感很强。

时而让人喘不过气，时而让人血脉贲张。

我们忘却跌落，低处的痛。想到一只受伤的鹰，将一缕风，剪辑成羽翼。将一片云，剪辑成天堂。

我们还看到羽毛下的信仰，日渐坚韧。

匍匐，或直立，终将寂寥碎裂。

我们同高原风浑然一体。

眸子飘飞的，是光影一样的梦想，悬挂在时光的门楣。

我做一阵风，如何？

做一阵乡愁的风。

轮回山水

一朵雪莲，切入世界的腹腔，清洗胃脯。

倒挂蓝。

燃烧的唐诗，焚毁旅人、倦鸟、过往的落愁。

渔歌唱晚，一张张枣红色的脸孔，与敲击的布依铜鼓，快捷地融入一首诗的意境，

在发酵的酒杯里，燃烧一场风月。

这时，如果说徐霞客醒来，一定会把打谷场上翻晒的日子，悉数地装进行囊，再伏案疾书，来一部《黔游日记》，卷首语一定是——

云贵山水，已赛江南。

这就是高原，我的家。

这里，归鸟还层林，牛马念家园。

这里，仰天的长号，悠扬的唢呐，低飞的山鹰，与一柱玄幻的白水，

把一些词语退到山谷。

阳光褶皱处，打听高原的下一个轮回。

我做一朵莲，如何？

一朵退回到诗句里的莲。

关于选拔优秀诗人诗作的标准

——百年新诗对话录之二

◉骆寒超

人物：

主人：简称"主"

造访者：简称"客"

客：（敲门，门微开，不见回应。向内喊）老师！老师！

主：（手捧一叠书，从内室急匆匆出）喔唷，寒舍少有人来，又是你，来聊百年新诗吧！坐！坐！（搬凳，不小心有几本书掉在地上）

客：（代为拾起书，见是《新文学大师文库·诗歌卷》，喜形于色）这不是谈新诗史上的大师级诗人吗？！老师，我近来也正在想百年新诗中什么样的人才算优秀。这同谁是大师级诗人有密切关系吧！很想听听你的看法。

主：（接书，爱惜地抚平皱褶）老来无事，随便翻翻这些书，谈不上看法。新诗已走过了百年，的确得来认真研究一下哪些是优秀诗人、哪些算得上大师的问题了。大师，大师，标准也，榜样也，榜样的力量是无穷的。不过，新诗中竟有那么多大师，倒着实让人吃一惊！百年来出了难以计数的新诗人，列入优秀行列者已很不容易了，何况大师呢？！我说这种择优的事儿有点乱套。

客：（来了劲，帮主人把一堆书在书桌上放整齐，自己也坐下）老师，那请你说说百年新诗中选择优秀该要哪些条件，大师级的该有几个？

主：（警觉）你又要来套我的话了？这种事，不好说！见仁见智么！何况让不合时宜的我来谈，更不合适，容易造成误会。所以我不好说，也不能说。

客：老师忒谦虚！那就不谈这方面吧！（静场片刻，随手把案头那本《新文学大师文库·诗歌卷》拿来翻翻，见"纪弦"一辑）哦，纪弦也在里面！他也算大师吗？这个人在1950年代初的台湾诗坛，首揭现代主义大旗，出尽风头。因了这一点，我才去读了他一些诗。但多少有点困惑：《7+6》《阿富罗底之死》《春之舞》等等给我的印象是写得颇为聪明，但作为诗，并不怎么样。《脱袜吟》有点酸味儿，甚至无聊！倒是暮年他旅居美国时写的那首《在地球上散步》，故国之思的意象营造虽生硬，倒还有点意趣，勉强可搭上点"大师"的边。

主：你……你胡扯些什么呀！把这首诗写作的时间都搞错了。

客：（委屈地）我怎么会胡扯呢！是一本叫《中国新诗鉴赏大辞典》中这样说的。

主：（起身走向书架一侧）就是这一本，是吧，你寻出来念念。

客：（接书，翻寻）在……在这里，"纪弦"条目下第三首赏析中，这样说："从诗中我们可以想见一位孤独的老人如何在地球的另一边踽踽而行，凄然地想念自己曾经生于斯、长于斯的那块土地。"这不就是说它是纪弦晚年旅居美国时写的吗？

还分析到"我"用"黑手杖"点地这个意象，这样说："他以杖点地，不仅是为了传达自己思念故乡的心情，而且希望栖息在东半球的祖国人民'听到一点微响'而感知他的存在，不致将他遗忘。"我说这首诗写纪弦的故国之思就是受这些分析的影响得来的。当初读文本时倒是感受不到有什么故园之思，经鉴赏者做了这样的定位，我也就被"先入之见"牵着鼻子走了。老师，我没有去查过它的写作时间，难道写赏析的人也没查对，望文生义吗？

主：（拍拍鉴赏大辞典，哈哈大笑）这些鉴赏呀，太不应该了！真的，误人子弟！不负责任。纪弦这个人么，不就是新中国成立前就活跃在上海滩的现代派诗人路易士?！这首《在地球上散步》写在哪一年，最早发表在哪个报刊上，我倒也不清楚，不过用路易士笔名的他在1939年2月由诗人社出版的《不朽的肖像》中已收有这首诗；1945年4月由上海诗领土社出版的《三十前集》中，也收入了它，我都见过。有趣的是这位写赏析文者是把它的写作时间推迟了几十年，说是他从台湾旅居美国后写的，于是把这个孤傲狂狷到不可一世者所做的一场自我扩张表现，说成是对祖国的怀念了。你说可笑不可笑。诗无达诂，见仁见智，可以谅解。但瞎子摸象，摸到哪里算哪里可是不行的，更何况这个纪弦或路易士，情怀究竟有多少高洁，也实在难说。

客：（吃一惊）老师，他怎么啦？不会是因为去了台湾吧！

主：当然不是！我这里指的是民族情怀！艾青在1939年写的散文《谈杜衡》一开头，就引了戴望舒给他的信中一段话："路易士已跟了杜衡做汪派走狗。以前我已怀疑，不对你明言者，犹冀其改悔也！"而他在沦陷期的上海组织诗领土社，出版《诗领土》诗刊，也颇有向"大东亚文学"靠的倾向，说他有多少民族情怀，你讲得清吗？这种人诗写得不怎么样，为人操守又

不过尔尔，让他进入大师文库，有人还以对《在地球上散步》作如此荒唐的鉴赏来抬高他，实在很不应该。

客：这是为了提高现代派的地位才来抬纪弦吧！

主：大致也差不多！

客：我倒有个感想。不妨说说：现在是个现代派在诗坛风光的时代，有人诗才一般，诗作平平，但靠他哗众取宠的本领，大搞花里胡哨的现代派诗歌，倒真会混上个大师呢！老师，这样看说得过去吗？

主：说不过去！

客：（惊讶）啊……

主：（严肃地）搞现代派诗歌有什么不好！再说：凭什么判定现代派诗歌就是花里胡哨的？搞现代派诗歌是哗众取宠呢？

客：（尴尬地）这……

主：（陷入沉思，呢语般）我们吃过多少偏见的亏呀！不能再这样下去了。说真的，年轻人，我不想引经据典说套话，凭阅读经验、体会，我总觉得真正意义上的现代派诗歌创作，总是出于一种独特的艺术运思路子或就叫艺术思路的，那就是出于现实社会而又超越相对时空的社会现实，而在绝对时空的宇宙境界中去展开直觉感应，而与此相应，对这种直觉感应作表达，则需要采用本体意象组合体那种象征，或变形意象组合体那种超验感兴，它们能带给我们虚虚实实不分明的陌生化技巧。以这样的超现实艺术思路和直透事物奥底的象征技巧写成的诗，可不能说是花里胡哨的，这样的诗创作追求也不能说它哗众取宠，而是十分严肃地对待诗歌真实世界的现代艺术追求，我们应该欢迎它。所以，我认为你对新诗中的现代派的判断是说不过去的。可以这样说：百年新诗中真正优秀的诗人、诗作，恰恰需要有现代派的艺术思路和表现技巧来渗透，只不过纪弦不能和真正的现代派混在一起。路易士时代——也就是1930-1940年期间，他有部分诗还有现代派色彩，到

1950年代在台湾诗坛他首揭现代派大旗，其实他创作上没有跟上去，只是个一般浪漫派；他大谈主知，自己的诗却是主情的。而有人把这个矫饰的现代派抬出来充当大师，倒也有点瞎起哄，或者也如你所说，有点哗众取宠了。

客：（默然良久后，诚恳地）我确有点偏见，说不过去。

主：（起身倒茶，递给客人）别急，话还没说完呢！如果我的话只到此为止，同样会有偏见之嫌，好像只有超越现实、无视人世、恍兮惚兮、朦朦胧胧的现代派末流的诗风拥有者才有资格成为百年新诗中的优秀诗人，甚至大师，那可是大错。真正意义上的优秀诗人，或大师级新诗人，绝不是创作态度上的人生遁逸者，也不是艺术表现上的猎奇取胜者，不是现代派末流的作派，而是吸收了现代派的精华而又超越现代派者。

客：老师，请给我讲得具体点，可以吗？

主：可以！有关这些，我特别欣赏三位有相当高诗学修养的前辈的一些说法。

客：（摊开笔记本，握紧笔，准备记录）哪三位？怎么说？

主：首先一位是田汉。他在《诗人与劳动问题》这篇长文中说到近似于大师级的"第一流诗人"时，就这样说："诸君不做诗人则已，想要做诗人，便请做第一流的诗人。如何去做第一流的诗人？就是着手不可不低，着眼不可不高，不可不在时间空间的自己表现内，流露超时间空间的宇宙意志。更不可不以超时间空间的宇宙精神，反映同时间空间的国民生活。"

客：（停笔，打断主人的话）这话讲得真好。我注意到：在田汉的心目中第一流的诗人首先必须"在时间空间的自己表现内流露超时间空间的宇宙意志"，这可是同老师上面提及的那个现代派诗歌艺术思路，即"超越相对时空的宇宙境界中去展开直觉感应"是一致的。

主：是呀！一致的。但在田汉看来，第一流的诗人的核心艺术思路没有到此驻足，他可是还要求遁逸于绝对时空中的诗人能返回人间，即"以超时间空间的宇宙精神反映同时间空间的国民生活"。这表明第一流的诗人不仅要具有超越狭窄的地球相对时空而进入更高远的宇宙绝对时空去做直觉感应的能力，还要求"超地球时空限制的宇宙精神"来返观"国民生活"，深化对人生的透视度。说得直截了当一点，田汉对第一流的诗人有个核心标准：必须站在宇宙境界的高度来洞察现实人生。而不言而喻，其他优秀级的诗人也得朝这个方向跟进才是。

客：老师，你对田汉的说法所作的分析很有道理。我以前读唐代大诗人王维的《辋川集》，现在想想和田汉关于第一流的诗人的核心标准倒真是一致的。《辋川集》中的《竹里馆》说："独坐幽篁里，弹琴复长啸。深林人不知，明月来相照。"这不正是"在时间空间的自己表现内，流露超时间空间的宇宙意志"的体现？！而在《孟城坳》中，前两句"新家孟城口，古木余衰柳"所流露的古今同在之感慨，俨然出之于"超时间空间的宇宙意志"，而后两句"来者复为谁？空悲昔人有"，则诚如俞陛云在《诗境浅说续编》所说：这座犹有前人所植老柳的孟城坳新舍"今虽暂为己有，而人事变迁，片壤终归来者"。后之视今，犹今之视昔，摩诘诚能作达矣"。这就是"以超时间空间的宇宙精神反映同时间空间的国民生活"了。可不是吗？王维以绝对时空中轮替不变的目光去看待相对时空中的现实存在，也就获得达观的启悟，涤荡人生的世俗情绪了。这样的艺术思路为王维所拥有，的确也就能写出优秀的诗篇来了。

主：（连连点头）你举古诗人为例来谈田汉这条为优秀诗人——特别是"第一流的诗人"所必具的艺术思路，谈得很得体，不过王维等古诗人把握到这条思路只是在创作实践中的自发行为。百年新诗中对此可自觉多了。例如田汉的老朋友宗白华，也能以这样一条艺术思路创作了一本优秀的小诗集《流云》。

客：我读过，印象很深，特别是那首《夜》。只十行，却其味无穷。

主：能背得出来吗？

客：没问题。它是这样：

　　一时间
　　觉得我的微躯
　　是一颗小星，
　　莹然万星里
　　随着星流。

　　一会儿
　　又觉着我的心
　　是一张明镜，
　　宇宙的万星
　　在里面灿着。

主：（忍不住鼓掌）年轻人，记忆力强。这确是首意蕴丰富的诗，说"一时间觉得""一会儿觉着"，可就是一个现实社会中的人超越地球相对时空进入宇宙绝对时空的超验直觉表现。你喜欢它是不是意识到宗白华写出了这种超验直觉感应，获得了对相对时空的超越？

客：这样的意识倒没有，只是感到这诗写得有点神秘。经老师一点拨，我才悟到自己之所以读出了神秘，正是诗境已进入宇宙绝对时空所致。是这样吗，老师？

主：（点头）是这样！你有悟性。

客：（得到肯定，胆大起来）老师既然肯定了我的话，那我不妨再说说：这首诗对生活在社会现实中的我们来说，似乎提供了一个来自宇宙绝对时空中的启迪：在宇宙的绝对时空中，万类是共融为一体的：个体是众生万物的体现，而众生万物也体现着个体，或者也可以说：在这场宇宙共融中，物即是我，我即是物；而物我既已同一，也就物我两忘了。由此说来，人生在世，也该有这样的觉识：个我应该体现为属于群体的个我，而群我也应该体现为属于个我的群体。

主：（再一次鼓掌）说得真好！你可是在这首《夜》的超验直觉感应中获得现实人生的启迪了。而这正是田汉所强调的：人超越地球相对时空而进入宇宙绝对时空后，必须有返回意识，即"不可不以超时间空间的宇宙精神反映同时间空间的国民生活"。我可以斗胆地说：正是田汉提出的这条艺术思路，也存在在宗白华心灵创造的运思活动中，才使他写出了《夜》这样优秀之作。不过……（转入沉思地）这种超验直觉是一种特殊的感应能力，或者说超常的素质。

客：那岂不是说天赋吗？

主：可以这样说，宗白华就有这种素质。他在1920年代曾写过一篇《我和诗》的散文，说自己从小就有"一种罗曼蒂克的遥远的情思"；"无名的隔世的相思"怀在心里，促使他"在森林里、落日和晚霞里、远来的钟声里有所追寻"。后来，在德国留学时，这种心情明显地强烈起来。往往是深夜躺在床上熄了灯以后，心就兴奋起来，静寂中"不禁有许多遥远的思想来袭我的心，似惆怅，又似喜悦；似觉悟，又似恍惚。无限凄凉之感里，夹着无限热爱之感，似乎这微渺的心和那遥远的自然，和那茫茫的广大的人类，打通了一道地下的深沉的神秘的暗道，在绝对的静寂里获得自然人生最亲密的接触"。于是，他开始了《流云》中那些诗的创作，而他自己也认为："《夜》与《晨》两诗曾记下这黑夜不眠而诗兴勃发的情景。"你说这不就是超越常人的特殊感应能力吗？遥远的相思不就是对宇宙故乡的怀恋吗？而他和"遥远的自然"打开的"神秘的暗道"，也不正是超越地球相对时空而进入宇宙绝对时空之路吗？

客：（连连点头）还可以举出有这类素质的诗人吗？

主：当然有！我不是说过大师级的诗

人或者就说优秀的诗人，或强或弱都具有这种素质的。譬如（从书架上抽出一本旧诗集）这本1930年代中后期新诗社出版的诗集《绿》——

客：（接书）玲君写的。我还没听说过这位诗人。

主：这本诗集当年很出名，是现代派诗中的佼佼者，内中好多诗是按现代派艺术思路写的，但又能有所超越而和田汉的主张接近。他这种艺术思路的形成，同他特殊的感应能力就有密切关系。你不妨看看这本诗集的《前记》。

客：（接书，翻到《前记》处）唷，玲君一开头就摊了自己的底哩，这样说："我常常利用我的琐碎的时间：美丽的午后或者凄丽的夜晚，同着四周的形影、景物，做恳切的晤谈。"还说："我听见了在宇宙中他们嬉笑与纵谈的声音。"这可是通灵了。

主：（从客人手中拿过书）是的，有点通灵。玲君就是想通到宇宙中去。这里他还说："我所希望于我自己的，只是能做一个平安的旅人，多同四周的景物有熟悉晤谈的机会，在这生疏的行程中找到我的亲暱的家。"这个"家"不就是宇宙的故家！找到这个"亲暱的家"干什么呢？这里还有这样的说法："我想飞出这个地面去，让自然给我一个新的启示。"这是可以和田汉那句话"不可不以超时间空间的宇宙精神反映同时间空间的国民生活"接轨的，是玲君对田汉那条艺术思路的继承。

客：（又从主人手中接过《绿》翻看，沉默一会，迟疑地）不过，宗白华也好，玲君也好，从宇宙时空反观地球时空那种对"国民生活"的"启示"总让人感到和现实的关系不直接，不够密切，宗白华的《夜》虽和"国民生活"不够直接，但对现实的启示还算切题的。像玲君这首《帆》的"启示"就使我难以接受了，它似乎启示人若要想排遣现实困境，只有走向死亡。这样的"启示"，站在宇宙时空来看，还说得过去：宇宙时空中万类共融角度，生命可以

转化么！但对地球相对时空中存在的"国民生活"则是毫无意义的。老师，我不好意思乱下个断语：有点灰颓！这条田汉提出的艺术思路，作为选拔百年新诗优秀诗人诗作的核心标准，我想对"国民生活"的启示不仅要更直接一点，也要更积极一点才是。

主：（沉思片刻，起身给客人斟茶）这回轮到我不好意思了！竟然忽略了诗歌创造核心价值中的核心标准——精神境界这个问题了。你是对的！强调超验直觉对相对时空作超越，既不应该导向对现实的遁逸，更不应该陷入精神的灰颓。我倒是想起公刘在1956年写的那首《风在荒原上游荡》来了。在那时的诗歌语境中出现这样一首诗说得上是个奇迹。它可说是出于现代主义又而又超越现代主义，完全走上田汉那条艺术思路写成的诗。这首诗的文本构成基础是诸种存在对象——包括"风""共青团员""树林"都置于绝对时空中，以万物与宇宙中共融的生命同位感应做了一场神幻的交流。诗中的"我们"——"绿化祖国的青年团员们"和游荡在荒原上的"风"，由于是共融在宇宙的绝对时空中而成了生命同位体了，因此"我们"可以神幻地和"打着唿哨"游荡在荒原上"寻找这夜的地方"的风作这样的交流："风啊，你来吧，到我们的树林里来吧，/我们为你准备了眠床，/绿色的、凉爽的眠床，/一片叶子，一只温柔的手掌。"这是一种来自于超验直觉的宇宙万类的感性交流，由此激发出来的想象活动也是神幻的。诗篇中"我们"对"风"又进一步作了交流：

　　风啊，你来吧！来和树林交谈吧！

　　树林将会告诉你一切：

　　关于干旱，关于沙漠，

　　关于青年团员的理想……

这也是进一步的神幻表现，却让"我们"和"风"又从宇宙绝对时空返回到地球相对时空，做了新一轮交流，真正体现了田汉

那句"不可不以超时间空间的宇宙精神，反映同时间空间的国民生活"的回返意识，而这场回返是和"国民生活"既直接又密切关联的。

客：（兴奋地）老师，你这个例子举得真好！这样一条既遁逸又回归，牢记着诗人的抒唱既要比现实人生站得更高又决不忘记现实人生的抒情艺术思路，作为百年新诗选拔优秀的核心标准，的确很对，很重要。可以说今后新诗的诗歌真实世界的把握就得按这个标准。（停顿片刻）老师，能不能对这项标准有个专门的称谓。

主：（脱口而出）抒情真实定位，或者说定位诗歌真实世界。

客：（连连点头，过后又沉默起来）好是好，不过田汉所提的这个标准，只谈了诗人把握诗歌真实世界方面的标准，以此来定"第一流的诗人"，恐怕还不全面吧！

主：好！年轻人考虑问题真全面。作为选拔优秀的诗人、诗作，甚或"第一流的诗人"、大师级的诗人，的确还得有抒情形象塑造或者塑造诗歌真实形象，还得有抒情节奏把握或者表现诗歌真实节奏方面的标准，我们也可以用专门的称谓：抒情形象塑造的标准和抒情节奏把握的标准。

客：那就请老师先谈谈百年新诗形象塑造的标准。

主：这就要提到我特别欣赏的另一位前辈——鲁迅的话了。

客：（兴奋地）鲁迅谈到抒情形象塑造这个大问题吗？

主：是的！鲁迅对"新诗作法ABC"之类是从不感兴趣的，他关注的是创作原则，也就是形象塑造原则的理论问题。不同的创作原则会带引出一个形象塑造的体系来，可不能轻视这个方面。

客：（不解地）创作原则不就是现实主义、浪漫主义和象征主义！它们各自具有一个形象塑造体系，已是老生常谈了，当然，我们不会轻视这三大形象塑造体系，不过我觉得现实主义形象塑造体系未必

就是选拔优秀诗人诗作、评定"第一流"甚或大师级的诗人的一个标准。同样，浪漫主义的和象征主义的形象塑造原则也未必是吧！人各有所好，这和优秀不优秀、大师不大师不搭界么！

主：你很会思考，并且还有雄辩才能。不过有一点你没有考虑到：如果鲁迅谈的只是你提出的那三类创作原则，那由此派生的三类形象塑造体系，的确算不得是评优秀诗人或大师级诗人的标准，我也未必因此而对鲁迅特别欣赏。我所欣赏的是鲁迅提出了一种独特的形象塑造原则。

客：（吃了一惊）啊，鲁迅还提出过一种不同于上述三类的创作原则吗？那我真的孤陋寡闻了。请老师快说说。

主：（起身，从书架上抽出《鲁迅译文集》，翻到折叠着的地方）看，鲁迅在为中译本《小约翰》写的《引言》中就有过"象征写实底童话诗"这个说法。再看这里，为安特莱夫《黯澹的烟霭》中译本写的《译者附记》中，更提出了……诺，在这里，这么一个主张："使象征印象主义与写实主义相调和。"

客：（仔细地瞧了一会儿用红笔划着的几行文字，激动地）鲁迅真的提出过一种新的形象塑造的原则！猜度一下，他是在倡导一种综合化的创作原则，让现实主义与象征主义综合起来塑造抒情形象。这真是全新的思路，所以老师才会特别欣赏。

主：（微笑点头）这的确是抒情形象塑造上的新思路。

客：不过我又生了个疑问：本来说象征主义与写实主义综合是很顺的，其实就是如《小约翰》中译本《引言》所说，指的是"象征写实"的作品，为什么要来个"象征印象主义"呢？这里面还有更深一层的奥妙吧！

主：（连连点头）问得好，也深入思考得好。现在我就试着对你的疑问代做一

些解释。其实20世纪初法国象征派诗人的某些作品已显示出印象主义的艺术特点,魏尔伦在《诗艺》中甚至干脆把印象主义与象征主义浑成一体来谈诗歌艺术的。究其实,这也不奇怪,因为它们本来就有亲缘关系。象征主义的本体功能是感兴式的隐喻,而感兴是瞬间印象的产物,这也就使象征主义和以追求瞬间感觉印象为能事的印象主义拉上了关系,以象征印象主义来标志具有本体功能性或就称感性功能的象征主义,而我们晓得西方还有一种后期象征主义,是以本体变形的功能——或就称印证功能的、对形而上精神意念作譬比为能事的,那可要和鲁迅所提出的象征印象主义区别开来。至于鲁迅要把象征印象主义专和写实主义相综合也是出于艺术内在关系的考虑,因为写实主义以"实"体的感兴取胜,因此才使他提出"以象征印象主义与写实主义相调和"这个形象塑造的独特原则。你所谓更深一层的奥妙大概也就在这里。

客:可令人不解:汗牛充栋的鲁迅研究,竟对先生的这个综合化创作原则关注不多,令人遗憾。

主:(又翻到《鲁迅译文集》的另一页)真正关注这个创作原则的倒还是先生自己。在《〈十二个〉后记》中谈及勃洛克的都会抒情诗时,你听听,老人家这样说:"他之谓都会诗人的特色,是在用空想,即诗底幻想的眼,照见都会中的日常生活,将那朦胧的印象,加以象征化,将精气吹入所描写的事象里,使它苏生,也就是在庸俗的生活、尘嚣的市集中,发现诗歌的要素。所以勃洛克所擅长者,是在取庸俗、热闹、杂沓的材料,造成一篇神秘地写实的诗歌。"在这段文字里,不仅"精气"一词有点玄,整个言说也有点玄,不妨作这样的玩味:用幻想的眼去照见日常生活而生的朦胧的印象,必须看到这是一种感兴体察活动,这使得拿这些朦胧的印象转为意象而用来作象征,其功能必然也会是感

性化的。所以,这场"朦胧的印象加以象征化",也就推延出一种具有感兴功能的独特印象塑造追求,鲁迅称之为象征印象主义。而这种象征印象主义显然被老人家看得层次很高,被说成是"精气"。基于此,鲁迅进一步认为诗人若将这"精气"吹入所描写的事象里——也就是让象征印象主义与写实主义相调和,那么这些描写的事象,或写实主义之"实",即便是庸俗、尘嚣的生活内容,也会"苏生"而具有诗性了。所以鲁迅在《〈十二个〉后记》中这番言说是对"象征印象主义与写实主义相调和"的综合化创作原则做了深入一步的阐释。

客:那鲁迅为什么要把"象征印象主义"提得那么高,称之为"精气"?这里面还意味着什么呢?

主:象征的功能有两点:感兴象征和印证象征。具体地说,凡以朦胧的印象具现的意象及其组合体都具有感兴象征的功能,而凡以明晰的知觉具现的意象及其组合体则具有印证象征的功能。鲁迅提倡"朦胧的印象加以象征化",可见他看重的是感兴象征。所以这个综合化创作原则,说白了也就是把写实主义孜孜以求的"描写的事象"感兴象征化。这样做既不同于一般的写实主义审美追求,也不同于以印证象征为能事的西方后期象征主义审美追求,在抒情形象塑造上,层次是很高的。所以,"象征印象主义与写实主义相调和"的主张,作为选拔百年新诗的优秀诗人诗作,定大师级诗人,都是很合适的一个标准——至少我这样看。

客:谢谢老师给我点拨。但我听了你这席话后,忍不住想诉一诉自己的委屈了。

主:(吃了一惊)委屈?我什么事委屈你了?

客:(期期艾艾地)前面我说到现代派花里胡哨,你不同意,批评了我。

主:对呀,我强词夺理了吗?

客：倒也不是这个意思，而是怪自己说花里胡哨时没把这个印象获得的来龙去脉讲清楚。我是读了海子他们一些作品得来这个印象的。譬如海子的《亚洲铜》，这里的"亚洲铜""飞翔的鸟""白鸽子"到底指什么，没有给我们一点可以产生感兴的"朦胧的印象"。有人说"亚洲铜"是指中国铜鼎，对中国的象征。那你为什么不说"中国铜"？！无论"亚洲铜""中国铜"都只是实物，没有传统文化积淀在里面，既引不起人"朦胧的印象"，也产生不了情结性的联想。至于说"亚洲铜"的"主人却是青草，住在自己细小的腰上，守住野花的手掌和秘密"，究竟是怎么回事？诗中的主体又问"亚洲铜"有没有看见"那两只白鸽子"，而它们竟然会是"屈原遗落在沙滩上的白鞋子"，还要让"我们和河流一起穿上它们"，更使人不仅得不到任何"朦胧的印象"，而且怪诞到不可思议，你想想"河流"能穿鞋子吗？正是这种莫名其妙的言说，才使我认为现代派的诗花里胡哨。这样看当然有片面性。现在听你谈鲁迅的综合化创作原则才明白：《亚洲铜》这样的诗，走的不是"朦胧的印象"作用下的感兴象征之路，而是为了图解一个理念而另走了一条拿意象符号作理念印证之路，这样的路只能是苦思冥想的图解，谈不上象征。我记得艾青说过：愈是苦思冥想的，愈会走向晦涩。因此《亚洲铜》是晦涩的典型，玄谈的极致。现在的现代派已不再讲主智而专以主知为荣了，结果大搞苦思冥想强作诗，诗意索然，晦涩不堪。我说他们哗众取宠，他们的诗花里胡哨，其实同你借鲁迅的说法作为评价优秀诗歌标准的见解是一致的，所以也可以说我其实并不片面，忍不住要来诉一诉委屈了！

主：（哈哈大笑）这倒真有点以子之矛攻子之盾的意思了，你讲得有道理，我们在现代派的问题上，看法其实是一致的，我认输，认输！

客：老师，真不好意思，弄得你这样说，倒是我的不应该了。我们就 stop（停），不说下去吧！现在我要问问，以这种"象征印象主义与写实主义相调和"的综合化创作原则写成的优秀诗篇，能提供几篇供学生消化吗？

主：那有的是，中国第一诗人屈原写的中国第一诗歌《离骚》，就是以这类综合化创作原则写成的。历来的评论都说它表达了屈原的忠君精神爱国情怀，其实这个结论只是论者从事象适度变形的写实主义层面上得出来的，而没有看到屈原对《离骚》的形象塑造，是感兴化事象表现导致的一场象征印象主义和写实主义相调和，文本其实写的是生命的价值是在永恒地作追求的过程中。只有按鲁迅所倡导的这个抒情形象塑造原则来鉴赏这首诗，我们才能看得到它之所以能彪炳千秋的真正价值。再如白居易的一首绝句《白云泉》："天平山上白云泉，泉自无心水自闲。何必奔冲下山去，更添波浪向人间。"完全是"象征写实"的，而不只是写了白云泉而已。怪不得《精选评注王朝诗学津梁》中评它："小小题目，说得高超，唤醒热中人不少。"我们还可举德国大诗人歌德逝世前一年最后一次登吉息尔汉山，在小木屋里题下的那首无题诗：

群峰一片
沉寂，
树梢微风
敛迹。
林中栖鸟
缄默。
稍待你也
安息。

这可是谶语，是对生命将随大化而去的预感，是一场象征性写实或写实性象征。好诗，的确是好诗。

客：老师，我觉得鲁迅自己有些散文诗倒也有点像是象征性写实或写实性象征的，如他那组写于"五四"运动时的《自言自语》中有篇叫《古城》的，可以说就是以"象征印象主义与写实主义相调和"的形象塑造原则写成的，特别是《野草》里，大多是这样一类文本，并且象征印象主义色彩更浓，而写实主义方面似乎变形的成分也多了一点起来，因此神秘感也超过《古城》，如《求乞者》《复仇》《死火》《墓碣文》《这样的战士》《影的告别》等。我这样说对吗？

主：你是对的。不过何止散文诗如此，他的小说也采用这种综合化形象塑造原则写成，如《狂人日记》《白光》《眉间尺》等等。散文诗中你举的那几篇从象征性写实或写实性象征的角度看，的确也很典型，可惜独独缺了最典型的一篇。

客：哪一篇？

主：《过客》，散文诗剧！

客：哦，我忘了，也该包括它。不过，《过客》似乎写实成分浓了一点。

主：我倒觉得和象征印象主义更适宜于相调和的，该是这一类写实主义，即不作细节的变形，力求整体的如实，而在世俗语境中又能凸显出超常情行为逻辑的那类写实主义。《过客》正是立足于这样的写实主义，才使它成了"象征印象主义与写实主义相调和"的最典型文本。我总觉得这篇散文诗剧是和《离骚》具有同一思路的，即生命的追求没有终极可言，其价值只存在于过程中，所以怀有这种意识者，总显现为生命不止、追求不歇的永远奋进形象。文本中"老翁"问困顿地奔波在荒野上的"过客"："你总不愿意休息吗？"他刚回答了一句"我愿意休息"就立即改口："但是，我不能……"为什么？因为他幻听到有一个"前面的声音叫我走"。而本文的最后更富深意："太阳早已下去"，"老翁"也和"过客"作了道别后，"过客"的戏剧场景使我一直记在心头，是这样的："多谢你们，祝你们平安。（徘徊，沉思，忽然吃惊）然而我不能！我只得走。我还是走好罢……（即刻昂了头，奋

然向西走去。）"看来，生命的主宰者——大宇宙意志又在向他发出继续"走"的召唤了。

客：（激动地）这确是感兴象征和写实的高度调和，使我们感悟到而不是理识到人之为人的价值只能在生命不止、追求不歇的永恒奋进中。作为选拔优秀诗人诗作的又一个标准，推举这样一类抒情形象的塑造原则，的确是很合适的。不过，《过客》好是好，却总让我感到形式上的美中不足。也许因为它毕竟是散文诗剧的原因吧，总缺乏点像《离骚》《白云泉》和歌德的无题诗那样抑扬顿挫、铿锵有致的声韵味儿。

主：（微笑，嘉许地）你呀，年轻人，求真知的欲望真是永不满足，我赞赏这种永不满足。

客：（腼腆地）是我说得太幼稚吧！

主：不！一点不幼稚，倒是说得很策略，或者谈法很老到哩！譬如说《过客》缺乏点抑扬顿挫、铿锵有致的声韵味儿，而不说这类节奏不显明，我看就藏着一份心计，怕节奏感这个术语含义复杂，会被我批评，所以才用了声韵味儿的说法吧！

客：（嗫嚅地）我是有点怕节奏感这个诗歌术语用错，才……

主：才用了声韵味儿，对吧！其实，在我看来，声韵味儿和节奏感是可以相通的，不过想在《过客》上求声韵味儿才是错的，如果是求节奏感，那倒对了。

客：（来了劲）这倒有点奇了：声韵味儿和节奏感既然是相通的，为什么用在《过客》上又不能是一回事了呢？

主：问题出在"节奏"是双重身份的，也就是说它是内在节奏与外在节奏的合称，前者是情韵性的，后者则是声韵性。你说的"声韵味儿"，也就是外在节奏感。但你说《过客》缺乏声韵味儿，那是错了。文体不同，对外在节奏的表现要求也不同，《过客》是散文体诗剧，要求它具有音组等时停逗和节的匀称、句的均齐之类导

致的抑扬顿挫、铿锵有致，根本不可能，但说它缺乏节奏感可以，因为"节奏"一词双重身份的缘故，要求它有外在的声韵节奏办不到，但指责它缺乏内在情韵节奏是允许的。不过，《过客》又未必缺乏内在的情韵节奏。

客：老师，你真有本领，不知不觉把选拔优秀诗人、诗作的第三个标准即抒情节奏的把握，或者表现诗歌真实节奏的事儿也推出来了，好啊，就听你谈这个择优标准吧！

主：这个标准的依据则来自我所欣赏的第三位前辈——郭沫若的话。

客：郭老？我读过《三叶集》里他那些诗是写出而不是做出来的话！他好像是个情感至上主义者，强调诗是诗意诗境的纯正表现，也会有兴趣来谈节奏这种形式上的事儿吗？

主：你这句话得倒过来说才是：正因为郭老十分强调诗是诗意诗境的纯正表现，他才要来专门谈谈节奏。

客：这倒很有趣，在哪里谈的。

主：1926年7月，郭沫若一连写了两篇文学理论性的专论：《文学的本质》和《论节奏》，集中地说了节奏之于诗的价值。在《文学的本质》中他就说："节奏之于诗是与生俱来的，是先天的。"在《论节奏》中的说法给人印象更深："……节奏之于诗是它的外形，也是它的生命，我们可以说没有诗是没有节奏的，没有节奏的便不是诗。这节奏在诗的研究上是顶大的一个问题。"你看，他不是把节奏捧上天了吗？

客："节奏"不过是抑扬相间的那种音组等时停逗体现出来的规律性音节运行现象，闻一多眼中的"form"——形式而已，在郭沫若眼中为什么地位那么高？

主：这我又要批评你了，你谈"节奏"太轻率。我前面已同你说过：节奏分内在与外在两种，郭沫若关注的是内在节奏，或者就叫情绪节奏。外在节奏才是你所

说的那种节奏，或者就叫节奏，在郭沫若看来它只是对情绪节奏的辅助而已。

客：那么这情绪节奏是怎么回事呢？情绪也会有节奏？

主：郭沫若对这方面有自己一套看法。在《论节奏》中他说："情绪的进行自有它的一种波伏的形式，或者先抑而后扬，或者先扬而后抑，或者扬抑相间，这发现出来便成了诗的节奏。"在《文学的本质》中谈得更具体，认为：我们内在或外在受一种或多种刺激后，心境便会把单纯或者复杂的感情反映出来。但这种感情如果不加以时间的延长，我们观念的进行会停止，这正像过于快活或不快活，人反而会呆呆地说不出话来。根据这样的见解郭沫若总结说："纯粹的感情是不能成为诗的，感情加了时序的延长便成为情绪。情绪的世界便是一个波动的世界，节奏的世界。"

客：（笑起来）绕了个弯，原来郭老强调节奏为的是凸显情绪。怪不得他要说："诗的本质专在抒情""抒情诗是情绪的直写"了。

主：（也笑起来）强调节奏何止是为了凸显情绪，在《文学的本质》中他还说："我们在这种节奏之中被自己情绪催眠，会不知不觉地发出有节奏的声音，发出有节奏的语言，发出有节奏的感情运动：这便是音乐、诗歌、舞蹈的诞生了。"

客：（夸张地伸一伸舌头）我的天，情绪生节奏，节奏生诗歌，还把所有艺术也都生了出来。情绪的法术竟有那么大，这是美学上的什么追求呀！

主：（脱口而出）内发艺术！

客：什么？什么？内发艺术？没听说过！

主：这不是我杜撰的术语，是郭沫若在《革命春秋》这本回忆录里提及的。那是1918年夏天，郭沫若和张资平在日本福冈博多湾海滨相遇，聊起文学创作的事，郭沫若说了一句话："我是想由我们的内

部发生些什么出来，创作些什么出来。"这就是他内发艺术主张最初的提出，具体点说就是强调主观、张扬情绪、激活想象、凭依内心活动来从事创作。

客：你赞赏这个主张吗？

主：我因为赞赏"象征印象主义与写实主义相调和"而赞赏内发艺术。

客：此话怎么说？

主：我猜度：鲁迅提倡的那个综合化创作原则，是由于他看到了单纯的写实主义——只求模仿自然的纯客观创作无法深入事物的奥底，只有凭直觉印象的象征目光去透视，才能在感受生活中透过事物的表象深入奥底，这才使他把象征印象主义凸显出来，去和写实主义相调和。如此一番调和，也就使他在很大程度上对事象的写实作"朦胧的印象"化了，或者就说鲁迅在很大程度上把写实也内发艺术化了，因此也就使他能对生活感受的把握与表现深入奥底。而建基于直觉印象的象征印象主义是一种内发艺术，这就反映着鲁迅对内发艺术也十分看重。至于我，由于赞同鲁迅的"调和"论，自然对郭沫若以情绪节奏表现为核心的内发艺术也十分赞赏了。

客：以情绪节奏表现为核心的内发艺术不就是一种浪漫主义倾向吗？

主：是的，不过也不完全是。说它是，是由于郭沫若的内发艺术强调主观情绪感受，而浪漫主义的美学趣味正是对主观情绪的张扬。说不完全是，则在于郭沫若强调的情绪节奏不过是一种直觉印象，节奏的持续推延会使情绪的波动情调化。情调特显感兴，使得能把情绪节奏刺激出来的事象、物象获得感兴象征功能；而浪漫主义则只能纯粹而直接地作情绪抒发。由此说来，郭沫若张扬的情绪节奏说同鲁迅的综合化创作原则说在感兴象征的美学追求上是达到一致了，即都是在切身体验客体对象中对生存规律有智慧的全新发现，即所谓智性的追求。而这正是

新诗区别于西方主知追求的诗歌和我们传统诗歌一脉相承的地方。对这方面的追求当然是百年新诗选拔优秀诗人诗作的标准。不过，他这一说和鲁迅的一说所达到的标准是一致的，所以对他的情绪节奏说在确立这一类择优标准上的贡献，我们就不做过多肯定了。值得大力肯定的还是他这一说使新诗节奏体式择优标准获得了定位。

客：（起身，为主人斟茶）老师，你不说为新诗节奏体式定型而说为新诗节奏体式择优标准定位，这就大大地吸引了我。这种看问题、谈问题的策略我特欣赏。说真的，一谈节奏体式就搬五言七言、绝句律诗、小令长调，没劲儿。

主：（拍拍客人肩膀）你真行，好些话都点到了我的心头上。好，我先说：郭沫若这个以情绪为实质的节奏究竟是怎么一回事？他提倡这种节奏有什么价值？我们上面已引过郭沫若自己的一些话，总的讲，诗是存在于人内在的情绪世界中的，显现为一片节奏的波动。从这一点出发他就进一步认为：诗是以情绪体验为实质的内在节奏表现，而这种内在节奏，也因此被他说成是"诗自己的节奏"了。值得指出：鉴于情绪体验总是同感觉、知觉相联系的，所以郭沫若又把情绪体验说成情调，从而在《论节奏》中他对内在节奏做了明确的定位，这样说："诗自己的节奏可以说是情调。"至于以音韵相协为实质的外在节奏则被他说成是声调。说到情调、声调与诗的关系，他还有一个明确的判定："具有声调的，不必一定是诗，但我们可以说：没有情调的便绝不是诗。"

客：看来郭老对以情绪体验为实质的内在节奏——情调所做的推崇，几达极致了。可我对这类节奏究竟是怎么个样儿的，或者说情调节奏是以什么来具现的，还如坠云里雾中，搞不清。老师，请详细谈谈。

主：问得好！我可以干脆地告诉你：

情调节奏是以口语的语调来具现的。这一点，郭沫若是否这样明确地说过，我还没找到依据，不过在别人处找到了。诗歌节奏研究中，把不以体格声律具现的情调节奏称之为散文的艺术性节奏，而韦勒克、沃伦在《文学理论》中因此说："散文的艺术性节奏可以描述为通常口语节奏的一种结构。"可以这样说：这"口语节奏的一种结构"就是语调。那么口语语调又是怎样显现出来的呢？瑞士学者沃尔夫冈·凯塞尔在《语言的艺术作品》中论及"散文节奏"（也就是指散文的艺术性节奏）的研究时提出：须把"目标放在散文组织所具有的手段上"，那就是"强调和非强调的音节的区别、停顿、小组构成、紧张性"。而韦勒克、沃伦在《文学理论》中则提出这种节奏还具现于"结尾节奏"——"特别是在疑问句与感叹句中"。这些提法无非指语调可以通过句式的各种安排来显示，包括断句、跨行、叠词、排句、复合句的组接，疑问句、感叹句的起用等等。由此也可以见出：语调来自与情思意绪紧密相连的词、语、句特异组接的途径，而不是通过与情思意绪无必然关系的语音有机调协而达到的。由此可见词、语、句特异组接之所以特异，依据是借此形成的语调属于情调自身的表现状态。所以语调成了情调的物质外壳，语调节奏是内在节奏的具现。对此最能用来例证的还是郭沫若自己的一些"女神时期"的诗，如《立在地球边上放号》。

客：（兴奋地）我很喜欢这首诗，还能背，是这样的：

无数的白云正在空中怒涌，
哦哦，好幅壮丽的北冰洋的情景哟！
无限的太平洋提起它全身的力量来
要把地球推倒
哦哦，我眼前来了的滚滚的洪涛哟！
啊啊，不断的毁坏，不断地创造，不断的努力哟！
啊啊，力哟！力哟！

力的绘画，力的舞蹈，力的音乐，力的诗歌，力的 Rhythm 哟！

主：背得倒蛮熟，还能读出点语调，不容易！当然，你是自发的，我可要来点自觉，分析一下《立在地球边上放号》的语调节奏。分析前我要先把语调节奏得以生成的四个相关问题讲一讲：一、语调节奏也还是以语调的快慢、高低为依据——亦即抑扬交替所形成的，三顿以下短语诗行语调是扬，三顿以上长诗行语调是抑；二、叠词和排句能使语调或强或弱地得到强化，大抵少顿的叠词（语）或排句强化扬的语调，多顿的叠词（语）或排句则强化抑的语调；三、感叹词"啊"开头或煞尾的诗行具有扬的语调，"哦"开头的诗行具有抑的语调，"哟"煞尾的诗行具有扬的语调，至于"啊啊"则更扬，"哦哦"则更抑；四、先抑而后扬的语调鼓舞我们，先扬而后抑的语调则沉静我们。讲清这四个相关问题后，我们就来分析《立在地球边上放号》。它可分三个节奏单元，第一、二行是第一单元，第三、四行是第二单元，第五、六、七行是第三单元。先看第一单元：第一行属多顿体长诗行，是"抑"，第二行开头"哦哦"，煞尾"哟"，是"抑而扬"，总体说这个单元的语调节奏是先抑后扬，鼓舞我们。第二单元同第一单元的语调完全一样，总体说这个单元的语调节奏也是先抑后扬，鼓舞我们。第三单元是五、六、七行，其中第五行以"啊啊"开头，当中三个叠词语，煞尾"哟"，所以是属于特强化的"扬"；第六行开头也是"啊啊"，后面两个少顿的叠词，是"扬"的强化。第七行五个少顿的叠词，煞尾"哟"，同第五行一样也是特别强化的"扬"。所以把这三个单元合起来，是这样："抑-抑扬/抑-抑扬/特扬-扬-特扬"。总体说这个文本是"先抑后扬"的语调节奏进程，具有鼓舞人极其强烈的作用，也是以情调具现的狂暴性内在节奏极其真切的显示。郭沫若在《论节奏》中也说及这首诗的节奏表现："没有看过海的人或者是没有看过大海的人，读了我这首诗的，或者会嫌它过于狂暴。但是与我有同样经验的人，立在那样的海边上的时候，恐怕都要和我这样的狂叫吧。这是海涛的节奏鼓舞了我，不能不这样叫的。"这里的"这样叫"，是狂叫式的语调，说这样的语调表现很真切，完全是来自内在的情调节奏显示，一点不含糊！

客：那岂不是说要极其真实地表达生活感受就得抓语调。

主：对，不过这句话反过来说更好，即：从一个文本的语调表现情况可以检验出主体的生活感受表现得是否真切、深刻。郭沫若如此强调以情绪为实质性的节奏表现这一说，体现了形式对内容的反作用这个诗学原理，或者就说形式是向形式转化的内容这个为黑格尔所提出的形式辩证法。

客：看来从形式层面入手对百年新诗优秀文本进行选拔，得从郭老这个内在情调节奏是否表现得好为标准，而绝不是什么韵和音雅、平平仄仄或者节的匀称、句的均齐那一套了。这真是醒人耳目，功莫大焉！不过这样一来，新诗就全该采用自由体来写了。但当前的诗坛自由体诗一统天下，口口声声用口语写诗却把口语变成了大白话；语调成了世俗谈吐。总之大白话腔调，流俗之声，散文的言说，使自由体诗声誉不佳呀！

主：这倒是事实！不过不能怪郭沫若的主张，因为流行的自由体诗没有致力于语调追求，只求说理述事，信手乱写，以致口水诗在诗坛泛滥！玷污了诗歌女神。这也不应该归罪于自由诗体，要归罪于对心灵创造不负责任、信手乱写者。

客：那么要力矫此弊得提倡新格律体诗吗？

主：提倡新格律体诗当然不失为一条路，那是强调外在节奏的，也能有好诗，我们的传统诗歌，不论绝句律诗，小令长调，都是极精致的外在节奏表现，有好诗，甚

至有传诵千载而艺术魅力不衰的。可惜诗毕竟要以内在的情调节奏为基础，游离内在情绪波伏的节奏表现总不是个办法。更何况以音组等时停逗为本，显示为"节的匀称与句的均齐"的节奏模式写成的新格律体诗，实在有点像快板，读多了让人产生节奏疲劳，问题就出在孤立地追求"豆腐干体"的外在节奏，没有和内在的情调节奏结合，没有追求语调表现。如闻一多的《死水》是这种新格律诗的样板，不妨读一读这样的诗行："这是一沟绝望的死水，/清风吹不起半点漪沦。"真像在打快板，闻一多就没有充分意识到语调的渗透。如这两行改成："这可是绝望，死水一沟，/春风，漪沦，吹不起半点。"那就活了，既显出内在节奏的语调神态，又显出外在节奏的和谐匀称，这岂不两全其美！

客：对呀，这想法真好！老师，是你想出来的？

主：不，还是郭沫若的主张，在《论节奏》中他就提出一个"合力作用"的见解，这样说："有情调的诗，虽然可以不必再加以一定的声调。但于情调之上，加以声调时（即是有韵律的诗），是可以增加诗的效果的。古代的诗，有许多到了现在，也还永远值得我们讽诵，便是因为这个原故。"我看这个合力作用的确值得大大发扬。并且也有人在不自觉地探求了。如我读到过一首写杭州西湖的诗，叫《孤山》，不妨引第一节来看看：

> 曾经是荒岛，独木舟飘来
> 渔汛风，哗笑，篝火的野烟
> 但大海退走了，一去不回
> 留下个内陆湖，你变孤山

可以见出：这个诗节不仅各行顿数与音组型号的配比绝对一致，各行都是四顿，都是两个二字组加两个三字组，并且做到了"句的均齐"。这是合于闻一多那套新格律要求的。不过这里的诗行组合又不是"死水"型的："这是一沟绝望的死水，/清

风吹不起半点漪沦。"遵循语法规范，一本正经。它可是大反语法修辞规范，如"独木舟飘来/渔汛风，哗笑，篝火的野烟"；搞倒装，如"但大海退走了，一去不回"。并且各诗行内部又搞跨行和碎裂，如"独木舟飘来/渔汛风……"是跨行，原本是"但大海一去不回地退走了"，改成"但大海退走了，一去不回"，是行的碎裂；更除掉了一切关联词，搞词语的间隔，如"渔汛风，哗笑，篝火的野烟"。这些都让人诵读时有跳跃感，有口语的流利婉转，是超越语法规范和音组等时停逗模式、与内在情调节奏相应合的语调表现，自由而顿挫有致。但它又守住了新格律体的规范，和谐匀称。这样的合力作用就值得大大发扬一番。

客：对对！二美合一！郭沫若这个以情绪为实质的节奏观念，的确是选拔百年新诗优秀诗人诗作的标准。（沉思片刻）老师，这场合力作用推出的二美合一化节奏如果用上个术语来称谓，岂不更好？

主：（又脱口而出）兼容体！

客：（起身，为主人斟茶）老师，你真不简单，你对优秀诗人诗作的选拔标准，可以说早已成竹在胸了。我概括一下，可以说这场选拔标准是三条：运思路子上，绝对时空的超越与相对时空的回归互动；创作原则上，象征印象主义与写实主义的调和；形式规范上，语调化内在节奏与新格律体外在节奏的兼容。不知对不对？

主：你对我们这场马拉松式对话的概括，也真不简单！

客：（略一沉吟）不过老师，我倒还想提个问题请你回答我：诗坛有个流行观念：优秀诗人或大诗人，就得诗集出多少

多少本，评价他的文章有多少多少篇，被翻译到国外的有多少多少语种。台湾已故诗人余光中在谈大诗人的条件的文章中就列了这些条件，而他称自己出了二十本诗集，评论他的文章一百多万言，言下不无得意之色哩。可老师你的选拔标准里，这些一条也没提，这是什么缘故？

主：我主张"功夫在诗内"，一切全以诗人主体与文本自足为考察对象，外在的最好少谈。

客：（翘起大拇指）我服你！你是一位新批评派！

主：也可以这样说。

客：你不怕别人批评你的学术考察是封闭的吗？

主：怕什么，从对象的内在构成出发进行考察才是诗学探求的正道。君子正道而行么！即便有人顶真，要来较量，我也会公开全部自己的观点应战。我深信自己的提法是诚恳而严肃地思考过的，不怕。

客：（在笔记本上迅速记录）好呀，那我就可以把这场对话公诸于世了！

主：（猛省）不对呀，我们这是随便聊聊么，当不得真的，别……别……

客：（幽默地）你不是几次说可以公开自己观点吗？君子一言既出驷马难追哩！

主：哎呀，我这是中计了！你套我的话！搞阴谋！

客：不对！是阳谋！

主：啊……

主客：（同时地）哈哈哈哈

2018年2月3日上午写毕于西子湖畔乌石山下

重建当代诗歌精神

◉ 刘　翔

1. 诗歌与人的生存

当我们企图追问诗歌或诗歌的精神是什么的时候，我们其实是在追问人的本质，人的精神状况和生存处境。诗歌是人的生存升腾而上的瞬间，是生命的"极化"，是人越过经验世界迈向更高存在的振翅。诗歌在本质上是精神。但是正如我们不能把自我意识当作人类理性一样，诗歌也无法依靠自身来确立自己，他必须一头扎进人的血淋淋活生生的生活世界中，在人的生存中找到显现的舞台、血液的韵律和呼吸的空气。任何一种"纯诗"理论、"为诗而诗"的理论，其实都没有在大地上站稳脚跟，因为我们无法在诗歌实践中去掉一切经验内容，我们无法想象一种纯粹超验的诗。事实上，一首好诗是由诗人经验的升华和超越世界的返照交相辉映而成的。而且，"纯诗"理论的提出是一定生存状态和艺术思潮的产物。一些倡导"纯诗"的诗歌大师是有感而发的，而在其创作实践中则往往溢出自身的理论囿限，走向了更广阔的"不纯"。而一些小诗人往往抱住了僵化的"纯诗"的尸骸死死不放，这是他们想要掩饰内心的苍白、生命力的薄弱和对真实生活的惧怕。

我们说诗歌是人的本质的显现，那么人的本质是什么？人是什么呢？面对这么艰难而巨大的问题，我们这里打算换一个角度切入这些问题，我们转而提出这么个问题：作为人类的良心和歌手的诗人——应该如何生存，并把生存带进自己的诗篇中呢？

首先，诗人的存在应该是"包容"，诗人的成长和诗的成长一样，都应该是无限超越、无限发展的活生生的生命过程，但"包容"绝非放任、放纵、丧失辨别力，而是在无限丰富中拥有一个大致的方向：通往真实自我。

其次，诗人为了把握自我，获得自由确定性，必须时刻提醒自己回到生命的源头，面对寂寞荒凉的世界对自己做出"决断"——人是活生生的意义存在，寻找生活的意义和真理是诗人的天职。

再次，诗人欲完成这一切，将是一条理性的道路。诗人的力量在于他对自身、对世界、对权威的无穷怀疑、批判、消解、重建，这是他的理性力量，而非理性虽对诗有极大益处，但由于其放纵性、非反思性、个人至上，对诗也有很大危害。

最后，诗人努力超越个人主义，在尊重个体生命的基础上，放弃把个人作为一种终极基础和基本占有的顽固立场，以普遍的爱的视野张望一个更新颖的世界。

人生活在一个哲学家雅斯贝尔斯所说的"有限处境"中，诗人亦不例外，"你漂泊其中的异乡就是你的家园，充满整个时间和空间的、整个的、唯一的灾难就是你的整个的、唯一的世界，由苦难所铺成、浸透着血泪的路就是你的路，舍此无他——漂泊的路就是还乡的路……"一个真正的诗人行走的是光辉的上升之路，套用雅思贝尔斯的哲学语言，诗人之真正成功必得经历三重飞跃。第一重飞跃，诗人通过自我意识认识到人与世界的"不完满"，从而走上孤独的高处，俯视自我的"实存"（但就此止步不前，会导致个人中心主义，在诗歌中则会表现为狭隘的"独白主义"）。第二重飞跃是诗人在孤独中认识到自己处于"有限处境"，从而让"自我意识"进入超验世界，并与超验世界"争辩"，实现了对可能性"生存"的阐释，进行了"哲学化"思考，达到了一种自我确定，使人性更加开阔（但在这一阶段，诗人仍与"实存"现实相对立，因而不能全面的把握现实，相反，他可能会把现实处境完全撇在一边来寻求一种虚幻的超越。所谓"唯美主义""为艺术而艺术""纯诗"的失足正是在这里。佩斯说得好："漫游天下而同美结合……然而并不把美视为目的和唯一的食粮"，这才是一个真正诗人的态度。）第三重飞跃是，诗人认识到"有限处境"就是他的真实的处境，是通向真正存在的自由的阶梯，是他自由的真正源泉，于是，他拥抱痛苦的现实生活，在"诗歌"的伟大瞬间，实现了"有限处境"与"无限生存"的完美统一，使"可能性生存"变为"现实性生存"。

我们在前面说过："诗歌的本质是精神"，但具体的诗是由诗人写就的，它是生命与社会的产物，我们也可以说：诗歌的本质是生命的、社会的，因为，"精神"的根本特点是追求抽象的普遍性、客观的统一性、整体的规范性，而缺乏对自我的反思与超越，忽视了活生生的个人，不懂得生命的意义与本质，"每一个个人都被牺牲了，都成了服务的工具"（尼采）。而从社会的角度看，世界上没有抽象的精神，也没有抽象的个人，抽掉社会背景，自然与精神、肉体与灵魂的同一必定是虚假的同一、零星片段的同一。在"诗"这只猛兽的胃里必定会为政治、经济、法律、社会、文化、科学等"不纯之物"设立一个"结合的场所、合并的熔炉和互相联系的联络站"（马克思）。人是精神、是生命、是社会的产儿，但人又不仅仅是抽象精神、孤独个体和社会人，真正的人——诗人应该是三者的同一。所以，真正伟大的诗也应该是精神、生命、社会的对流，这三种力量在对峙中融合，形成了必要的张力。在这里，我们有必要做一修正，诗歌的本质是精神、生命和社会的统一。

但是，这种统一关系在当代诗歌中往往被弄得支离破碎。前面提到的苍白空洞的"纯诗"是如此，现在盛行一时的"自白派"、"独白主义"诗（特别流行于女诗人中）亦如此。

"独白主义"的哲学根基可从"个体主义"中去寻找，我们知道，原初意义上的"个体主义"有许多积极意义：比如寻求自律（自我指导）、对人的尊严的尊重、私人性和自我的自由发展等，但"个体主义"在实践中往往会走上自私和个人中心主义，以致责任感的丧失。许多诗人太强调个性、标新立异、唯我独尊，没有考虑到诗歌行为在本质上是一种交流行为、是一种人在共同本质上互相理解的可能性。还有许多诗人把诗看作是纯感性之物，看作是纯直觉的产物，而离开了自身所处的"有限处境"，这样的诗创作也必然会导致诗的贫乏和单薄。马克思说得好："特殊的人格的本质不是人的胡子、血液、抽象的肉体的本质，而是人的社会特性。"我们总不应该去羡慕库克罗库斯（独眼巨人）的单眼——而"独白主义"者的问题就在此，这些人沉溺于个人感觉的死胡同里，不愿相信：人与人是相似的存在，他人是"我的他者"，人与人之间存在着"实际的或可能的、直接的或间接地移情的联系"（胡塞尔）。固然，我们不能要求诗人通过摧残个人的自由和价值来实现所谓社会价值（这样的悲剧曾一再发生），但我们要鼓励一种以沟通为目的的、以对话为桥梁、以理解为基础的诗歌，从而真正切入人的生存本质。真正诗歌的创作过程也正是一种交往的过程：一种爱的斗争，诗人在创作中既孤独又联合，在与他人、世界与语言的积极交往和搏斗中实现了自己。真正的大诗是爱，但不是诗人的自爱，他是诗人由自由走向责任、由"我"转向"我们"的踪迹。

诗的内在化——"唯美主义""纯诗"或"独白主义"，从理论上说是站不住脚的，在实践中更造成了危害。它们根本的误区在于忽视人的存在（精神、生命、社会的联合体）的本质，我们必须指出：诗歌尽管是精神产品，有其内在的一面，但它的"外在性"是极为突出的，诗人狄兰·托马斯说："优良的技术总是在诗的构件中留有间隙，以便诗外的什么能够爬进来、溜进来、闪进来或闯进来。"而伟大的诗人歌德说："诗在它的顶峰上显得非常外在，诗越是归复到自我之中，就越是走上了通向衰落之路。"每个严肃的诗人都应该认真思考一下歌德的肺腑之言。

2. 诗歌与理性

有人说，诗歌应该是非理性的（或反理性主义的），应该是血液、是梦幻、是激情，应该是无政府主义者、疯子、被抛弃者倾倒其欲望的地方，诗就是游戏、亵渎、造反和捣乱——达达主义看来是这么认为的，正统的超现实主义有时候也差不多是这么看的。确实，非理性主义的诗（据说可从洛特雷阿蒙开始）是有活力的，埃利蒂斯认为"超现实主义"是欧洲现在仅存的氧气，"梦、自动的写作、潜意识的解放，全能的想象，不受美学和伦理的拘束，所有这些使得他能够以实际生活中全部的神圣乐趣，同时以真正的诗之瞬间的浑身'震颤'，来描绘世界的美景"（埃利蒂斯）。但埃利蒂斯并没有成为标准的超现实主义诗人，只是汲取了其革命性因素，而抛弃了"自动写作"等非理性教条。帕斯的情况也差不多，他发现超现实主义中仍完全地保存着破坏的、诗的、革命的古老观念，在美学与伦理方面都是一次爆破，但他后来又觉得，超现实主义作为诗

学，作为艺术尝试已经枯竭。帕斯始终怀疑下意识行为对诗歌创作的作用，随着他思考的深入和艺术实践的进展，他更多把超现实主义视为一种启示。不唯埃利蒂斯、帕斯，还包括巴列霍、聂鲁达、博尔赫斯、阿莱克桑德雷、夏尔、佩斯、策兰、米沃什、索因卡、沃尔科特等，都受一定的"超现实"诗风的影响，但他们身上的非理性因素比法国正统超现实主义诗人们要少得多，这些诗人至多只是一些"边缘的超现实主义者"。

"边缘的超现实主义"大师们及象征主义诗歌大师们都在重视个人感觉力量的同时，看到诗是诗人的广义的智性活动的产物，它不受僵化的绝对论的控制，也不是虚无缥缈的臆想的幻想。他们像过去的大师们一样，都意识到理性及其批判功能的巨大作用。

诗歌的理性力量不是孤立无援的，它必须与非理性相抗衡相融汇：

首先，诗歌中任何非理性的东西都必须以理性的物质形式（语言）表达出来。任何"非理性"总归是被"理性"认识的非理性，非理性必得到理性中来确立自己、解释自己。

其次，任何呈现在诗歌中的理性，都是以非理性之物的存在为其界限的。一种理性的诗总是建立在不能抛弃的非理性的前提之下，理性的诗正是借助许多非理性的灵感和激情来丰富自己、造就自己的。

再次，每一个诗歌行为都是贯穿了理性与非理性的因素的。诗作为理智十分顽强而艰辛的活动，堪称人类思想的楷模。诗的理性力量就在于它的无穷批判、无穷反思、无穷怀疑，以打破真理学说的绝对性、封闭性。但是，诗也不应该把反思看作目的，因为，人的自由和解放才是诗的真正目的。诗的反思性尽管本身是理性的，但它必须回到生命的本源中去获得勇气和力量，因此，诗人个人的非理性、

活生生的生命体验恰是理性反思的无穷源泉。

"非理性"是诗的巨大能量源,我们绝不可忽视它的作用,但这种能量的变体、形态及动力的质量落实在每一个不同诗人身上,将是完全不同的。人的非理性的情感因素虽然可能导向恶,但本身还不是恶,但若将非理性推上"唯一""至上"的宝座,将会带来真正的恶和灾难。诗歌创作亦是如此,大量的诗人无法控制自己,缺乏必要的理性的约束力,到头来,只是听任"非理性的骗子"的宰割。当前诗歌的努力方向之一,就在于应该把诗从滥情、薄情、庸俗的无理性境况中拯救出来,把诗从浪漫主义的情感暴政中拯救出来,以一种新理性去替代他——在这一"新理性"中也包容了许多新颖、活跃、神秘的感性因素。

理性作为诗的核心还在于它具有某种整饬力,即"把潜意识的浮现物变得清晰可懂"(狄兰·托马斯)。

3.诗歌的历史

美国文化理论家斯潘诺斯说:"历史是一种既连续又断裂的认识与反思,是行动与反行动的亲和体,是传统积淀的变体。"诗歌与历史打上了死结,你无法剪断这根脐带。一方面,诗歌是历史的产物和组成部分;另一方面,诗歌有他自己的历史。一方面,历史把诗固定在具体的时间土壤中;另一方面,诗又企图篡改、修正、复活或超越历史,从历史的真实性走向艺术真理和宗教启示。

真正的诗人并不把历史性理解为客观的连贯性,而是把它理解为在每一时刻都不可替代的本已存在的统一性。这种统一性进入到诗中转化为形式和向心力。它绝非"历史理性",无人的、斩钉截铁的所谓"历史理性"总会被一些别有用心的人霸占,变成控制人、杀戮人的工具。从这一层面上,我们应该与那些企图揭示"历史规律",顺应"历史潮流",紧跟"历史车轮"的政治诗分道扬镳了。

真正的诗人把历史理解为一种在具体的事件中展示自身的方式,诗人的处境是他每时每刻如何把握自己的真实存在的问题,他个人的历史性就是力图在具体的实践中获得自身的根基与意义。人是茫茫的死亡中间的生命一闪,诗人亦如此,诗人的历史性就是指他在"属他"的时间中,在面对死亡的存在中获得了生命的意义。历史依附在诗人的血里、肉里、诗行里,诗人的诗就是一部个人的历史。

但诗不仅仅是诗人的生命自传,诗人不由自主地站在社会的大舞台上,历史的搏动有待诗人去倾听、历史的狰狞面具有待诗人去撩开、历史的黎明有待诗人最初的歌喉,诗人在不知不觉中与"非他的历史"打成一片,无论他是否愿意,他总是与种种变迁相联系,而优秀的诗人一定会在血液中负荷起时代的重负,一个狂暴的时代尤其能激发诗人的灵感。从这一层面我们可以观察到各种"伪古典主义"的失足,"伪古典主义者"既不看重个体生命的力量,又在创作上割断"过去——现在——将来"的联合体,单纯把头转向过去的某一片段,拒不进行"当代化"的反思。这种诗是怯懦、逃避的艺术表现。

可是,诗也是现有时代的升华,曼杰斯塔姆说:"诗是掀翻时间的犁,时间的深层,黑色的土壤都被翻在表层之上。"诗人虽活在现世,但他们的诗却永远不满现世,总是渴望达到时间的源头、历史的处女地。诗人最爱的是"受到生活反驳的经验",诗既是诗人的行为,又是诗人的梦幻。从这一角度看,诗的历史性也蕴涵着某种迷幻性,它是开放的,它既转向源头,又向未来索取养料。诗向一切时代敞开胸怀,从而超越了一切时代。

从诗歌与历史的关系中,我们可以找到理解历史的多重途径。在诗中,历史包含着个人的历史、社会的历史和诗歌本身的历史,这三个因素制约着诗的艺术展现和思想深度。诗歌中的历史也可以由过去、现在、未来的不同时态,或"超时态"来表现,显得异常活跃。而且,正如布罗代尔所说:"历史创造了人,人承受了历史"……不是人创造了历史,而是环境塑造了人的历史。从优秀诗人们出于童心和挚诚而写出的赞颂土地以及整个大自然的诗篇来看,诗人对历史性的视野是最辽阔的。

通过对诗歌与历史的考察,我们觉得可以设置以下四对对应关系,一个欲写出杰作的诗人总是处于"单数人与复数人""传统人与创新人""时间中人与超越中人""自然中人与社会中人"的巨大张力中。

——诗人是充满感性活力的"个人",是"单数人",但若要成为时代的良心,就必须仔细研究一定时空范围内人们的思维模式,即:长期左右着人们的生活方式、思想方式和信仰方式的深沉底蕴,力图揭示整个社会的思想文化氛围和民众的精神状态,所以他又要以"复数"的形式沉思和写作。

——诗人沦落在传统中,传统的"铁摇篮"既培育诗人成长,但又压制他,使他难以显现自己。历史上的大师太雄壮了,后辈诗人为其叫好,但却长时间匍匐在大师阴影下,终于,愤怒的诗人起而"弑父",铤而走险,为了新颖,他甚至不惜对诗施暴,进行毁容。诗人永远在回归传统和寻求个人独创的矛盾中。

——"时间是一种血浆,所有的历史事件都赖此才能生存,它是一种土地,所有历史现象都赖此才能被理解。"(马克·布洛赫)诗歌以现象为材料,而时间却在永恒地吞噬着现象,并给他打上依赖性和非本质性之烙印。从时间对诗人的改塑来看,它以不可逆的矢量展开构成诗人的历史,历史已不是他的外在异己力量,历史是诗人筹划、设计的创造过程。诗人在

其历史维度中,在现实的大地上,在偶然性中,找到了存在之诗。但存在之诗,并不只是在"现时代"或个人境遇中,不应夸大现时代的历史意义和文化价值,不应局限于本民族的历史和文化,而应在关注人生的"当下性"和注重民族精神特殊性的同时,把握住超越的维度。歌德说得好:"每一个瞬间的历史本身不只是不断在变化,不只是独立的个体,它同时也是超时间的、普遍的。"

——诗人也应是"自然中人"和"社会中人"的完满统一。诗人是人,而不是一块石头或一头豺狼,但人同时也是大地之子。从更高的角度讲,人并不比一只麻雀伟大或聪明。大自然把她的一切呈现给人类,但人既吸干了母亲的乳汁,又正在抽干母亲的血液,"技术人""物化人""贪婪的穷奢极侈的人",正在把地球的力量榨干。诗人,作为大自然的捍卫者,难道真的应该袖手旁观吗?——大自然的历史才是更久远、更伟大的历史!

4.诗歌与语言

语言问题是20世纪文化思想的焦点之一。有些思想家从语言入手,把语言当作"阿基米德点"来支撑其体系。而在诗歌界,人们纷纷借鉴思想领域的成果,抛出自己的语言观,我们经历了一次货真价实的"语言地震"。本来诗歌就被认为是语言的花朵,而语言究其实质具有诗性(至少从发生学的意义上看是如此),诗与语言几乎密不可分。但是,过分强调诗的语言性也可能造成诗的散失、溶解和崩溃。

诗依靠语言来表达,但又不是普通的语言;诗借助语言的形式,但又不断越出语言的藩篱,企及思想的晴空;诗在语言的网络中、监牢里喘息,但又粉碎了语言的硬壳,让黎明的泪水泼溅到大海的琴键上;诗在个性语言中鸣唱、在本民族的窗口放歌,但又把韵律奠立在社会的乃至全

世界性的普世灵语中……

由于每个诗人对语言以及以语言为物质外壳的诗有不同的理解或采用不同的视角，因此，我们会看到一个个不同的对诗之语言的观点：

——诗就是语言，是语言的化身，没有语言就无法想象诗歌，因此，诗到语言为止。

——诗恰恰不是一般的语言，而是"超语言"，是话语，是受历史、文化制约的社会中的人的桥梁。诗"超越"了语言，它不是声音、色彩或运动等简单材料的形式化，亦非抽象化，而是个人体验与历史、社会积淀的交感。

——诗是最能体现语言本质和原始生动性的东西。一个词、一个意象的"在"，正是为了消散其所指的东西，在日常语言中，能指与所指的关系是一一对应的，但在诗中，这种链条被打碎了，能指在不断地游移中享受着可能性的所指。诗之语言的原始多义性把所有明确的意义都融化为一场自由的文字游戏。诗是语言的脱衣舞，诗是语言秘戏的闺房，是退到了书房里的英雄们去激斗体制性压抑的花炮。在语言欢舞与语言碎尸中，能指的全部肉躯都被裸露、激活，诗人在近乎色情的欢愉中得到了满足。

——诗是充满认识和伦理欲念的，诗的存在并不仅仅在于语言的美或欢乐、狂暴，而在于他同时也告诉我们什么是真理、正义，而且要与谎言和非正义做斗争。难道诗是纯肉体、纯美学、无功利的吗？

——语言有他自己的愿望，诗之语言的锐利是敏感性的体现。语言并不单纯传达真理，诗人毕竟不是"为了教条而磨快斧头"（庞德）。

——诗是个人的事，诗人的语言要强调独特性，诗人要用极个人或极感性的语言写自己的梦、泪和无声的笑。一句话，要创造出诗人自己的私人语言来表达纯个人的情感。

——诗的语言是肉、生命、土地，但它不是一个人的手、生命，也不是它私人的土地。每一个词都是受难的尖叫，应该把词语举过头顶去领受神圣之光。贯彻语言的是灵魂，但不是一个人的灵魂，而是永恒的灵魂在"东西"的周围游荡。

——诗的语言充满圣洁、崇高，他是天国的乐句。

——诗，由于显示了人的存在的真实处境和真实愿望，因此会立即与"社会"这一表象欲望及作为欲望替代物的制造者发生冲突——事实上，所有的社会对诗都持有敌意。由此，诗的语言往往不像夜莺的歌唱，而往往呈现为痛苦的、爆发式的黑色预言。

——诗是"文字之声"的黑暗池塘。

……

诗、语言以及诗与语言的关系，都是极为复杂的。如达·罗贝尔所说，在诗中永远有两扇窗户，一扇通向理性、一扇通向非理性，一扇通向意识、一扇通向潜意识，在诗最成功的瞬间，总有一个"我说"和"他说"交相辉映的时刻。有时诗人掌握话语，有时话语支配诗人。由于当代诗歌的含混性、复杂性和内在狂热性，诗的语言已变成"不是七孔，而是千孔的芦笛，不断地由各个时代栩栩如生地吹响"（曼德尔斯坦姆）。我们对诗的语言的理性思考必定是综合性的。

我们或许可以对语言进行七个方面的粗略综合，即：诗的语言的多义性、能指的快速滑动性与一定的主题统摄力的统一；语言的抽象性与以韵律、意象恢复词语的原始生动性（词与流水、鸟儿、天空和土地的关系）的统一；语言的约定俗成性、规范性（提供交往可能）与语言之失序、语言魔力展现的统一；语言本身的欲念与语言的伦理、认识欲念的统一；俗语、俚语、口语的运用与语言的诗性本质的统一；民族的语言与世界性、现代性语境的统一；

赞美的、神圣的言辞与诅咒的语言、黑色预言的统一。

当然具体的创作将讨厌这种综合，我们在此只是为了提供一个大致的框架，大略描绘一下诗与语言问题的内在张力。

而从当代诗歌的现状来看，我们应该注意两种倾向：一种是沉溺于无底的、无真谛的语言游戏中，语言华丽而空洞，诗的语言成了这类诗人的避难所，他们借此逃避种种非人境遇，而尽情享受能指的欢宴，至于真理、正义他们不闻不问，徒具一个"崇高"的外表。第二种人看出第一类诗人在制造"伪神话"，因此，加以否定、批判，但他们走向另一个极端，他们否认"神话""乌托邦"的一切意义，从而将自己逼向死角——完全站在俗众、甚至更庸俗的立场来创作，醉心于破坏。这类诗人有时被看作是中国式"后现代主义"的代表，他的语言策略是回到口语、俗语甚至俚语、口令之类，回到贫乏中。从冲击诗坛的"唯美主义""纯诗""独白主义"和"语言至上"的角度看，"后现代诗"（权且称之）是有功的，这些诗有更多经验的活性因子，但它的弊端也显而易见。说到底这两类诗都没有在思想性、深度和主题的凝聚上有过人之处，我们看到的尽是些语言策略。

我们说，我们反对口语化，也反对语言游戏，但我们也不应做一般的反对，确切地说，我们反对离开生动的经验存在的"语言游戏"，反对仇视思想深度的"口语化"。我们认为，除非语言遍布实际经验的物质纹理，胀满真实生活的浓稠汁液，不然它就是异化的、堕落的。语言不是自足的，勒内·夏尔说：诗人"不能长久地在语言的恒温层中逗留，他要继续走自己的路，就应该在痛切的泪水中盘做一团。"诗人的语言要找到支撑物，不然这些语言就会像常春藤一样由于找不到支撑而自行缠绕在一起，这些诗尽管繁复、炫目，但不会成为杰作。

弗罗斯特说："一首诗开始的时候是喉咙里的一口痰，是一种思乡情绪、一种相思病。它发现了思想，思想发现了语言。"我们认为语言不可能是诗人的所有目的，诗人的力量在于其思想深度、体验深度，寻求理解和自我理解才是他写诗的目的，而理解毕竟不仅仅是对语言的理解，而是通过语言对存在所进行的理解。

5.诗歌与新理想主义

我们可以设想一种"新理想主义"的诗吗？——在这个物欲横流、精神世界一片荒凉的时代，"理想"似乎被人扔进了垃圾箱、冲入了下水道，人们觉得理想便是醒后即逝的梦想，人们永远无法企及"理想"，尤其是社会理想。这种悲观主义在某种意义上是有价值的，我们不是曾饱受理想之苦吗？——无论个人还是国家，都是如此。在"理想"的空洞、伪善、甚至凶残都暴露无遗之后，我们还应信仰什么吗？也许及时行乐是唯一的出路。确实，从整个意识形态来讲，过分的推崇理想和希望甚至是一种犯罪，但从诗的角度而言，我们认为不能丧失"理想主义"的维度，当然是也不能丧失他的另一维度——批判功能，真正的诗既呼唤精神的乌托邦、爱和希望，又严厉地审视社会乌托邦和隐藏在爱与希望背后的骗局。因此，一种否定了"旧理想主义"（社会或规划乌托邦）的新理想主义是可能的。

但是，理想主义在现时代似乎陷入绝境，在理论上尤其是如此，而创作中也面临着一场反价值、反理想的"农民战争"。现阶段的创作混乱不堪，各种异端或市民倾向一起成长、混杂，形成所谓后现代景观，中国式的"后学"就更不好归纳了。后现代的特征是什么？达达主义？反形式？游戏？偶然？无序？即兴表演？分散？表层？个人语型？差异？内在性？不确定性？反讽？精神分裂症？多元论？散漫性？间断性？模糊性？曲解？

解神话？去中心？解合法化？玩世不恭？暂定？离散性？断片的话语？"苍白的意识形态"？无我性？非原则性？不可表现性？吸毒幻觉？或——泼皮无赖？故作痴呆？刻薄亵渎？甚至逍遥山水、三妻九妾？……或许都有这么一点，又都不伦不类。好了，我们不想进入争论的泥潭中，我们只想指出一点：现阶段的诗（包括自认为是后现代的，也包括否认自己是后现代的）普遍缺乏理想主义。他们沉浸在游戏的刺激中，扮演暂时性角色，他们的创作无悲剧气氛，往往显示出作者心灵的麻木，他们已经不再反抗异化，他们努力逃避痛苦的承诺，成了"空心人"。

可是，难道真的没有艺术真理、没有诗人应该努力追求的理想境界吗？显然不是。艺术真理、诗的真理并不是外在的，而是存在于意义的连续性中，这种连续性既超出了诗人的体验，也超出了欣赏者的体验，从而代表了一般体验的本质方式，即：蕴涵着一个无限整体的经验。诗的理想向度是内在的深度和超越性的统一，假如诗只醉心于情感和精神的卑微，与否认超越性的普通生活原则处于同一平面，就很可能会导致诗的丧失。在消解了精神乌托邦之后，诗人也就等于拆解了人类良知和尊严，于是无节制地渎神、弑神乃至杀人的庆典和狂欢开始了。我们提倡"新理想主义"，就是提倡一种批判的理想主义，我们既凝视着灾难的巨大截面，又看到那些四处漂浮的希望之光仍在向一个黄金般的中心聚集，我们既认识到真理对我们守口如瓶，又力图从多元的视角深入那些相互冲突的概念，以深切的爱和更高的信仰去趋近真理，扇动银色翅膀，侵入真理繁星万点的天空。

"理想主义"也是人特别是诗人本质的愿望。我们处于"有限处境"中，有限处境就是人在其中遭遇、负责、斗争、死亡的处境，诗人也是一般人，也要受到物质、制度、风俗、他人、历史、灵魂、精神、情绪的限制。诗人是有限的，但"有限"同时是"有望"的，诗人的有限性正是他前进的前提、积极条件和自由的泉源。诗人的理想性，正是他的现实性，这是他的天职。佩斯说得好："肩负着永恒的重担的人是值得奖励的！承受着人性的重负前进的人是值得赞美的！"

我们认为一种新的理想主义包含着以下四个主要内容：

第一，是爱。这种爱是超越功利的爱，他包含着诗人对人性的真正认识和把握，它是人以及人与人关系之本源运动的结晶，爱既是一种自我实现，又是一种自我屈服。爱令人获得存在的确定性，诗人之爱是一次次归返到现实的可怖性和危险性面前的爱。这种爱是最终在交往中实现。诗人在诗中奉献爱，在被阅读中传播爱，从而获得灵魂宁静的馈赠。而诗人之爱中正是交织着爱与恨的。

第二，是信仰。我们不能用知识去替代信仰，也不能用诗本身去置换信仰。信仰也绝不是迷信。雅斯贝尔斯说得好："真正的信仰不是信仰某物，而是在某物中信仰。"信仰从最宽泛的意义上讲是不可摧毁的、无可言喻的希望。真正的诗和诗人都不应丧失希望。

第三，是想象。想象是诗的灵魂展开的翅膀，想象给爱和信仰造血造肉，想象给爱和信仰以空间和形式。

第四，是批判。时时注意理想主义本身的局限和可能的误区，阻止诗与理想主义的"越界"。批判使诗重又立在大地上向往天国。

"新理想主义"其实来自三种势力的夹击：一种是中国式世俗的丧失理想的"后现代主义"，另一种是旧乌托邦（作为体制化仍强有力存在的社会理想）。还有一种是农业文明、小国寡民、安贫乐道式的士大夫理想主义，这里东西表现在诗上会呈现出非现实、非反思性和陈腐性，也是充满弊端的。

6.结论

总之,我们力图重建一种重视人的实存处境、具有历史感、有着强烈理性色彩、反对语言游戏的新诗歌精神,总而言之,这是一种"新理想主义",是希望和批判的握手。在一个狼藉的诗坛上,我们重新高扬信仰、意义、爱、正义的美、交流、崇高、精神、深度、历史感、责任、希望、神圣、价值……但我们也要看见这些大字下的人的血迹,他们可能的弱点和欺骗性。当然,所有的弱点也就是人的弱点,也只有通过对正面价值的仰视或景仰来抑制(而不是消除)他们。同流合污不应是我们的选择。

从当代诗坛状况而言,我们反对各种力求乱中取胜的后现代主义,反对"纯诗"、"为诗而诗"、唯美主义,反对语言至上、语言游戏,反对个人至上的独白主义,反对混淆历史的伪古典主义,反对各种逃避反思的非理性主义……

当然,坦白地说,我们的反对不是斩钉截铁的,在态度上、方向上我们反对各种不健康倾向,但其实情况复杂得多,所有这些被反对的东西里面都有积极因素,具体的作品也很难区分,因此,在对待具体的文本上,我们力求避免武断,我们不采取排斥,而采取包容的态度。

我们清醒地认识到:理论的制作造成的差异要比具体作品要容易一些,逻辑的清理绝非事实的清理。因此,"新理想主义"不是作为各流派的取代者面目出现的,而是为了使诗坛在理论上有一个更健康的张力(这种张力在创作中是一直存在的)。

最后,我们要说——我们站在绝望的滔天洪水中,但却向往希望的曙光;我们卑微地生存在生存的歧路上,但却渴望精神家园的关怀;我们几乎被历史抛弃,但却依然秉持神圣的职责;我们处在扁平的、以丑为美的世界上,但却依然信赖正面的美和人性的深度;我们只能接近一些相对的和不完整的价值和意义,但是我们却把完整的意义和绝对的价值当作远景;我们不是神,但是我们走向神……

论唐湜的变体十四行诗创作

◉ 许　霆

　　唐湜，是我国十四行诗创作的重要诗人。在20世纪40年代，他受唐祈创作的影响，写过一些十四行诗收入《交错集》，如《向遥远的早春祈求》《诗》《遗忘》《纳蕤思》《征服》《一夜风吹芦花白》等。但唐湜十四行诗创作主要还是在60年代中期至"文化大革命"期间，发表在20世纪80年代以后。出版有十四行诗集或以十四行为主的诗集《幻美之旅》（1984年宁夏人民出版社）、《海陵王》（1980年江苏人民出版社）、《遐思：诗与美》（1987年漓江出版社）、《蓝色的十四行》1995年北京燕山出版社），后大多收入人民文学出版社的《唐湜诗卷（上下）》（2003）。

一、十四行抒情短诗

　　1965年元旦，唐湜在孤寂的夜里合不上眼，听着远处飘来一声、两声呜咽的箫声，过去的年华孕成了朦胧的意象飘来，于是，唐湜拧开灯涂抹起来，向自己欢乐的青春梦幻告别，呼唤歌诗的星辰照耀梦床，这就是第二天早晨誊出来的十四行诗《断思》。这是唐湜新诗创作新的爆发期开始。从这时开始到"文革"结束，他写出了一批重要的诗篇，包括大量的十四行诗。如1970年是唐湜创作丰盈的年份，他写完《划手周鹿之歌》后，作历史叙事诗《桐琴歌》、十四行组诗《默想》《幻美之旅》，完成了《夜中吟》七章、自由诗《日出》，还有历史传说故事诗《海陵王》。了解这点对于解读唐湜作品极其重要。唐湜1958年被错划右派流放东北的兴凯湖农场，1961年由北大荒回到温州，担任永嘉昆剧团临时编剧，开始了流浪江湖的艺人生活，1964年失业在家，1966年在温州房建局劳动，1979年12月《日出》发表于《东海》杂志，完成复出亮相。在这一特定时期里，诗人始终没有中断诗歌创作。

　　唐湜在《断思》中抒唱："这忽儿我的生命的白帆／可离开了白浪滔天的海洋，／驶入个小小的蓝色的海湾，／眼看要进入个恬静的小港！∥瞧，这忽儿是茴香似的春天，／珠贝满孕着季节的痛苦／该吐出云彩样光耀的珍珠！"这诗宣告了诗人的创作由白浪滔天的浪漫转向了蓝色沉静的明净。他正由丰饶的夏天转向生命萧瑟的秋天，但仍祈求着精神的"丰盈"。虽然早年创作就尝试十四行诗，但是数量较少，尚未形成特色。而在中年以后写的十四行诗，"在艺术上表现为稍稍成熟的返璞归真，从繁富渐归于朴素，从流荡渐归于宁静，从豪放渐归于凝练。"①构思和意象也渐趋古典式的明朗、简洁和恬静。这是一种晚年凝重、宁静的成熟。正如诗人所说："由于年岁进入迟暮的晚景，自然而然地趋向了古典的中国美学理想：静默、肃穆或恬淡如陶渊明、孟浩然那样的风格。"②诗人晚年创作的成熟，使诗人挑选十四行严格的格律来写作，因为可以把诗的情思压缩得更加精练，结构更加匀称，音律更加严谨；而凝练精致的沉思型行体式又帮助诗人完成晚年对于诗美的追求。唐湜的十四行诗就是在沉思里写出的智慧的花朵。他在《奋发的晚年》中这样表露自己的心迹：

> 迟暮的花朵也开得最美，
> 在生命的长河上临流深思，
> 晚年能抒发出最光彩的珠贝
> 分发能结出最成熟的果实，
> 呈现那照耀一代的肝胆，
> 拿一生的欢乐、坎坷、灾难！

这诗写于1981年，诗以"迟暮的奋飞"的精神，祈求晚年收获"最成熟的果实"。浏览唐湜的创作，我们欣喜地看到，诗人实现了他的心愿，在生命的秋天里充斥着最旺盛的创作热情。其十四行诗的基本特征就是中年和晚年的成熟。"成熟"从创作思想而言，是诗人实现了对诗的"浑然美"的要求。诗人认为，"诗与音乐一样，是精纯度最高的艺术，更要表现精纯度最高的美，浑然的美！这种浑然的美包含着浑然一体的内在与外在的一切构成因素，辩证地相互对立又相互一切因素。"③"成熟"从艺术风格来说，就是诗人的诗作充分表现了返璞归真的"真淳"："从繁富渐归于朴素，从流荡渐归于宁静，从豪放渐归于凝练。"而以上二者，又决定了唐湜在诗体形式方面的特点，即讲究格律。因为格律正是锤炼思想、琢磨文句的利器，正是炉火纯青的真淳诗风的标志，也正是造成精纯度最高的浑然美的重要条件。情感经过均齐的艺术过滤，就如闻一多所说，能"挫其暴气，磨其棱角，齐其节奏，然后始急而中度，流而不滞，快感油然而生矣。"④唐湜也说过，"没有海阔天空的自由探索，新诗会僵化而停滞不前，没有不断地及时创造相应的新格律、新形式，新诗就不能达到成熟的新阶段，也就不能达到愈来愈高的艺术水平。"⑤

同成熟风格相联系，唐湜的十四行诗充满幻美的遐思和返归自然的抒唱。他慨叹"卢骚，我喜欢你的自然呢，／要作个最后的浪漫主义者！"（《最后的浪漫主义者》），他写"爱的交响乐""蔚蓝的天宇""恬静的清晨""光灿的群星""无邪的孩子""神秘的黄昏"……他绝不让脓血恶秽来玷污十四行，说"窒息于空气污染的，可以／去看取大海的无边辽阔"。（《窒息于空气污染的……》）但是，当我们了解了诗人屈辱受迫害的二十年经历，知道他大量的十四行诗是在干完一整天重体力劳动后，甚至是受了批斗回家后写的，那么我们就会发掘那些宁静的诗里渗透着诗人和时代紧紧联系在一起的痛苦与欢乐。诗人歌唱无邪的孩子和崇高的诗人给人类带来光耀的明天，但他不能不正视现实，给人光明的人"可得到的是高加索山巅的受难，／叫兀鹰永啄着你伟大的心瓣！"（《孩子·诗人》）诗人在公园欣赏含苞的花枝交错，采朵金铃花放在友人折的小叶舟上，不禁想到："把小叶交给滴溜溜的水波，／看黄昏到来，它怎么抵御／那斑鸠唤来的奔骤的风雨！"（《斑鸠的叫唤》）但尽管如此，诗人还是在诗中追求幻美，他爱听自然植物"在矛盾的世界上歌唱和谐，／在匆忙的世界上歌唱静夜，／像永远天真的孩子们那样，／不知道痛苦，也没有忧伤。／／活着，去呼吸空气、阳光，／死去，就化入那沉默的土壤。"（《小植物的歌唱》）这就是他宁静、明净诗风的底蕴。他在《忘忧草》中说："当我拿梦幻的眼眸去凝望／悲痛的无底涡流，啜饮着／那一片淳美、澄澈的光芒，／我就仿佛在向美神献祭呢，／拿自己的苦难向她献礼，／叫深湛的忧郁化作一片美！"他在《倾听》中说："当我悲痛于生涯的多灾，／我可爱在菩提树下倾听／翠叶间鸟儿们清脆的颤音"。以抒唱美来对抗丑，由痛苦而追求幻美，这就是唐湜十四行诗的个性特征。他坚信："只有纯朴的语言才能够／叫智慧的想象闪电样涌现，／叫人们一下子张开了心眼，／看透了季候的变幻的云烟！"（《纯朴的诗》）这不是虚幻的盲目的抒唱，是诗人大彻大悟的成熟，是审美正值同实用负值错位结构处理，它从根本上保证了唐湜十四行诗独特的风格。他在《我的"幻美之旅"》中说："为了不叫自己的精神（在灾难的岁月里）濒于崩溃，我拿诗作自己的支柱，把苦难的历程变成了'幻美之歌'"。唐湜明确地说"我是用诗的语言来建议一个与现实既对立又相联系的诗的世界。""我是积极地追求永恒的人性之美的，常常考虑该如何以永恒的美来抒发永恒的主题，拿一种朴素而也纯真的语言，闪耀着含蓄的幽幽光彩的语言来抒写。"⑥我们充分理解和肯定唐湜的这种幻美追求，把苦难的历程变成"幻美之歌"这不是逃遁，是在那畸形年代里对抗性的追求，是美对丑的审美超越。他始终对生活充满着希望，他庄严地宣告："我要拿欧罗巴婉变的苇管，/吹出自己的朦胧的希望，心儿期待着春天的光芒！"（《芦笛》）在唐湜从屈辱中获得解放后，他就高声"欢呼一个新人类的早晨，/欢呼那混沌的大地的觉醒！"（《题〈九叶集〉》）并以《奋发的晚年》为题，抒写自己"老骥伏枥，志在千里"的激情，坚信"奋发能结出最成熟的果实，/呈献那照耀一代的肝胆，/拿一生的欢乐、坎坷、灾难！"这些就是唐湜沉思的十四行诗中的情愫内涵。诗人善于从切身体验出发，以个人的生活处境和心情为转移而抒唱，感情真诚，心底纯净。他说："在抒情诗里，我希求的却是喜悦的柔和美；我企求能达到一种风格上的澄明，一种我难以企及的单纯的化境。"正是这种追求在本质上造成其十四行的真淳和宁静诗风，从而呈现出永恒的人性之美。

不过，正如唐湜在他的《遐思：诗与美》前记中所说："可以有豪放奔腾的抒情，也可以有婉娈多姿的抒情，风格可以，而且应该多样，但更应该统一、明朗，以至于澄明……"⑦在他的十四行诗中，不仅有柔和而宁静的抒情，也有不少豪放而雄姿的抒情，不仅有受到西方诗风影响的，也有完全中国风格的，如《闪光的珍珠》

《给吹笛者》《三人行》《红拂枝》等。《长安之忆》写的是抗战之初的1937年冬，他在西安欢送他的陶姨、桂表兄与一些同伴赴太行山打游击的那个夜晚，诗人接受中国古典传统，以雄豪奔放的风格表现了他年轻时胸怀中的豪气。这一片豪气到晚年仍然蕴存，在十四行组诗《海陵王》里表现得最为充分。这是基于诗人对十四行体特征的认识。他这样说："华兹华斯在他的十四行诗集中说，十四行是莎士比亚打开自己心胸的钥匙，而在米尔顿手中，则变成能激励人心的战斗号角。确实，它不仅可以抒写爱情与沉思的抒情主题，也可以抒写战斗的政治主题，米尔顿写给清教徒将军克伦威尔与哈里法克斯的十四行，抗议天主教屠杀山民的十四行就都是战斗的十四行。十四行可以作为小巧而精悍的抒情与战斗的短剑使用，我感到不难掌握。"⑧这是对于十四行体题材的精彩说明，他自己就用十四行体抒写广泛的题材。

从写法上说，唐湜不论是宁静的沉思型或豪放的传统型十四行诗，总是注意赋予"沉思"或"忆念"以形象外衣，诗中总是充满着缤纷的意象。正如他所说："我要做一个中世纪的术士，/把平凡的幻想点化为神奇"（《我要做一个术士》）他凭借着高度的艺术敏感，巧妙地把思索和幻象、外象和内涵融为一体，从而使诗的意蕴达到层次丰富。从具体构思手法上，唐湜的十四行诗分成两类。第一类是化虚为实型的诗。如《要与时间的奔流……》：

一次，我躺在山坡上冥想，
忽儿打晴朗的天海里涌上
一片雄伟的飞腾的幻象，
我刚要拿起笔来描出光芒，

却忽儿有一片云雾漫上来，
呵，这刹那的灵幻之海——
闪光的青春，一闪就不见了，
我再也见不到它浑然的照射，
因为时间就不爱去等待，

而生命的春天也不会再来！

诗写的是对一个永恒主题的思索：时间不停地向前流逝，生命的春天不会再来。诗人却赋予意念以生命的具体形象：一片雄伟的飞腾的幻象，一片云雾漫上来的刹那的灵幻之海。第二类是就实示虚型的诗。如《养蜂人》写养蜂人云彩般到处游荡，牧人般到处放养蜂群：

> 哪儿开着花朵的诗章，
> 哪儿就是他们的家乡；
> 哪儿能酿出最甜的蜜浆，
> 哪儿就有着他们的希望；
> 有什么能挡住云彩的流荡？
> 养蜂人不停留在一个地方！

这儿似乎全是写实，但通过"诗章"两字，却暗示出诗的深层含义，诗人是借养蜂人到处牧放蜂群，抒写自己对诗的源泉的探寻，到处都可以找到诗意，去酿出最美的诗篇。无论是化虚为实还是就实示虚，唐湜都依赖于想象中的"意象"。正是在想象中，感情和理智转化为缤纷的意象，诗篇孕育而生：

> 这样，就像钓虾的孩子样，
> 我拿起我欢跃的蓝色水笔
> 来钓取飞腾在空中的意象，
> 管它是天国门扉上的云雀，
> 或忙碌的蜂儿在采着花蜜，
> 都凝结成我心底欢乐的音乐！

在这种想象中，虚与实、主体与客体界限消失了，达到了物我、象理的融合。波特莱尔在《人工的乐园》中说："最初你把你的热情、欲望或忧郁加在树身上，它底呻吟和摇曳变成了你的，不久，你便是树了。同样在蓝天深处翱翔着的鸟儿，最先只代表那翱翔于人间种种事物之上永生的愿望，但是立刻你已是鸟儿自己了。"（梁宗岱译）读唐湜的十四行诗，我们见到多数诗中都出现了"我"，体现着诗人自我直接同意象的结合，更具体地说是我的深思（虚）同物的意象（实）的结合。如《一朵火焰》开始写由我到物："呵，我的心是一

朵火焰，/ 飙风吹不落的生命之花，/ 怒放在时间高耸的树顶下 / 吐出一片蓝幽幽的小瓣尖；"接着诗人说：叫岁华"带着凝思的云烟""幻想的流露""诗的幽独的风华"悄悄流向明天；但决不惋惜、忧伤，只叫火焰融作波纹，铸在沉静的脸上，"一个早晨，我拿起镜子来"："呵，这脸儿像流荡的水波，/ 可映现了那么多生命的云彩！"这又是由物到我。由于想象，抒情主体失去了多元的形体，变成了一系列客观细节意象，而意象也变形了，获得了诗意的内涵；二者的共性获得了超越它们本身性质的更广泛、更概括的社会的人生的意义。这诗的构思在唐湜诗中是典型的，它揭示了唐湜的诗化虚为实和以实示虚最本质的内涵，即通过想象，使主体和客体以及二者关系变异，达到虚实、沉思和意象的融合。这就是唐湜式的构思艺术。化虚为实，是诗人由内向外发展的构思手法，而就实示虚，则是诗人由外转内构思手法，两者共同特点是使十四行诗虚实结合，呈现多层次意蕴，赋予现实更深更大的美学意义。他曾经说过："现代诗常有着多层次的构思，流动的意象常包孕着丰盈的内涵——深沉的心理深度，与多辐射的外延——概括性的哲理高度。"⑨诗人新的创作已经年过花甲，但无论是对生活的敏锐思索、顿悟人生真谛，还是对现实的飞驰想象、捕捉缤纷意象，以及把二者巧妙融为一体，都显示了蓬勃的生机和青春的活力。在诗艺上唐湜的美学追求是："首先是要求诗的完整，一首诗应该有一个完整的构思，不能虎头蛇尾，写到最后，显得枯索无味，有气无力。我不想挖空心思寻觅奇峰突起似的俊句妙语或奇思妙想，极警辟的一语惊人，我只想能从容不迫地抒写，写得自自然然，完完整整。如果整篇诗均匀平衡，到最后能有几句可以深思或吟咏，叫诗显得神完气足，自己就非常满意了。"⑩这就是唐湜诗美的主要内涵。

唐湜的十四行诗既尊重格律规范，又超越一些限制，使自己的诗思能纳入东方人的"智慧节奏"，强化了他晚年凝重的成熟风格。唐湜的十四行诗以音组排列建行，这是一种沉稳平静的进展节奏，诗人把外在纯熟自然的声韵节奏同真淳的内在情愫和沉静的旋律节奏融合起来，我们来读他的《夜中吟》两节：

> 森林／慢慢儿／幽暗／起来了，
> 白莩子的／眼睛／却更加／明亮，
> 昆虫们／在开着／黑暗的／夜会，
> 黄昏星／给他们／放射了／闪光；

> 这忽儿／我在／林子里／散步，
> 忽听到／珍贵的／友情的／足音，
> 希望的／喜悦／在心上／开花，
> 最熟稔的／枝条／也新妍得／迷人！

由此可见唐湜十四行诗音组排列的特点，即音组内的音节数量既不像闻一多那样限制太死，又不像何其芳那样任意放纵，而是让二字和三字音组占绝对优势，夹杂有助词的四字音组（有的诗还夹杂一字音组）。这种音组排列最易造成匀整的节奏。他自己就说："两字的一顿与三字的一顿相互交错，朗读起来就会有整齐的节奏，或活泼轻快，或沉雄有力。不过最好不要把三个或三个以上的两字顿或三字顿连在一起，那就会像古典诗词中连续是三四个平声或三四个仄声字一样，读起来非常别扭。三字顿与两字顿的使用位置，也可以有些自然的变化，使节奏更加活泼而流畅。"⑪以型号大体相同的音组占优势，又让其他型号音组穿插其间，就会有匀整、平静的韵律节奏，形成和谐美。唐湜的十四行诗让每行的音组基本掌握住四个，他认为"五个音组或音顿在中国语言里是长了一点，四个顿最恰当。"这既与口语的自然呼吸吐纳相吻合，更同他晚年明净的诗风相契合。诗行也有定性的问题，不同长度的诗行，节奏性能也颇不同，唐湜用不长不短的四顿来建行，必要时采

用跨行来解决，正好传达出一种徐缓平静而又不失潇洒的情调。在段式和韵式方面，唐湜多用意大利式的变体和莎士比亚式，并较多使用交韵和随韵。由此可见，唐湜对传统的十四行体进行了大胆改造。他说："我想，十四行由意大利移植到英国时，既然可以有一些变化，我们的语言与欧洲语言距离那么远，也该可以有一些变化吧！"可见，写作变体是唐湜十四行诗创作的自觉追求。他具体总结说："我觉得十四行的格律严整而又多变化，可以把抒情诗写得比较紧凑、生动、细致些。只是我试着写时，觉得每行五顿（音组），在中国诗里显得长了些，就改成四顿。我还觉得意大利式隔双行押韵，我们中国人不大习惯，特别是后面的六行，最好是莎士比亚式的EFEFGG或CDDCEE；因而，我就是照意大利式写，也做了些变化，韵式上与分段排列上有时也有些不同的变化。"⑫唐湜自觉改造十四行体，是为了使固定形式的语言增加韧性和弹性，从而能更自然地抒情叙事，显示了其十四行诗创作进入到一个自由的境界。

二、叙事长诗《海陵王》

在中国新诗史上，唐湜是写作长篇叙事诗最多的诗人之一，其中《海陵王》格外引人注目。《海陵王》原由一百首变体十四行组成，出版时根据编辑意见后删改几首，存留九十四首。该诗的重要特色是诗人主体重构历史的自由，即想象的自由，选择的自由，移情于历史的自由，把史料意象化、心灵化、审美化的自由。

据诗人自己说，是家乡雁荡的奇伟峦峰给了他创作灵思。它使诗人想起了写作历史上以少胜多、以弱胜强的采石之战。写南宋朝的一个西蜀文士虞允文在大江上收集18000溃兵打垮了统率六十万蕃汉人马南下牧马的女真大可汗海陵王。他认为该诗把海陵王写得气魄磅礴，

有他的祖父阿骨打的雄烈之风，他不完全是败于机智、果断的虞允文之手，多半倒是败于那浩浩荡荡的大江。这两个人物应该是旗鼓相当又互相依存的。后来，他与友人一起研习莎士比亚剧作，精读了伟大悲剧《马克贝斯》，遂惊异于莎氏那海阔天空的大胆构思，感动于马克贝斯那富有野心的悲剧性格，感染着那笼罩全剧的狂野梦想，于是"在一阵狂风骤雨的激扬下，我对海陵王的那种蛮荒的猎人性格更有了新的设想。——呵！为什么不从海陵王的角度来写采石一战呢？那不是更可以写出个《马克贝斯》式的野心的悲剧，一篇浩荡的大江样的史诗来吗？"于是他就根据手头的《通鉴辑览》里一些关于此战的片段，率尔构思，随意写来，后又根据《金史》做了修改。诗人明确地说："这儿写的该是北方强大的入侵者与南国果敢的抗击者之间的搏战；可我却从一个入侵者的热狂的野心与性格出发，从一个性格悲剧的角度来写，象《马克贝斯》样从海陵王的热狂的梦想，从他的生女真的蛮荒猎人的性格出发，倾慕南朝的秀丽湖山与绚烂文化，要'立马吴山第一峰'的狂妄想望出发。"⑬这就是《海陵王》的独特构思和奇丽风格的审美追求，而这种追求又植根于诗人写作时的特定心境。那时，由于受社会政治的压制，诗人在家乡的山乡渔村间多年漂泊，写作时正值"文革"动乱甚烈年代，他是听着武斗的枪声躲在乡间开始创作的："在隐隐可闻的机枪声中，偶尔翻开一本仅存的残书，一薄本《通鉴辑览》，读到宋金采石之战一段，想起前几年曾想写一个昆剧《采石之战》，一个莎剧《马克贝斯》式的英雄悲剧。"⑭因此，诗中那悲壮的气氛和人物中灌注着诗人的沉郁之气，是在重构历史和人物的创作中抒发着向往自由的浩然之气。

《海陵王》抒写的是金国"雄烈大可汗"海陵王大起大落的悲剧性的一生，诗人大胆采用意识流手法使不长篇幅有了巨大容量。诗以海陵王兵败身亡的长江一战作为抒写切入点，以心理时间的构思，在他临战前到战后这一短促的时间框架内，自由地在意识流动中凸现他丰富多变的一生：八岁就到长白山猎银狐，到天湖边射虎；也有过青春期的狂恋，疆场上的横戈跃马；更发动过血腥的宫闱政变，以生女真人天生的残忍夺取帝位……海陵王完颜亮是金太祖阿骨打的孙子，曾以平章、丞相在朝执政，1149年弑金熙忠自立为帝。若用传统手法叙写，其篇幅之巨无法想象。更重要的是，传统叙事手法会同十四行体结构模式形成巨大反差。唐湜大胆地运用了意识流手法重组内容，从而把纵直的客观时间细琐切割成若干片断，再用心理时间的线串联起来，使之与十四行体审美规范相应。这样，诗就有了两条线索交叉。一条是激动人心的采石之战，一条是大起大落的海陵王一生，两条线索不断交替，既使诗所反映的生活过程片断化，又使生活片断转化成心理片断。诗的第一章五首十四行，写黄昏暮色中，海陵王立马淮南最高峰，同珍哥眺望南方，穿插了海陵王对统一南朝河山的渴望。第二章三首十四行，写翌日清晨，海陵王率军"向远方的大江直扑"。第三章十三首十四行，用二首写决战前的这一天，牧骑"打瓜州。瓜步，直到采石矶"，而多数篇幅穿插着写海陵王的身世，以及少年王子的成长，富有传奇色彩。第四章十九首，写决战前夜，海陵王披衣出帐，波涛声把他带回激烈战斗的十年，悲凉的箫声又使他对明天的决战忐忑不安。在这过程中穿插了他与珍哥的蛮荒爱情，他凭着生女真的残忍和野心成了大金邦的可汗，而现在他又有了更怕人的热狂，即去光彩的南方"作南朝花花世界的君主"。第五章十首十四行，写大江南岸宋朝的虞允文鼓励将士同女真决一死战。第六章二十一首十四行，具体写采石决战，虽是叙事，但诗人交叉写南北双方，忽儿是描写场景，忽儿叙说战事，忽儿推出心理变化，忽儿有激动人心的抒情，同样使诗形成若干片断交错。第七章二十四首十四行，写兵败后的海陵王与珍哥退到瓜州龟山寺，黄昏在醉意中预感着一连串悲剧，由寒鼓中的追忆想到命运"早就罩住了我们的眼睛"，珍哥的夜游更增加了人物的惊恐心理。海陵王披衣走出帐殿，昏黑中登上高台，忽然涌来了叛变人马，命运的报复来得叫人措手不及，海陵王与珍哥视死如归，双双自刎，"叛乱的将士放下弓沉默了，/ 给他们自刎的可汗吹起了 / 最后的悲笳。"从以上结构中可见，意识流方法的采用，不仅适应了十四行的审美规范，而且使诗里的历史和现实、抒情和叙事、场面和追忆融为一体，形成独特风格。我们还看到，《海陵王》中所用的意识流，绝不像西方那样迷离朦胧，而是脉络清楚，风格明朗，有着一种东方的澄明。其心理时间也不是自然的"心电图"式记录，而是完全主体化的客观心理探索。对于这种探索，唐湜说："我在《海陵王》等历史叙事诗里运用了'心理时间'的构思，在一段段的内心独白里融了过去、现在与未来的憧憬或预感，把不同的时间糅合在一起，几个层面交叠在一起抒写。而这一切我却都是按照那种东方的清明风格抒写的，开合，回环，意态自如，没有什么不自然，生硬与牵强，也许正合了李春林同志对'东方意识流'的'东方美学'的要求：单纯，明朗，不繁芜、不晦涩；却能有较大跨度的时空跳跃，有浩浩荡荡的奔腾气势，使长诗有较强的整体观。"⑮

史书上说海陵王残杀宗族，是荒淫野蛮的皇帝。而唐湜则认为："蛮荒人对权力的欲望与爱情的感情远比文明人强烈，他们那种原始的爱情与蛮荒的野火似的性格，既单纯又狂放，对我更有着强烈的吸引力。我又给添上个爱妃珍哥与他相衬托，叫这两团草原的野火燃烧在一起，直烧到大江边。"唐湜承认"不是完全依据

历史来写的"，但却有着真实的基础。唐湜写海陵王的传奇式性格，而且认为"女真人与他们的后来族人满洲人也是构成我们这伟大的中华民族的一个种族"，这长江之战也不过是我们伟大的民族中内部的纷争，兄弟的阋墙之争而已。"⑯可见，唐湜通过海陵王性格是要以史诗来写民族人性的重要侧面。

海陵王的性格是蛮荒的野火似的性格，天真又残忍、粗豪又阴狠、单纯又狂放；海陵王的性格史是"马克贝斯"式野心的悲剧史；这种性格与悲剧互为表里地结合，具有传奇色彩和震撼人心的吸引力。诗人写性格史没有记述流水账，而是从十四行体形式规范出发，选择了四个关节点：一是十五岁以前，父亲按完颜家的方式培养海陵王；当少年王子从荒野风雪里回到东京时，"可是个生女真，就有着鱼皮鞑子的粗犷，有着生女真人天真的残忍"。二是与珍哥的爱情充满着原始意味。他们伤害了干涉爱情的两位父亲，照着女真人最早的祖母和祖父，"瞧上了谁，就与谁相爱"的方式结合了。三是海陵王血液中燃烧着原始的权力欲望，他用宗室相互残杀方式夺得可汗宝座，并为"立马吴山第一峰"的狂妄野心而南下，终于兵败。四是失败后悲壮一死，临终的话对悲剧史作了概括："残杀要拿残杀来结束呢，自己酿的酒得自己来喝，猎人该死在虎口，赌徒拿命作一掷，有什么好说的？死不过是回归我们的乡土。"虽然只是选取了这四个点，但人物性格却熠熠生辉，悲剧历史却完整动人。丁芒认为"海陵王的粗豪残暴，虞允文的沉稳练达"，都写得"栩栩如生，须眉毕现，跃然纸上"，说《海陵王》集中的三篇历史叙事诗"都是气势磅礴、雄浑刚劲的史诗，尤其是《海陵王》对奇伟的长江画卷，对采石之战的描绘更达到惊心动魄的地步。"⑰

我们来分析长江大战前夕，诗人所描写的海陵王的心理变化。决战前的黎明，

一片可怕的静谧,垂江的大雾弥漫在大江上的风波里,海陵王携珍哥跨上望台,眺望雾幕:

> 闪电样起了阵神秘的感慨:
> 葬送自己的许就是这雾海!
>
> 可就拿这样壮丽的奇观
> 来结束自己壮丽的梦幻。
> 埋葬自己梦幻里的飞霞,
> 也算不了什么,有什么可怕?

决战前夕,海陵王思忖战争的胜败,面对雄浑的弥天大雾,潜意识中泛起了一种犹豫悲观,有一种英雄末路的不祥之感。接着,显意识又对不祥之感予以肯定,情绪转入高昂,把壮阔的垂江大雾作为生命的最后茔墓,"也该是可以自豪、骄傲的":

> 多么雄阔的送葬的行列,
> 多么奇伟的送葬的彩旗呵,
> 把整个大地、整个世界
> 都掩盖起来,吞下去了,
> 自己不早就有这样的预感么:
>
> 要葬身在怕人的一片风雪里,
> 叫漫天的飞雪作皎洁的风披!
> 呵,该死得可以无羞愧,
> 没负却胸中的这一片豪气。

这是对雄奇伟岸之死的希冀,是一种生命飞扬的向往,既承着不祥感而来,又是对不祥感的否定,情绪起伏流动,把人物的心理刻画得真切感人。不仅如此,诗还把海陵王思绪做进一步发展,在下一首十四行里让浩荡的大雾称为他胸中吐出的豪气,从而使雾从对立面转化为装饰场景再转化为胸中的豪气:"这浩浩荡荡的雄奇气势,不就吞灭过河朔、幽冀?这忽儿要来吞这南国半壁。"可雄奇的大江在对抗着草原大军,但:

> 可也好,有这样白雾的帷幕,
> 北来的帆樯就洋洋过江湖,
> 也没人能来半道儿上阻拦,
> 谁能见躲在雾海里的白帆?

这是海陵王对战争胜利的希望和追求,情绪由犹豫到决定,由悲愤到自信。这一段落中的三首十四行诗,写出海陵王多层次的心理悸动,心绪变化起落有致,赋予人物以细腻、复杂的心态,人物也就由扁平趋向立体,达到了诗人所追求的"浮雕似的凸出"的美学效果。

诗人以意识流抒写人物性格时,注意同外部现实描写结合。这一方面避免了游离叙事线索孤立地写心理活动,另一方面也使心理活动同情节发展向联系,推动了情节的发展。如前分析的决战前的心理活动就与当时江上大雾交融着写来,使心理发展有所依托,也为后文雾中决战作了情节铺垫。

虽然唐湜采用了意识流手法,对《海陵王》的情节发展进行了切割,并把描画的重点放在历史事变中的人物性格,基本达到了史诗内容和形式规范的契合。但《海陵王》毕竟有着较重的叙事成分。屠岸认为,类似爱尔兰诗人詹姆士·斯蒂芬斯的《修麦斯·贝格》那样的叙事诗,从内容上而不是从形式上说,至少不是典型的十四行诗。"同样的,中国十四行如果写成叙事诗,那么这样的诗也不是典型的十四行诗,而只是十四行诗的变种。"⑱而在《海陵王》中唐湜却运用十四行来叙事,传达出"天风浪浪,海山苍苍"的雄浑豪放风格,其中的奥秘就是:"用一种变格的十四行体来写的",即十四行的变格体对《海陵王》气势磅礴的史诗内容起了定型的作用。在具体的用律时,诗人强调"构思的完整之美",他认为"现代诗常有着多层次的构思,流动的意象包孕着丰盈的内涵——深沉的心理深度,与多辐射的外延——概括性的哲理高度。构思的新妍而统一能形成完整的结构体,诗节与诗行的排列才能达到整齐而对称、均匀,或有规律的波浪式的飞跃。"这里强调的不仅是写作《海陵王》而且也是汉语十四行体写作的基本原则,那就是诗体运用中的"浑然的美":"这种浑然的美包含着浑然一体的内在与外在的一切构成因素,辩证地相互对立又相互渗透的一切因素。"⑲与诗的意识流构思结构相应,诗人在运用诗体的外律方面就自然地采用变体的形式。

在构节方面,采用5+5+4结构。这就冲破了传统构思规范,使得每节增加了容量。唐湜说:这种结构中相连的两个五行段可以自由奔放地描写野心勃勃的主人公与南北数十万大军的搏斗,而四行段则往往用作小结或过渡。这种结构使得整首十四行在构思上形成两大段落(5+5)+4,甚至只成一个段落,或叙事,或抒情,酣畅淋漓,舒展自如。如长江大战开始后,海陵王与珍哥走下瞭望台,他把手里的小红旗一舞,珍哥擂起了轰响的鼍鼓,接着的第七十一首就是一场血战,这里有战事的叙述,有人物的心理,也有抒情的情调:

> 她睁大那星星样发亮的眼,
> 仿佛要吐出片蛇似的光焰,
> 她盯视雾海里船队的行进,
> 打出了一阵骤雨似的鼓点,
> 鼓舞着桨手们飞速地划行;
>
> 象回答她的催促、鼓舞,
> 满江起来了一阵阵风飚,
> 一片摇桨与呐喊的飞逐,
> 满孕的大帆也开始了呼啸,
> 一片红火样向南岸直燎;
>
> 珍哥的黑眸也喷射着一片火,
> 她疯狂地飞舞着手中的鼓槌,
> 捶打着鼍鼓,捶打着水波,
> 仿佛要打出片早春的晨曦!

这种结构方式,确实能够容纳得下繁复的内容,容易写得气势磅礴,笔墨酣畅淋漓。

在构句方面,唐湜采用了跨段跨行的方式。我国古诗基本是行句统一,而西诗却往往化句为行,跨行跨段。在新诗史上,对于跨行跨段历来褒贬不一,但《海陵王》的跨行跨段与豪放雄奇的风格却相得益彰。正如唐湜所说:"十四行内也可以跨行,分量相称的跨行,可以说是格律内的自由化或散文化,我的《海陵王》就是充分利用这种跨行的自由而痛快、流畅地抒写出来的。"⑳他还说:"为照顾到诗的流畅与无法凝缩的长诗句,我允许在一节内跨行;有时为了突出重点,我也常用跨行法,把重要的意象词语放在下行开头,使有奇峰突起之感。"㉑要理解这一点,只要读读上引的第六十一首十四行诗就够了。跨行跨段,再加上每行固定四个音组,却并不固定每个音组的长度,这就给自由地叙事抒情留下了回旋余地。

在建行方面,诗人摒弃"一刀切"的音顿排列,认为那样就"显得太死板、僵化了",认为音顿排列形体"必须有些气韵飞动的飞檐与突起的尖塔,必须有些曲折的道路与参差的房屋,'参差十万人家',出人意表的'柳暗花明又一村',才会叫人感到生活的丰富多彩,生机的蓬勃、活跃"。㉒所以,《海陵王》在基本坚持每行四个音顿的前提下,追求整齐中的参差。具体来说就是:音顿组织淘洗出最精纯的现代诗的语言,以两字一顿和三字一顿为主,同时也穿插着四字顿和一字顿,而且坚持各种不同的音顿相互交错,使节奏更加活泼而流畅。同时,"能在顿数相同的诗行间寻求一、二个字的参差,如四行诗中最好是第二、四行多一两个字,第二、三行多一两个字也可以,尽量不使各行相距过大,最后一行最好不要过短。这样,一节节排列开来,就会像建筑群样显得自然、稳重而又生动了。"㉓

在用韵方面,《海陵王》采用自由变化

方式。唐湜说：十四行是严谨的诗体，但在英、法各国诗人手里都有一点变化，或自由化，押韵的方式更多。诗人为了增加变化，把每首分成5+5+4三段，五行一段的押了ABABA、ABABB、AABAB、AABBB、AAABBA等韵式，四行一段的押了AABB或ABAB的韵。这样多变的押韵，目的还是为了更好地创造雄奇的风格，有利于表现史诗内容，塑造人物性格。"因为有变格，改变了诗节的构成，以两个五行节加一个四行节合成整首十四行，韵式就多了些便和，可以更酣畅地抒写下去"，写来自然又流畅。㉔唐湜明确地说："有这样的多样变化就可以自如地写浩浩荡荡的长诗而不会感到困难与束缚了，犹似唐代的诗人们写长篇的排律，仍可以写得自自然然、痛痛快快而又气势磅礴。"㉕他在论文中具体举出《海陵王》第一章写海陵王与爱妃一起统兵下淮南，在山峰上"凝望着彩云"的一首，说这首十四行诗化用了柳永的词《望海潮》入诗，有三种韵式，即ABABB CCDDD EEFF，行行押韵却又节节不同，十分自由。应该说，唐湜采用韵式变体达到了自己所追求的淋漓痛快地抒写气魄宏伟史诗的目标。

在句式方面，《海陵王》常采用排比和对称的方式。句式同诗的旋律化关系密切，尤其是诗行群的组合方式能极大地影响诗的旋律节奏。在诗中，凡对称或排比的诗行群，所透现的诗情总会显得强烈一些，即当情绪的内在律动特强的诗段外化为旋律时，对应的诗行群用对称或排比能增强旋律程度。《海陵王》运用了较多的排比句和对称句的诗行群。如前引的第六十一首中的第一、二节中就由宽式的对称、排比、反复句回旋排列构成，传达出沉雄突进的旋律节奏，从而与全诗雄奇风格一致。十四行的诗情是盘旋而下的，诗情或诗思的进展呈现着起承转合的发展过程，因此一般来说诗句之间不用回环复沓抒唱方式，也就较少出现排比句和对称

句，唐湜对此进行了有限度的改造，从旋律节奏上增强了律动感。

三、十四行抒情组诗

在出版《幻美之旅》时，唐湜说："实际上，彼特拉克与莎士比亚的十四行都是组诗，环绕着一个或几个主题写的串在一起的抒情诗，由或多或少的一点点故事串着，并不完全独立。"㉖并说自己的《幻美之旅》就是这样的组诗。在唐湜创作的大量十四行诗中，有着多首由组诗构成的抒情长诗。这是诗人十四行诗创作实绩的重要方面。

首先就是《幻美之旅》，包括五十四首十四行诗。诗人自己说，这诗"抒写一个歌人一生对幻美的追求，最初的幻灭与最后的奋飞。"㉗唐湜常称自己的创作为"幻美的追求"，这"幻美"准确地道出他成熟期创作的总体特征。他的早期诗作充满着浪漫倾向，后来由于现实愈加残酷，他对"幻美的追求"就愈加强烈，以至达到执着的地步。而执着于美好的幻想实际上也就是执着于现实，是一种特殊形式的抗争。那时，诗人为自己、也是为像他一样的一代受难知识分子写下了《桐琴歌》，诗以蔡邕生活困顿中琴声不断为题材，喻指南归故里独居东南一隅，却能独自仰望诗的天穹，写作不断的唐湜自己。但写完此诗以后，诗人觉得还不能将那时的郁郁之思完全释放，索性完全以自己的亲身经历为素材，用十四行体写作了《幻美之旅》组诗。在泥泞中挣扎的唐湜终于有机会来抒写自己一生的旅程，他在时间的边际——早晨与黄昏拿起了笔，歌唱那人生的四季的变化，寻找自己"渴望的诗之美"的道路。诗后附记说："幻美之旅是一个精神巡礼的行称，一次生命航行的悲剧，那是个歌人对美的幻想，对生命的诗的不断的追求，经历了一连串不幸的苦难而到达那最后的幸福的奋飞。"㉘诗人从自己的大半生

悲剧出发,刻画了这一代知识分子的苦难与磨炼。诗中的歌人在他的白帆快要沉沦时,望着天上幸福的天鹅说:

> 十年最好的年华,我献给了
> 歌吟,歌吟着天上的银河,
> 歌吟着火焰样燃烧的欢乐;
> 可这忽儿哪儿能听到我的歌?
> 我把这十年的青春奉献给
> 幻美的行旅、幻美的追求,
> 这忽儿却落入了污秽的泥水,
> 美与生活是不两立的冤仇?

诗人无法消解自己的疑团,"天真的灵魂要沉入迷雾"。诗的最后这样抒唱:

> 这忽儿歌人的小风帆在航行,
> 在他的幻美的旅程前面
> 才展开了一片光辉的前景
> 一个秋天里的春天在闪现,
> 呵,歌人,祝福你,愿你
> 能喷射出最后最充沛的热力,
> 愿你能喷涌出激扬的意象,
> 作迟暮的奋飞,向诗海飞翔!

可喜的是,诗人通过痛苦的历时行程,终于跨向阳光灿烂的希望之国。组诗每首采用八六结构,各首之间没有标识分割,全诗形成八六诗节的连续进展。末首后节应该是六行,但结果却是八行,诗人大胆地采用了变式充分抒发歌人经历了的苦难而到达那最后的幸福的奋飞。莎士比亚的《十四行集》中也有"超十四行",这应该是唐湜的有意为之。这首抒情长诗被誉为"厄运里开出的幻美之花"(张禹)。它是诗人的一次精神之旅,充分地释放了心中的抑郁。我们可以说是诗歌拯救了诗人,若没有诗歌的眷顾,诗人就无法度过那样的岁月。

　　同年,诗人还创作了十四行组诗《默想》,副题是"一连串十四行诗",首先是一个十四行体的序诗,然后是用数字标明分割的十六首十四行诗,每首都采用了四四六分段的方式,每行都限制在四个音顿,长句则采用跨行方式。关于这首长诗的写作,诗人这样交代:"一九七○年左右,我在'风暴'的包围里陷于孤立,恍有契诃夫的黑衣人向我访问,只能孤芳自赏地抒写一些十四行与抒情诗来排除怕人的绝望。这一束十四行就是当时对自己命运的揣测,什么时候会达到那生命的终点?我不知道,却似乎见到了那巨大的阴影向我袭来,可最后,我还是听从了晨光的劝告,跨出了夜的幽沉,走向了光灿的阳光。"㉙诗虽然写在那最为绝望的岁月,但诗人的幻美意象仍然是非常的动人的。诗人想到了"死":

> 打泥土里来,要归于泥土,
> 这就是他的最朴素的希望,
> 我自己永恒的家也该在
> 有垂杨婆娑着的水中洲渚,
> 要是有春风常常来探访,
> 那可就比什么都叫人光彩。(第六首)
> 呵,神秘的死,当孤独
> 叫我念哈洛德的意大利巡礼,
> 我可又踏着大步,向你
> 跨出了凄迷、幽独的一步!
> 是的,豪华的陵园拦不住
> 时间把王侯们化成污泥,
> 倒是沉默的亚桂村,四季
> 都有人来访问那平凡的茔墓;(第九首)

正是在这绝望中诗人默想,从而感到心灵纯净和平静:"没有人来打扰我的灵魂,/来搅乱我那最后的恬静,/我会像初生的婴儿样摇晃,/在波浪的摇篮里睡得那么香,/或初放的花蕾样对着阳光/静静的张开自己的小花房!"(第五首)正当诗人绝望之时,是金色的太阳把夜露化作片神奇的耀眼的光彩,晨光悄悄地对诗人说:"看哪,暖和的光焰叫海波/可跳跃得多么欢，多么惬意，/ 那远山的翠眉像蓝色的岛屿 / 就罩着一片紫绛色的骤雨！"（第十五首）终于诗人听从了晨光的劝告，继续在幻想中歌唱：

寂寞、孤独，却有着幻望，
有青春的花朵在枝上开放，
更有着沉思时睿智的光芒，
我可能叫火焰点起片想象，
叫我那凄迷的心儿开放，
幻化出孤芳自赏的十四行！

这是《默想》第十六首最后结束的诗句，它是身处绝望中的唐湜对诗美的追求。在这里，我们看到十四行诗与诗人唐湜的生命状态的一致，可以说诗人在十四行诗创作中找到了生命的依据，找到了诗人自己的位置，十年灾难中，诗人正是接过了十四行体的火把，高高举起。正是因为诗人对美的追求使他皈依了十四行，他在心里寻找他的对应形式，寻找往日的精神先导者，在一片荒凉世界中寻找那些翠色的藤蔓，诗人就是被这些生命的颜色所支持着，激动着，他也正是借此得以渡过他的生命中的茫茫暗夜。这就是《默想》的情调和内涵。

再次就是组诗《遐思：诗与美》，副题是"献给远方的友人"，这里的"友人"就是20世纪40年代围绕着《诗创造》《中国新诗》创作的九位具有现代主义倾向的诗人。《遐思：诗与美》组诗写于1975年9月，包括三十首十四行诗，分成五个篇章。第一篇章九首，第二篇章十三首，第三篇章八首，每首用四四六段式。2003年3月又续写了部分内容，仍然分成五个篇章。诗的主题是身处逆境的诗人怀念"天各一方"的友人，探索诗艺理想，诗人把它称为"十四行体的'九叶诗派史'"，或"九叶诗派论"。㉚后来诗人在写的论文《九叶在闪光》中，肯定了九位年轻诗人"在才情、学识与文学修养上的无可否认的优越，对

诗艺、对美、对进步思想的追求的无比严肃，无比真挚。""我们九人中南北双方大部分人在五十年前并不认识，我们双方是由于诗艺与诗论的接近才渐渐合流，形成大体一致的流派风格的。"㉛组诗的第一篇章先给九位诗人每人写了一首十四行诗，在沉寂中诗人怀念和呼唤友人：

哎，你们，闪光的星辰们，
我在向你们的真挚致敬！
你们吞下了可怕的棘刺，
面对着什么经与剑的放恣，
却能在诗的欢乐的祭坛前，
点燃起圣洁的献祭的火焰！

呵，我的亲爱的好伙伴，
这忽儿可都在哪里飞翔？
绛红色的黎明在慢慢儿开朗
湖上的晨星早悄悄儿暗淡，
我瞅见玫瑰色的阳光在峰顶
闪动了，可你们在哪儿行吟？

前一段是对九叶诗人的致敬，突出了他们在诗的欢乐的祭台前，"点燃起圣洁的献祭的火焰"；后一段对九叶诗人的怀念，突出了对战友的担忧和无尽的思念。组诗的第二篇章是写了九叶同伴们在黎明前的战斗，对于九叶诗人的诗美理想进行追忆，涉及辛笛的诗"点燃起烧死尼罗的火光来"、陈敬容的诗"拿诗意的创作来消灭死"、杭约赫的诗"勾画了那笼盖一代的意象画"、唐祈的诗"吟着所罗门沉思的智慧"、杜运燮的诗"那些闪光的矛盾的智慧"、穆旦的诗"惠特曼样的雄浑的奔放"、郑敏的诗"是可怕的预言的珍珠"、袁可嘉的诗"如晨潮晚汐样灵空"，以及说自己的诗"勾勒了骚动的波澜，给舞蛇者以诅咒与历史的审判"。诗人在追忆了友人各自的诗美后概括地肯定："我们也行进在阳光下，/ 也曾为风暴的将临而放歌，/ 那宏伟的时代可要求为它 / 作宏伟的构思、

果敢的奋戈"。组诗的第三篇章是抒写自己的生活和创作："这忽儿我靠着自己的北窗，/ 就对着清醒的早晨，默望 / 东方郁郁的树林在屋脊上 / 凝然不动，直伸展到远方"。2003年续写后重新调整了诗的总体布局，增加了九叶诗人在新中国成立以后的创作和经历，也写到穆旦、唐祈、辛笛、杜云燮、陈敬容的逝世，其间用赞美的语调肯定了九叶诗派的新生："八十年代呵，八十年代，/ 九叶们都欢然昂起头奔来，/ 与七月、朦胧派的诗人高举起 / 大大小小的诗帜，向前，/ 冲击着城头的大王旗，树立 / 诗的美学、肃然的庄严！"除了《遐思：诗与美》以外，诗人把回忆九叶诗人的文章编成《九叶诗人："中国新诗"的中兴》出版，包括先行者李健吾、冯至和卞之琳，九叶诗人篇；以及九叶之友莫洛、王曾祺。唐湜对于弘扬九叶诗歌美学做出了历史性的贡献。

除了以上三个抒情组诗外，诗人还有一些重要组诗，只是篇幅相对小些，如《海娌之歌》（断片），包括十五首十四行诗；《给辛笛勾个像——遥祝诗人八十寿辰》，包括十首十四行诗；《献给我们的诗艺大师——贺冯至先生八十五大寿》，包括六首十四行诗；《献给诗国的巨人艾青——贺诗人的八十寿辰》，包括六首十四行诗。

以上这些十四行组诗体的抒情长诗，以及唐湜同期的十四行诗抒情短诗，在新诗史上的重要功绩是真实地记录了一代知识分子严肃的纯美追求历程，从而成为具有思想史和精神史的价值。唐湜以及他的同伴九叶诗人都是诗坛严肃的星辰，始终纯美的追求，哪怕在现实社会制造个人厄运之时。就唐湜来说，他始终与时代保持紧密的联系，在他的身上可以看出一个现代诗人的责任和遭遇；始终没有停止新诗的创作，唐湜一生从40年代至今创作了大量新诗，其中十四行诗就超过千首；始终在作着幻美的追求，而这种追求始终体现在诗人的诗歌创作之中。这就

使得唐湜的新诗创作具有不可多得的典型性，成为一代严肃、纯美的诗人的精神化石和心灵发展史，其中有责任担当，有迷惘绝望，更有幻美追求和新生奋飞。而其中唐湜的十四行诗创作则是其中最能体现这样精神内涵的，因此我们为中国十四行诗能有这样的思想史和精神史价值而感到自豪。正如唐湜所说："追求幻美的旅程是艰难的，要知道我们幻美的旅者是在爱的沙漠中行走，他多么渴望有一株'旅人树'，那树能给我们的旅人预备'一泓清冽、可口的泉水'跟遮着炎阳的旅人的小屋'。对诗人来讲，十四行就是这棵常绿的树，这棵树的翠绿色的叶子能给诗人的嘴，'焦渴的血管、沸腾的肺 / 献上喜悦的生命的水珠'（《旅人树》）。"㉜唐湜一生都在追求诗的幻美，而所谓"幻美"也就是纯粹的诗美。唐湜认为十四行是幽婉的、迷人的，也是凝重的、庄严的，就具有这种幻美的本质，不管在什么样严酷时刻，人类从来都没有忘记对美的渴求，只因为诗人心中曾经有火；诗人在十四行诗的创作中找到了生命的依据，找到了诗人自己的位置。正因为诗人着美的追求使诗人皈依了十四行，他在心里寻找他的对应，寻找往日的那些精神先导者，在一片荒凉的世界中寻找那些翠色的藤蔓，诗人就是被这些生命的颜色所支持着，激动着，他正是借此得渡他这一生茫茫暗夜。诗人精神上的幻美追求同十四行体的美学特征极其契合，十四行体美质与诗人生命状态一直，这就是唐湜与十四行诗的独特精神联系，也是他的十四行诗可以成为其思想史和心灵史真实记录的最为重要的原因。因此，我们充分肯定唐湜的十四行诗尤其是抒情长诗在汉语十四行诗创作中的贡献。

唐湜是新时期发表十四行诗数量最多的诗人，且花色品种众多，他为十四行体中国化做出了重要贡献，他所走过的创造道路予人重要启示。评价唐湜十四行

诗创作，我们注意到了浙江省社会科学院王晓华的评论《灾难的历程与"幻美之旅"》(载《当代浙江文学概观1986-1987》，浙江大学出版社1988年版)。唐湜认为，在评论他的论文中，这是最深刻最有创见最精彩的一篇，"我十分敬佩他的那把非常尖锐的解剖刀，把我的诗连同我的个性作了极为深刻的解剖。""我是十分惊异于他的十分精辟的见解，更心仪于他的真挚而深湛的评论风格。"㉝但是，唐湜也认为该文评价并不全面，连续写了三篇文章予以说明，即《一条舒展、开阔的探索道路》(《江南》1989年第2期)《在现实与梦幻之间》(《诗刊》1990年2月号)《关于知识分子的"受难"》，后把三文连同王晓华文合成一辑题为"我的自白"，编入唐湜评论集《翠羽集》由山东友谊出版社出版(1998)。唐湜在文章中，结合王晓华论文提出自己创作的一些重要问题。一是如何理解"在现实与梦幻之间"的问题。唐湜的写作走的是一条噩梦频存的道路，是"灾难的象征"，他一方面痛苦地深陷于现实的灾难，一方面却飞扬地抒写梦幻之美，王晓华认为其不愿直面现实，鞭挞现实是无力的，是奇异的心理现象，是"命运的悲剧"。唐湜则认为，这应该是社会性悲剧，中国知识分子的大悲剧，这种"强烈的反差"正是一种现实生活的反折射。"我是从自己真实的生活出发，给诗赋予了真情实感的。""我，就要从丑恶中升华出一片美，一种符合中国古典美学传统的静穆的美，学习古哲人的风度拿梦幻的美来超越现实的丑。"㉞唐湜说，在十年内乱期中，当时自己还戴着荆刺冠，无法想象自己的作品能发表，纯然是"孤芳自赏"，所以就避开了"因时而作"的浅薄与投机取巧，而趋向于作建设性、甚至是永恒性的考虑，自己的诗不是"虚无缥缈"的，是从痛苦的现实里激发出来的幻美花朵。二是如何理解抒情方式的特征的问题。王晓华认为唐湜曾受洗于"现代"诗风，但更

是位深受民族传统熏染的浪漫主义诗人。而唐湜认为自己的诗确有浪漫色彩，但反对把它说成是一个躲避或超越丑恶、可怕的现实的浪漫诗人。唐湜说自己深受在三四十年代有冯至、戴望舒、孙毓棠、何其芳等在诗艺方面和李健吾在诗论方面的新传统影响，想把现代的诗艺融化入中国气派与风格之中，因此不能把诗中丰盈的抒情认作浪漫。唐湜说自己的十四行诗力求冷静，力求克制感情，包括对格律的严格要求，而心理分析、东方意识流的抒写与心理实践的构思更是凸出现代主义的深度、广度和高度。他追求的是东方明朗的智慧和由一种透明的淡泊或静穆、澄明与深邃构成的诗美，这种美是民族的传统，而它与现代诗艺融合就构成了新古典主义，而其核心还是复归的包孕着现代繁复因素的现实主义。唐湜说"自己是一个想继承冯至、戴望舒、何其芳们的融合中西古今的艺术传统的东方现代主义者或新古典主义者"，"我并没有离开现代主义，而是要把它中国化，融入中国的传统美学理想，继续走着三四十年代的冯至、戴望舒、何其芳、辛笛、陈敬容们走过的道路，一条也许比他们那时更舒展自如，也更开阔的探索道路。"㉟唐湜的这些说明有助于我们理解其十四行诗的抒情特征。三是如何理解风格多样性的问题。王晓华仅仅注意到唐湜十四行诗中那些柔和明净风格的作品，对此唐湜补充说自己的十四行有着雄豪气魄的风格，这些诗与柔和风格的诗形成反差。他说："一个人的性格绝不会是那样单纯、单一的，一个人的诗作风格也必须有繁复的因素。""我的诗作中风格雄豪的就占了较大比例，分量是较重的。""我许多抒情十四行就以最短小的篇幅突出了中国传统的宏大气势与雄奇风格。我还拿十四行或别的格律来约束自己的罗曼蒂克热情，力求冷静地抒写一切，使风格趋于沉雄，十四行《闪光的珍珠》《红拂枝》就是例子。

我甚至用近百首变体十四行写了气势磅礴的小史诗《海陵王》，用五十多首十四行写了抒情的叙事诗《幻美之旅》，一篇诗的自传；用三十多首十四行写了抒情长诗《遐思：诗与美》为'九叶'诗人塑造了一个诗的群塑。"以上三个重要问题的讨论，对于我们准确理解唐湜十四行体的风格特征和创作价值具有重要的意义。

注释：
①唐湜：《我的诗艺探索历程》，载《一叶的怀念》，北京，中国戏剧出版社2008年版，第287页。

②唐湜：《我的诗艺探索历程》，载《一叶的怀念》，北京，中国戏剧出版社2008年版，第289页。

③唐湜：《关于建立新诗体》，载《文学评论丛刊》第25辑，中国社会科学出版社1985年版。

④闻一多：《律诗底研究》，见《神话与诗》，上海，华东师范大学出版社1997年版。

⑤唐湜：《诗的自由化与格律化运动》，见《新意度集》，北京，三联书店1990年版。

⑥唐湜：《在现实与梦幻之间》，载《诗刊》1990年2月号。

⑦唐湜：《遐思：诗与美》前记，桂林，漓江出版社1987年版，第3-4页。

⑧唐湜：《如何建立新诗体》，见《一叶诗谈》，广西教育出版社2000年版，第134页。

⑨唐湜：《关于建立新诗体——我的格律试验与体会》，载《文学评论丛刊》第25辑，1985年。

⑩唐湜：《遐思：诗与美》前记，桂林，漓江出版社1987年版，第3页。

⑪唐湜：《关于建立新诗体——我的格律试验与体会》，载《文学评论丛刊》第25辑，1985年。

⑫唐湜；《<幻美之旅>前记》，见《幻美之旅》，宁夏人民出版社1984年版，第4页。

⑬唐湜：《<海陵王>附记》，见《海陵王》，南京，江苏人民出版社1980年版，第103-105页。

⑭唐湜：《从风土故事的素绘到英雄史诗的浮塑》，见《一叶谈诗》，广西教育出版社2000年版，第206页。

⑮1987年8月22日李春林在《文艺报》发表文章《东方的狡黠》，9月19日唐湜在《文艺报》发表《话说"东方意识流"》。

⑯唐湜：《海陵王》诗后注，见见《海陵王》，南京，江苏人民出版社1980年版，第103-105页。

⑰丁芒：《海陵王》，载《诗刊》1981年7月号。

⑱屠岸：《十四行诗形式札记》，载《暨南学报》1988年第1期。

⑲唐湜：《关于建立新诗体——我的格律试验与体会》，载《文学评论丛刊》第25辑，1985年。

⑳唐湜：《迷人的十四行》前记，见《新意度集》，北京，三联书店1990年版，第37页。

㉑唐湜：《新诗的自由化与格律化运动》，见《新意度集》，三联书店1990年版，第34页。

㉒唐湜：《关于建立新诗体——我的格律试验与体会》，载《文学评论丛刊》第25辑，1985年。

㉓唐湜：《关于建立新诗体——我的格律试验与体会》，载《文学评论丛刊》第25辑，1985年。

㉔唐湜：《如何建立新诗体》，见《一叶诗谈》，广西教育出版社2000年版，第134页。

㉕唐湜：《新诗的自由化与格律化运动》，见《新意度集》，北京，三联书店1990年版，第34页。

㉖唐湜：《迷人的十四行》前记，银川，宁夏人民出版社1984年版，第3页。

㉗唐湜：《迷人的十四行》前记，银川，宁夏人民出版社1984年版，第3页。

㉘唐湜：《迷人的十四行》前记，银川，宁夏人民出版社1984年版，第162页。

㉙唐湜：《默想》注，见《遐思：诗与美》，桂林，漓江出版社1987年版，第152页。

㉚唐湜：《遐思者运鬟——杜运鬟

论》，见《九叶诗人："中国新诗"的中兴》，上海教育出版社2003年版，第97-98页。

㉛唐湜：《九叶在闪光》，见唐湜著《九叶诗人："中国新诗"的中兴》，上海教育出版社2003年版，第37、45页。

㉜唐湜：《幻美的旅者——唐湜论》，见唐湜著《九叶诗人："中国新诗"的中兴》，上海教育出版社2003年版，第213页。

㉝唐湜：《一条舒展、开阔的探索道路》，载《江南》1989年第2期。

㉞唐湜：《在现实与梦幻之间》，载《诗刊》1990年2月号。

㉟唐湜：《一条舒展、开阔的探索道路》，载《江南》1989年第2期。

耿林莽的散文诗创作

● 李标晶

耿林莽的文学创作活动在20世纪40年代就已开始,但他集中精力从事散文诗创作是80年代开始的。已出版的散文诗集有《星星河》《潮音集》《醒来的鱼》《耿林莽散文诗新作选》《耿林莽散文诗选》《飞鸟的高度》。

耿林莽早期的散文诗作,如收入《星星河》中的作品,还大多是充满牧歌情调的慰歌和摇篮曲。他摄取大自然中和生活中饱含诗意的景物和意象,抒发着自己对美的感悟之情。在诗人心目中"帆是长了翅膀的鸟"(《晨帆》),炊烟是"死去的树木不朽的英魂"(《炊烟》),迎春花是"春的使者"(《迎春花》);在诗人的感悟中"高山上的红叶,勇敢地燃烧着的生命的火焰,映照着蓝天"(《高山红叶》),"雨后的晴空,展现出祝贺的彩虹"(《雨后》);诗人咏唱"微风轻轻地吹,海水缓缓地升",咏唱"海岸的宁静,少女的柔情"(《我喜欢微风》),咏唱"童年的故乡","那小小的村庄",茅屋、灯盏,还有"摇纺车的女孩,在低低哼唱"(《愿》)。他对事物的情感反应相当灵敏,即使是极普通、细小的事物也能使他动心、动情,感受到其中隐藏着的脉搏跳动。他写时代,写人生;写历史,写现实;写雾海云山,也写风花雪月。只要能激发他情思的,皆可入诗。当然,诗人并不仅仅是美的猎胜者,在他的散文诗中,也不乏对现实生活的严肃思考。他注意在生活的乱石堆中选择美的事物,并用情感和想象美化它。这并不意味着他的目光忽略了丑的存在,或有意回避丑。《我喜欢微风》中作者讴歌微风吹过的树林和大海的美丽,其实就隐含着对狂热和骚扰的生活风暴给人们带来的灾难,所以在诗的结尾处,诗人写道:"愿微风轻轻地吹,海水缓缓地升;愿再没有人为的风暴,干扰这树叶的和谐,海岸的宁静,少年的柔情……"诗人绝不是吟风弄月,其间寄寓着作者对安定、和谐生活的渴求和赞美,以及对刚刚告别的"人为风暴"的强烈不满。《早晨,打开了中国窗子》:

> 如果没有黑夜多么好,
> 如果没有那些厚厚的墙;
> 把每个蚌壳紧闭的门都打开,让所有的珍珠都发光;
> 把某些人心上的尘网扫净,擦亮他的窗。

作品象征性地表达了作者对于打通人与人之间心灵墙壁,对于解放人的智慧和创造力,对于新鲜活泼的生活空气的热切期待。这表明耿林莽能把理性的思考融入创作,而不作廉价的美的赞颂。

随着诗人对生活体悟的加深,他有意识地强化自己的历史积淀,从纵深方向开掘散文诗的思想内涵。注意从宏观的角度,概括一个时代的特征,表现整个时代的精神和情绪。《信息》形象地概括了时代特征:党的十二大制定全面开创社会主义现代化建设的纲领,农村和城市掀起改革热潮,中国出现了三十多年来从未有过的大好形势。但传统观念太浓厚了,"左"的影响渗透于每个人的思想细胞，革新与保守的斗争不可避免地存在着。用一首散文诗本质地再现中国改革的状貌，从整体上概括出时代的特征，这是耿林莽的大胆尝试，也是他的散文诗创作突破性的发展。同样富有概括力的还有《月下的小城》：

月光下的小城：
树，阴影中的小巷，爬满藤萝的墙壁和圆形的拱门，全镀上了大理石的冷隽。
古堡的一扇窗子打开了。他是从哪条小径爬上去的呢？蜿蜒的山路植满了苍松。
然后，便传来了罪恶的枪声。门环再没有扣响。
悲壮的神话，火焰和诗，青青的颜色覆盖着历史……
而现在，孔雀之羽上星光四起，那一扇窗仍为月光打开。
青青的冷隽的月照窗台。没有灯，杯子里盛着水还有热气。
但是，人呢？
广场上夜风逡巡，烈士塑像的披肩上凉月如水，静悄悄磨亮了青铜的
光辉。

这首散文诗从悲壮的战争年代一直到和平幸福的今天，两个时代的跨度，却仅用二百多字概括了这漫长的历史，如此悲壮、蕴厚、深沉、史诗般的内容，用短小的散文诗就写得十分完美。这不能不说是概括的结果。

耿林莽还将对人生的哲理思辨引向历史的纵深。《醒来的鱼》，作者把观察品鉴半坡出土文物陶罐鱼纹而激起对先民的审美情趣和创造力的赞叹之情，浸入了对我们古老民族的沉滞的一面和富有活力的一面的思辨，浸入了对诗人自我苦难和幸福交织的思辨。

耿林莽散文诗的情感和着时代前进的脚步，在他的散文诗中越来越多地表达着诗人的现代感悟，体现出深沉的、现代化的内蕴。对人的关注和对人性的探索，是现代主义的哲学基础。耿林莽不少篇章表现了这个主题。对现代化脚步的赞颂，是他现代意识的体现，都市的成长、思想的解放、爱情的觉醒，都在他心目中激起涟漪，化为柔美的散文诗。《远山》一诗中诗人从山体、山色、山形因光影效应的变化而找到了外在物象与创作主体内心领悟的契合之处，从而渗进了20世纪80年代中国人的现代意识。"太阳微笑着充盈你青春的面颊，太阳使你旋转"，连山川也不能"因循守旧"，不吸收外界的光和热，不去抖落心理积淀，就不会获得青春的生命。《野樱花之谷》写野樱花很美的花期却十分短暂，诗人在对青春作礼赞中，又些许透露出失落和怅惘之思。《忧郁之旋》写诗人在楚地看到土家族人跳丧舞时对生命意识产生了的强烈关注。大江为人类奏出一曲忧郁的旋律，而处于孤独中的人类则依然"赤裸着昂昂之躯""撑篙而去"，视"死亡是一次凄厉的狂欢"、悲壮而充满生命的力度，辐射着一种深深的沉郁感。

耿林莽是个有自己的艺术追求的散文诗作家，他对散文诗美学品格有着自觉的把握和强化。这首先表现在他将感受、体验、素材提炼为意象、细节和情节。耿林莽认为"意象"是"作者的主观情思和来自生活的客观外界事物的艺术结合"，"从意象入手孕育成的散文诗，将思想和形象、主观和客观交织、融合于一体，比起从概念出发寻找形象，或者将生活中的一人一事'照抄照转'地搬进散文诗来，要优越得多。"①他摒弃了轻柔单一的浅唱，力求通过营造意象来描画生活，抒发感情。他的散文诗冷隽洒脱，柔美飘逸，可长可短，舒卷自如，这一切都来自他纯熟的意象手法。短一点的可以是一个意象，长一点的可以是多个意象叠合，诗人以冷静的睿智

观察世界,在海风和冷夜中张着感觉的触角,总能把现实的物象感觉化、意象化,创作出优美的散文诗。《夜的失策》中这样写:"夜一切都锁在黑色保险柜里,他睡了。他把保险柜的钥匙放在紧身底的内口袋了,高枕无忧地睡了。/但是却把一盒火柴忘在了外面。/不知谁轻轻划亮了一根,便戳穿了他的许多隐秘。"这里,"夜"这个意象隐喻一切黑暗势力的专横跋扈,又把它无法覆盖一切的无奈揭示得淋漓尽致。这得益于意象内含的丰富性。《我喜欢十九岁》,诗人把一个相对空泛的素材,化虚为实,将其具体化、形象化。作品以与"你"对话答问的方式,通过五光十色的意象和梦幻般跳荡的意识流动,热情地抒发对青春的赞美和对生命的讴歌之情,情感浓烈而细腻,流丽而绵长。在意象的构成和组合上,尽量地往外拉,追求尽可能丰富的内含和艺术张力。诗人用众多的意象叠合在一起,纷至沓来,表达意念。如诗的第二节:

你有过十九岁吗?我喜欢这个岁月。

微笑像一朵野百合花,浮起了生活的象形文字。蒲公英、波斯菊、无花

果,都在你小小的窗口。你的嘴唇甚至还没有吮过一小滴爱情的葡萄酒。

但是微笑却像一朵野百合花。像许多洁白的云飘浮。

战争是铁丝网,牛棚里的皮鞭,锈了的集中营的铁栏杆,什么时候演化

成这一朵:
洁白的云?

诗人从历史的发展中取象,用两代人(诗人自己和当代年轻人)的生活对比写出今天欢乐生活的由来。作者由浅入深,由点到面,外部的扩展和内部的凝聚相结合,使读者从形象的喻示中寻找答案。耿林莽在意象的营造上颇具匠心,富有创造性。他善于运用比喻意象,注意新颖、贴

切。如都市的灯火在他笔下成了色彩绚丽的花果园:"红的果、黄的果,柿子、柠檬、芒果树。燃烧的葡萄,沿着树的长廊,宽阔的柏油路垂挂着甜与酸的光之乳。"(《燃烧的葡萄》)

他很注意意象的具象特征。《冷月》中诗人这样写月的意象:"满圆的月,一次次被削成征战之弓,在长城上空高悬。残眉凝结,两千年忧愁。"时光的流逝借月之形态化传达出来,"弓"与"残眉"则不仅在形上写月,而且还暗含"史"和"情"。月的意象被赋予丰富的内涵又极具象化。让人可触、可感。耿林莽有时将抽象的事物也具象化,如历史在他笔下是"湿漉漉的受伤的石块,苔藓蔓延着碎裂的伤痕有如龟裂的背。"(《历史》)写美的苏醒:"维纳斯走出木栅栏,在玫瑰花开的路上,放牧着洁白的羊群……"。(《美的苏醒》)。

耿林莽散文诗把细节描写看成是揭示情绪产生和发展的现实基础,看成是增强散文诗的丰富内涵的方式。他的《东方》连续用好几个东方独具的特征性细节。这些细节使读者能随着作者的感喟、思索步步深入,层层递进,分明看到一组东方历史的畅想画。这里不仅有时间、空间的承接,又有自然和人的映衬,还有动和静、点和线、古老和年轻、色彩和线条等的和谐。由于有了对东方的真实历史的记载,神奇的传说故事,以及静穆的境界、辽远的疆域的描写;由于对细节的形象作了符合形象属性的清妙描写,才使散文诗具有了真实感人的美感。

耿林莽散文诗的情节的处理也是诗意化的。他认为"在散文诗中,情节提供抒情的基础,抒情为叙事充盈感情的血液和诗美的色彩。"②《银铃》几乎全是客观描述,然而充盈诗情,充盈着美好的生活情趣;诗中的叙事成分经过诗意的加工,巧妙地编织起来。雪的黎明,街灯,白纱巾,少女的欢笑,充满诗情画意,女孩名"银铃"有双关语义,这就既保留了散文情

节性细节性的长处，又融入了诗的凝练、诗的色彩和情感。耿林莽的情节处理，遵循散文诗的规律，不做系统性、顺序性和完整性的叙述，而是片断的、断裂的、朦胧的，给读者留出发挥想象的充分余地。如《夏天》的主体部分是这样的："这一把酢浆花，卖吗？/姑娘摇摇头，用手绢擦去汗。/青年放下杯，扶正草帽沿的手，在颤。//游艇开出去。那一顶草帽，远了。/（棕色皮肤的胸脯上，波浪起伏。)/姑娘取去酢浆花，抚摸着一朵，手，在颤。/（她失去了夏天。）"这里，情节若隐若现：小伙子与卖冷饮的姑娘海边邂逅，姑娘在鹤颈瓶中插满了酢浆花。小伙子吮吸着酸奶，却欲买酢浆花。小伙子和姑娘的手都在颤，这是极富韵味的细节，再加上结尾"她失去了夏天"，更给人留下悠长的余味，让读者去品位、延伸没有完成的人物故事。

与情节的断续性相一致，耿林莽散文诗的结构也常是断裂的，具有空白美。如《在这里种一棵树吧》，结构上采用纵断，写了过去、现在、将来三个层次。每一个层次以及层次之间都留有空白，让读者去想象、思索、填补。潜在的意脉又清晰地贯穿其中。

《小院》是一首叙事散文诗：十年动乱和粉碎"四人帮"之后两个阶段，叙述被关押的人的痛苦，和十一届三中全会后的新生。结构是大幅度跳跃的。

耿林莽很注意散文诗语言的色彩美和音乐性。他说："我把每一篇散文诗都当作一幅画，给予它独有的色彩与画面，我把每一篇散文诗都当一首歌，给予它自己的音色与旋律，而让情思在色彩与歌声中自然地浮现。"（《探索与追求》，《大众日报》1984年3月31日）他的《夜礼服》很能体现他的语言风格：

黑夜为你裁制的衣裳，你穿吗？

房子，树，高山和海洋，甚至连风也穿上了黑色的夜礼服。

弯弯的月亮从乌云的包围中脱出，像一艘逃亡的船，她把颤冷无力的手

怯生生地投在谁家的灰瓦顶上，却溶不尽浓重的阴暗。

而乌云又来追逐她了，给她穿上了不合身的夜礼服。

汹涌的波涛在搏动，叠起或展开，都抖不散粘着的阴影。

伫立在肃穆礁石上的你，忧郁成一棵树了。

只有一只愤怒的鹰，在夜的胸膛里追逐，拍击，寻觅着火焰和旗。

愤怒的鹰衔来了金丝般闪烁的黎明，在宽阔的海面上抖撒开浮动的骄阳。

脱去夜礼服的五光十色的世界，阳光洗涤，肌肉在歌唱，一个多少壮健的美男子！

黑色的夜礼服，乌云，灰瓦顶；火焰和旗，浮动的骄阳，五光十色的世界，像是一幅色调浓郁的油画。《我的郁金香》，全诗以郁金香为中心，从直抒胸臆开始，徐徐转向田野风情，又转回内心世界，没有明显的韵脚，就如散文轻柔地流来，但整首诗又节奏舒缓，低回徘徊，形成一种感伤低吟的旋律，催人伤怀，这就是散文诗动人的内在旋律。

耿林莽的散文诗风格多样。在不同作品中追求阴柔美、力度美、冷隽美，或有侧重，或相融合。阴柔美指优美，即婉约与含蓄美，冷隽美是指崇高的悲剧美，寓深沉隽永于潇洒旷达之中。力度美是指壮美，即奔放与豪迈之美。《芦花》《野樱花之谷》可以说是阴柔美、冷隽美的力作。芦花是中国妇女传统性格的象征，作者借芦花写出了东方女性那种对生活和爱情忠贞不渝的道德情操。在默默承受的寂寞中深蕴着悲剧的冷隽之美。《野樱花之谷》描写野樱花十分美丽，花期却十分短暂，诗人在对青春礼赞中，流露出淡淡的失落和怅惘之思。《岛的梦》也表现出宁静

致远的阴柔之美。一起笔,诗人就写道:"我看见一个荒凉的海",凝练而奇谲,一股情味扑面而来。接着就展开一系列联想,展现出一幅幅美好的图画,给人宁静致远的美感。其间包蕴着诗人的一颗爱心,交织着诗人对逝去岁月的怀念,对弱小者的同情,对新的生命的呼唤,对力量和意志的讴歌,对美和梦的憧憬。耿林莽的散文诗其意境底色以忧郁情怀为主;思想基础是对人类命运的深切关注。他把对人民、民族、社会人生的忧患贯穿为深层的感情潜流。《忧郁之旋》就辐射出一种深深的沉郁感。诗人在楚地看到土家族人跳丧舞时,产生了对生命意识的强烈关注。悲壮而充满生命的力度。艺术风格上则往往呈现一种潇洒、飘逸、冷隽和空灵的开放态势。

耿林莽对散文诗的体式和手法作了多样的探求。在手法的使用上,他还有直抒胸臆的,如《我是骆驼》;有运用象征和暗示手法的,如《醒来的鱼》;还有运用隐喻、比兴、通感、变形手法的;他还吸收了意识流手法和蒙太奇手法。《我喜欢十九岁》就通过五光十色的意象和梦幻般跳荡的意识流动,来抒发对青春的赞美和对生命的讴歌。而《你选择葡萄》按时间顺序,选用了几个画面剪接而成,类似电影蒙太奇。在体式上,耿林莽是常体的意象体。还有叙述体,如《小院》《银铃》。杂文体,如《蜗牛"下海"》批评拜金主义及影响;《沙家浜传奇》"古"为今用地调侃了当今的酒风;《庄子讲学》有感于社会上以假乱真现象;《拒绝》有感于某些奴才的装腔作势、自命不凡。这类作品手法多样,或语言幽默诙谐,或用一两个极富喜剧色彩的细节结构成篇。讽刺体,如《洁白的窗帘不见了》通过对一个家庭的窗帘由洁白--黑布——彩绸的变化的描写,讽刺某些干部以权谋私、社会上某些人阿谀拍马的丑恶作风,表达了作者的厌恶之情。

注释:

①《探索与追求》,《大众日报》1984年3月31日。

②《耿林莽散文诗选·代序》,1988年青岛出版社。

新诗批评的回望与再建构

——"百年汉语新诗批评与罗振亚诗学思想"学术研讨会综述

◉ 宋宝伟

2017 年 8 月 5 日，由哈尔滨师范大学校友会、文学院、科研处和学术理论研究部联合主办的"百年汉语新诗批评与罗振亚诗学思想"学术研讨会在哈尔滨师范大学召开。来自中国作家协会、首都师范大学、南开大学、辽宁省作家协会、苏州大学、江苏省作家协会、武汉大学、东南大学、山东师范大学、辽宁师范大学以及其他国内高校的近四十余位专家学者参加会议。开幕式由哈尔滨师范大学宣传部长郭崇林教授主持，校党委书记付军龙教授、中国作家协会诗歌委员会主任叶延滨编审、首都师范大学吴思敬教授、苏州大学王尧教授、辽宁省作家协会党组书记滕贞甫、东北网主编包临轩编审、黑龙江大学于文秀教授、南开大学罗振亚教授先后致辞。与会专家学者就百年汉语新诗的成就与教训、新诗批评的体系化建构以及罗振亚诗学思想等问题展开富有建设性的讨论。

一、百年汉语新诗的成就与教训

从 1917 年至今，汉语新诗已经走过百年历程，在取得无数辉煌成绩的同时，也留有很多遗憾，甚至可以说，新诗存在的某些问题时至今日也依然没有很好地解决，因此对百年汉语新诗诗学的回顾与总结并做出建设性展望显得十分必要和及时。

方长安教授（武汉大学）认为，新诗从 1917 年到 1922 年这五、六年的时间里，经过胡适、周作人、刘半农、沈尹默、俞平伯、郭沫若等在创作和理论的积极拓荒耕耘，《新青年》《新潮》《少年中国》《晨报副刊》《学灯》等报纸杂志不断推出新诗和理论文章，白话是否可以为诗的问题解决了，白话自由体诗歌获得了存在的合法性。而《新诗年选（一九一九年）》选本适时地对诗艺自身建构、继续发展问题所做的思考与言说，虽然不成系统，也不具备完整的理论体系，甚至有个别相互抵牾的地方，但却为诗坛提供了一种有效的走出困境的方案，尤其是关于新诗必须具备内在的现代文明品格的思想，关于创作走融通中西、多元发展道路的诗学观念，不仅为当时尚处萌芽状态的不同创作倾向提供了继续发展的话语依据，使新诗创作获得了自由而开放的空间；并且作为一种精神沉淀为新诗的一种传统，在此后近一个世纪里抵御、弱化着不同形式出现的单一化话语霸权对新诗的制约，使新诗坛时隐时现地激荡着自由探索的精神。白杰副教授（太原师范学院）同样关注民国新诗选本在 1980 年代重印重版问题，他认为新诗的民国选本能够冲破"十七年"和"文革"的意识形态壁垒，重版重印原样进入"新时期"文学，自然得益于 20 世纪 80 年代日趋自由开放的公共空间，但也离不开一些独特的编选、出版策略。民国新诗选本为争取重版重印而采取的诸多策略，很好地体现了文学与意识形态相互试探、博弈、妥协、合作的复杂关系。选本对象虽然是新文学，但却为新时期文学设定了新的历史根基和价值标尺，与此同时也较好地调整了文学与意识形态的关系。其实诗歌选本问题最终关涉到一个终极问题，就是诗歌的经典化，百年新诗留下浩如烟海的作品，但是经典化问题却始终困扰着诗歌写作和诗歌批评，对此罗振亚教授（南开大学）认为，诗歌经典化标准尽管存在着相对与流动属性，但是那些能够介入时代良心，影响、干预了当时的写作风气，或者产生过轰动效应的作品，即可称之为经典。这其中包括"动态经典"与"恒态经典"，大量选本差异的事实证明，充斥百年新诗历史的多属于历时性的"动态经典"，即"文学史经典"，严重不足的是更高一层级、具有典范价值的"恒态经典"，即"文学经典"。究其根源，不仅有缺少可以遵循的相对稳定的经典标准、必要而充足的审视距离以及以白话表现现代情感和生活经验、技巧和语言等原因，还应该从新诗的生存语境、本体内部以及创作主体等方面找寻根源。

同时，罗振亚教授还指出，中国先锋诗歌一直命运多舛，先天的孱弱与后天的"水土不服"遇合，注定了它从没进入过引领风潮的新诗风潮的新诗中心或主流位置，甚至无法和常动不息的现实主义或浪漫主义诗潮分庭抗礼，而由于种种原因沦为被"割裂的缪斯"，百年孤独也就成了不争的客观存在。但是，无论到任何时候，反叛、求新都是先锋诗歌的本质所在。注重诗歌本体的经营和打造，崇尚艺术实验和创新，所以几乎每一次勃发均会带来审美的异动和丰收，引发读者的关注甚至模仿，并渐次形成了自己的独立品质与个性。因此，对于先锋诗歌，那种"先锋已死"的判断绝对是一种误判，只要还有人

类和诗歌存在，先锋诗歌就一直不会灭绝。吴井泉编审（哈尔滨师范大学）认为，肇始于1999年末的"知识分子写作"与"民间写作"之争，不仅仅是主流话语权和大师情结等因素之争，更倾向于把它看作是两种文化冲突与撞击所呈现出的必然结果。而论争的文化源头则是来自于"重灵魂、重群体、重来世的理性型"的希伯来文学与"张扬个性、肯定人的世俗生活和个体生命价值的原欲型"的古希腊文学在中国新诗中的交错发展。而解决当下的诗坛分裂的最佳途径，就是"知识分子写作"与"民间写作"二者之间以海纳百川的心态相互渗透吸纳，从而形成诗歌的均衡生长与发展。叶红教授（黑龙江大学）从心理学角度探索新诗生成的逻辑起点，认为中国新诗发展的最初十年里，诗坛不断变换诗歌理念，诗歌流派、诗学理论、争论内容的变化要比旧诗几百年的演变更加复杂，更加令人感到扑朔迷离，难以厘清。但有一条心理轨迹一直潜藏在纷繁的诗歌事件背后，那就是新诗人有强烈的成功愿望，而每一位渴望成功的新诗人都必须面对业已形成的稳定的诗歌传统，都必须面对站在自己面前的难以超越的"强者诗人"，渴望成功的心理会把这些视为"影响的焦虑"，要想摘掉"新诗人"青涩、不成熟、没分量的标志，就要想办法走出"强者诗人"的光环，摆脱"影响的焦虑"。

从中西诗学关系的角度来看，中国汉语新诗属于后发外生型诗歌，西方诗学理论及诗歌创作对中国汉语新诗的影响极其深刻，而影响的样态千差万别，对此多数与会学者进行了深入探讨。范丽娟教授（哈尔滨师范大学）认为，"五四"浪漫主义文学的奇特景观和后来的骤然衰落，是中国新文学发展途程中的一种重要现象。处于"发生期"的新文学有赖于浪漫主义精神的助推，中国作家为创建新文学早就有对浪漫主义文学的热情呼唤，这为"五四"浪漫主义文学全盛格局的建构奠

定了厚实基础。尽管当时浪漫主义在世界范围内并不是一种先进文学思潮，但对中国人来说依旧有很大的吸引力，因而它适应了中国文学的变革需求，成为中国新文学发生的一种重要机制。柴华教授（黑河学院）从"纯诗"与"纯诗化"纠葛的角度探索新诗写作的矛盾，指出20世纪上半叶，受法国象征主义"纯诗"观念的影响，"纯诗"美学成为新诗革弊求新的艺术理想，"纯诗化"写作逐渐成为新诗发展的一脉潮流，为新诗现代性做出重要贡献。现代"纯诗"美学和"纯诗化"写作之间有着极为复杂的纠葛，二者之间的关系实质是中国现代诗人如何审视自身的文学传统、努力发挥自己的创造能力的问题，但很难保持"步调一致"。现代"纯诗"理论具有一种先在的理想性和实现的可能性，其本身的理论意义远远大于实践层面的现实指导意义。关于新诗与传统的关系话题，柴高洁副教授（中原工学院）从台湾现代诗与中国古典美学的关系角度强调指出，以"横的移植"为开端的台湾现代诗歌，在历经纯粹性、超现实性等先锋实验后，于70年代开始自省，表现出重建民族诗风、关怀现实生活、肯认本土意识、反映大众心声、鼓励多元思想的特色，从而步入"民族自觉"时代。台湾现代主义诗歌中有浓厚的古典情愫，通过题材的模仿和意蕴的锤炼，从而达到回归古典目的。现代诗人们通过对古典的传承而开创出时代新面貌，营造了台湾现代诗发展的一个独特路向，甚至是整个华文现代诗的新美学。此外，薛媛元博士（大连外国语大学）就赵紫宸的"事工诗歌"中的宗教情怀与意识，以及许仁浩硕士（武汉大学）就诗人多多旅荷前的现代汉诗艺术分别展开深入探讨。

二、新诗批评的体系化建构

伴随中国汉语新诗的发展，新诗批评体系也逐渐形成，从诗歌"明瞭"与"晦涩"的讨论开始，逐渐从诗歌的外部特征的研究深入到诗歌文本层面的美学批评，逐步建立起现代汉语新诗的批评准则。其中既有汉语新诗流派、思潮的研究，也有汉语新诗的个案批评，也包括诗歌理论批评和艺术美学研究，几乎涵盖了新诗批评的各个层面。当然，新诗批评也存在诸多亟待解决的问题。

沈奇教授（西安财经学院）认为，考量包括当代诗歌批评在内的当代文学批评文本，在通常认同的学养、学理、情怀、立场、艺术直觉、问题意识、文体意识等七项基本元素之外，还需要补充对"气息"元素的考量。这个源于中国古代文论画论中的批评术语，即使在现代汉语语境下，依然是一个不可或缺有时还非常关键的存在。批评气息不纯正，或黏滞，或乖戾，或空乏，或彷徨，都深度影响从创作到批评的主体自性与文体自性。现代汉语的批评话语发展到"当代"，形成两种较为严重的话语范式，一种是意识形态化所导致的"公式化"话语范式，另一种是学术产业化所导致的"论文化"话语范式。无论是泛政治化所强势强制的政治逻辑，到泛商业化所强势强制的商业逻辑，还是从政治任务到科研任务，包括当代诗歌批评及当代文学批评在内的所谓当代学术，可以说，已经到了需要全面反思的时候了。陈爱中教授（哈尔滨师范大学）则更强调新诗批评的有效性问题，认为百年新诗的繁荣历来重视批评的推介和指导意义，曾有过非常和谐的共生过程。但是从90年代，尤其是新世纪以来，新诗批评的有效性受到空前的质疑。究其根源，既包括对有着"学术规范"的学院派批评的不认可，也有诗人与诗评家之间因为"隔膜"而造成的龃龉，更有优秀诗歌批评家学术转向而造成的"人才流失"等原因。面对这样的局面，诗歌批评界以坚守的姿态，尤其是学院派新诗批评者的壮大，让"科学的""客观的""体系化"的新诗阐释成为可能，新诗批评在坚持传统研究范式和方法的同时，不断探寻更为丰富和有针对性的批评生长点，实现诗歌历史经验的总结，和对诗歌将来可能性的展望。刘波副教授（三峡大学）同样认为，相对于更热闹且人数多的小说批评界来说，诗歌批评更显得边缘化。诗人对读者对当下诗歌批评的诟病与指责，也多集中在批评的无力上，原因在于，一是批评家与诗人创作进行互动的无效性，二是批评文字本身的无可读性，也就是批评文体意识的匮乏，当务之急就是重建诗歌批评的文体意识。这就需要批评家们能够意识到此问题的重要，在靠近专业性的同时，也不忘诗歌批评作为文学创作的本体之美。真正优秀的诗歌批评，并不是下一个好坏判断的粗暴结论，它还要最终超越这个结论，延展到更大的阐释空间里，这是批评智慧与批评美学交融的结果。如果批评不从单一的价值判断里走出来，进入自觉追求综合批评话语的境界，我们很难改变诗歌批评是诗人创作附庸的局面。宋宝伟副教授（哈尔滨师范大学）则强调，现代主义诗歌批评自80年代开始至今，从流派的钩沉、成因的透视、源流的指认以及诗歌本体特征、艺术审美价值的确认等诸多层面，已经完成一种体系化建构。新诗批评已经将现代主义诗歌的成就与教训做了比较全面的总结，同时也为后来者的研究提供了许多理论标记。当下诗歌批评被许多人诟病的原因在很大程度上源于批评的"无效性"，诗歌写作与诗歌批评无法形成良性互动关系，彼此封闭"各自为政"。当下诗歌批评应该追求一种"对抗性"与"对话性"的统一，单纯强调某一层面，都不是诗歌应该具有的健康状态。

女性诗歌研究一直是近些年的学术热点，诗歌创作与诗歌批评都呈现出蓬勃发展的态势，尤其是90年代更是女性诗歌写作的"丰收期"，对此董秀丽副教授（哈尔滨师范大学）认为，智性写作为90年代女性诗歌带来了全新质素，智性的强化使女性的思维摆脱了长期被奴役化和边缘化的境况，智性与情感的交融将哲思空间从平面引向立体，呈现多维化的特征。同时也凸显了90年代女性诗歌清醒而自觉的形式建构意识，诗歌写作日渐成为一门专业的技艺修炼，这在一定程度上击破了某些关于女性诗歌过于感性化、长于抒情缺少理性的偏见。这些诗歌以生命的沉思、人生的体悟和哲理的思辨构筑成女性诗歌本体，显示了女性思考世界的方式，具有独立的理趣之妙和智慧之美。李洁博士（西安财经学院）从话语模式角度阐释女性诗歌批评的理论建构问题，指出"女性诗歌""女性主义""女子诗歌"等概念的纷争从80年代开始到现在，一直没有停歇。虽然经过众多女性诗人以及学者的努力，当前诗歌批评领域对于女性诗学理论不会再纠结于概念层面的简单争论，而是力图深入到诗歌作品内部，以作品为依托，结合当前的社会语境生发出的批评理念，成为当前女性诗歌批评的重要模式。但是，部分研究多针对个体诗人诗学经验的讨论与研析，很少有对女性诗歌整体状况以及女性共同诗学的探索，女性诗人共有的书写经验、诗歌语言、诗学主题仍然很少被提及。女性诗歌仍然不可避免地遭受到"他者"的待遇，成为被审视的对象，这也造就了"情欲诗学""身体写作"等批评理论的出现。

儿童诗在百年新诗的流变中可以说是始终处于被漠视的境地，很少进入批评家视野，甚至从不把儿童诗看作是中国汉语新诗的组成部分，但这种局面近年来已经有了很大改观，儿童诗研究与批评正逐渐成为新的学术生长点。刘慧博士（南开大学）指出，相较于成人百年新诗的丰硕研究成果，当代的儿童诗研究可以说是相当"贫弱"与"落后"的，相较于当代儿童文学中的儿童小说、童话、绘本等研究的热闹情形，当代儿童诗的研究状态则是孤寂而落寞的;相较于现当代儿童文学理论研究的日渐深化和系统化,当代儿童诗的理论建设还亟待"破冰"。儿童诗在当代诗歌史上的尴尬境遇和地位,主要原因在于新诗研究者对于儿童诗的艺术价值和精神价值的"估值"过低,儿童诗歌长期被矮化、被轻视和被边缘化,同时,儿童诗与成人诗在诗歌形态上的相对独立与差异性被推衍成诗歌价值层面的对立关系,这些都直接影响了儿童诗的研究与批评。崔筱硕士(南开大学)认为,纵观中国儿童诗的百年的发展历程,其儿童视角从透过儿童的视角描写生活、抒发情感,到以成人的维度对儿童进行规劝和训诫,再到新时期之后真正以儿童为本位,运用儿童的语言,描绘儿童的世界,关注儿童的心灵,抒发儿童的情感。对儿童本位的发现、偏离和回归过程,正是儿童诗歌诗意表达的流变过程。而这一流变过程,与中国新诗的百年流变也是紧密贴合的。透过儿童诗这扇窗户,无疑能够帮助我们更好地理解和感受中国新诗在曲折道路上所获得成绩与教训。

三、罗振亚诗学思想研究

罗振亚教授从80年代中期至今,一直从事汉语新诗的研究与教学工作,三十余年间取得无数辉煌学术成果,出版《中国现代主义诗歌流派史》《朦胧诗后先锋诗歌研究》等专著十三部,在《中国社会科学》《文学评论》《文艺研究》等学术期刊发表论文三百余篇,主持多项国家、教育部、以及省、市社会科学基金项目。在对汉语新诗,尤其是先锋诗歌的研究与批评中,罗振亚教授逐渐形成自己独特的研究体系,以自己沉潜扎实的治学风格、严谨公正的批评态度、简奥奇新的批评话语而享誉文学批评界。针对罗振亚教授所取得的成就,与会专家、学者展开深入而热烈的讨论。

叶延滨主任(中国作家协会诗歌委员会)认为,作为当代诗歌的研究专家,罗振亚始终处于文学创作前沿和诗歌现场,这让他的研究有着丰富的一手材料和亲临现场的独特视野。这些重要的学术著作,总结了当代诗学的新成果,增加了当代诗学的丰富内涵,为百年新诗的诗学传统提供了新的经验和新的方向。他继承中国诗学传统,汲收西方现代诗学理论,融会贯通,总结中国当代诗歌创作的最新实践,从而奠定了罗振亚作为当今诗学研究领军人物之一的学术地位。他正是以严谨的治学精神和勤勉努力,在诗学批评世界里不断求索、不断超越,为诗人和读者构筑起一座精神交流的桥梁,为当代中国诗学的建构提供了丰富的、富有实绩的诗学批评实证性材料,对于当下和今后的诗学批评及诗歌创作都具有重要的指导意义。吴思敬教授(首都师范大学)从先锋诗学拓荒者的高度强调罗振亚教授的理论贡献,指出承袭著名学者龙泉明先生学术衣钵的罗振亚开拓出一片属于自己的全新领地,在现代主义诗歌,尤其是先锋诗歌研究中独树一帜,影响巨大。罗振亚作为谢冕先生之后成长起来的青年诗评家的代表,受过专业的教育和训练,历经了思想解放运动的洗礼,接触了被隔绝多年的西方现代和后现代的文艺思潮,这使得他在评价当代先锋诗人时能以新的角度、新的思维方式予以观照并能切中肯綮。同时,强烈的承担意识和使命感,使他能以饱满的热情,始终站在诗歌批评的现场,以一颗敏锐的诗心关注当代,追踪新的诗歌潮流与诗歌现象。他的研究始终坚持从诗歌创作的实际出发,坚持从文本出发,每做一选题,必先做田野调查工作,以对诗歌现象与态势有充分的把握,在这个基础上再通过梳理与分析,产生自己的观点。罗振亚不仅用自己的研究为中国当代诗坛增添了新绿,而且致力于哈尔滨师范大学和南开大学的学科学位建设,重视研究生的培养,在他的培养下,诗坛"罗家军"批评队伍俨然成形,并将对当代诗坛产生深远的影响。王尧教授(苏州大学)认为,新文学一百年,新诗的成就是巨大的,新诗的研究成就也是巨大的。但在以小说为中心的文学秩序和文学研究秩序中,新诗的意义和新诗研究的意义仍然在很大程度上被忽视被压抑了。比如,新诗的语言、文体等对现代汉语写作的贡献,比如散文、小说与诗歌的关系,比如新诗的理论、批评和文学史研究对新文学史研究的贡献和对广义的现代诗学的贡献,等等。在这个大背景上来看待罗振亚新诗研究的成就和价值,其意义就显得尤为突出。以罗振亚为代表的这一代诗歌研究家,恰恰现在处于一个关键点上,讨论罗振亚的学术研究,可以看出他们这一代学者是如何传承和超越诗学传统的,可以在学术史的意义上探讨他们这一代学者的特点和意义,也可以在他们的研究中摸索和询问新诗研究的新的可能性。

小说家滕贞甫(辽宁省作家协会)谈到罗振亚教授的为人与为师时说,与罗振亚老师相识三十五载,对于这位亦师亦友的才子教授,我的印象清晰深刻。首先,振亚先生是一位至真至纯、有情有义的著名诗人。从八十年代初到现在,我读他的诗,都被一种浓浓的情与义所感染,被他的真诚、善良所感动,这些人性最朴素的元素在当下已经变得弥足珍贵。从他的诗作中可以得出这样一个结论,学问越深,文章越好,人的本质越真越纯。第二,振亚先生是一位操守得安、涵养得熟的正直批评家。他的新诗批评有真意、去粉饰、不卖弄,是难得的金玉良言,令作者获益,为读者导航,清风一缕,别开生面。第三,振亚先生是一位金声玉振、仰之弥高的优秀教师。与他交往,如沐春风,三十五年的师生情谊历久弥深。包临轩主编(东北网)同样认为,罗振亚教授是一位保持诗意情怀的人,不仅将诗歌作为一份职业来坚守,与诗歌朝夕相伴,无怨无悔,他更是一位始终保持初心的诗歌朝圣者,不但为自己的圣洁之爱而坚持着,同时也为这片土地坚持着诗意的关怀。作为诗评家,他用三十年时间不间断的努力,使中国诗歌评论摆脱种种羁绊,进入诗歌本体批评、内部批评的真正自觉时代。使中国当代诗歌批评与诗歌创作进入内行与内行之间、理论与创作实践之间的有效对话,使真正的、内在的艺术交流成为一种比较普遍的现实。同时,作为诗歌教育家,他有效推动诗歌艺术的扩展与通约,不仅通过培养年轻一代诗评家,让诗歌在学理层面和学术层面上扩大影响力,而且通过教学与评论手段,有效地缩短了公众与诗歌的距离,消弭了公众与艺术之间的鸿沟,这种贡献弥足珍贵。于文秀教授(黑龙江大学)指出,罗振亚教授用三十年执着与纯粹的坚守,科研成果浩瀚,蔚为壮观,也奠定了他在诗歌研究界的领军人物的地位。既有对现当代诗歌发展历程的整体观照和演进趋势的把握,也有对具体流派和作家作品的精深细致探究,可以说罗振亚教授的诗学做到了对中国现当代诗歌的思与史的贯穿,同时经典与动态兼顾,史论结合;既有非比寻常的感性解读,又有深邃的理智分析,既有与诗歌本身韵致熨帖的雅丽语言,又有清晰强大的逻辑思维贯通,华茂而深邃,可谓诗与思的完美结合;罗振亚的诗评在表达风格上的特点就是,看似平和包容,但实则锋芒内敛,绵里藏针,有一种温厚的睿智。他为人平和温润,人群中他很少锋芒毕现,咄咄逼人,能含蓄时很少犀利,但他的外圆内方不失内在的清醒与价值坚守,则彰显了格局之高与人格之美。

王珂教授(东南大学)认为,罗振亚有着当代新诗学者最佳的"身份结构"——集诗史家、诗论家和诗评家为一体,又有这三者都需要的"素质结构"——才、胆、识、力。也就是说,罗振亚不仅有金字塔式的学贯中西的知识结构,特别是雄厚的理论基础,而且人品好,有职业操守,有一种殉道精神,同时在研究中强调学术规范,有着缜密的思维和理性的表达,更为重要的是,罗振亚对诗歌感悟力极强,具有对语言、情感、思想等方面的超强理解力,是一位"诗人化"的评论家。作为最具竞争优势的集知识结构、研究经历和基本素质于一身的诗歌评论家,罗振亚有希望成为百年新诗理论界真正"大师"级的新诗学者。吕周聚教授(山东师范大学)指出,罗振亚师从著名诗歌研究专家吕家乡先生研究现代新诗,后来又师从著名诗歌研究专家龙泉明先生研究当代诗歌,接受了系统的诗歌专业训练,具有扎实的诗歌专业基础,这使得他在诗歌研究过程中形成了自己的研究特色。首先,他对于中国新诗发展历史了如指掌,具有开阔的历史视野,在研究作家作品及相关问题时能够将其放在历史的坐标中予以审视,从而对其做出恰如其分的评价;其次,他掌握了丰富的中外诗歌理论,并能够灵活地运用这些相关理论来分析作家作品,不仅能够把握诗歌发展的外在规律,而且能够深入到诗歌的内部探讨新诗发展的内部规律,他对于朦胧诗后当代诗歌的发展做出了精彩的分析,《朦胧诗后先锋诗歌研究》在这方面具有代表性;再次,他善于运用比较研究的方法来研究新诗,通过将不同的诗歌流派、作家作品放在一起进行比较来概括出它们的特点,得出的结论客观公允,具有说服力。吴投文教授(湖南科技大学)则强调,从总体上看,罗振亚教授已经形成了系统的中国先锋诗学的诗学观和诗学思想,他观察中国先锋诗潮的切入角度是一种内在的先锋诗学视角,在创作主体、诗歌文本和历史逻辑的有效统一中把握先锋诗潮独立的艺术精神、特质和传统,把握先锋诗潮对中国新诗的一次次冲击和变构,进而透视中国新诗的走向和趋势。由于罗振亚

对大量诗人诗作和文献史料的悉心阅读,加之他兼具文本细读与理论概括的深厚功力,他从中国先锋诗潮的嬗变中凝练出先锋诗学的基本理论内核,进而透视先锋诗潮内部各流派、社团或诗群之间"先锋因素"的转换与对峙所形成的复杂关系,在一个世纪的开阔视野中呈现出先锋诗学的理论进路及其意义。他的研究对中国先锋诗学内在谱系的建构具有重要的启示意义,对新诗研究产生了积极的推动作用。

90年代对于新诗百年的发展历程来说,无疑是一个极为独特的历史节点,呈现出空前复杂的局面。而罗振亚《1990年代新潮诗研究》对于先锋诗歌的历史描述与价值判断,奠定了他在中国先锋诗歌研究中的重要地位,与会学者也围绕此部专著展开讨论。张德明教授(广东岭南师范学院)充分肯定这是一部颇具挑战难度、凸显学术意义的崭新成果。该著以宏观描述与微观剖析相结合的述学方式,全面展示了90年代新潮诗的整体面貌和个体特征,为我们深入理解90年代先锋诗歌提供了重要参考与指南。同时,该著也借助对90年代先锋诗歌的历史描述和学理透视,牵带出有关先锋诗歌研究方法和历史理解等诸多诗学要义,给人不乏深意的学术启迪。这部专著展示出不俗学术价值的地方还在于,它不只是停留在对90年代先锋诗歌历史现象的描述和生成原因的追踪上,而是进一步呈现了作为方法的90年代先锋诗歌的精彩之处。对"民间写作""知识分子写作""90年代女性先锋诗歌""70后诗歌"等群落采取的是辩证的、一分为二的思维视角和评价方式,充分显示着论者历史观察的客观性和立论严谨的学术精神。卢桢副教授(南开大学)从文学史角度强调其意义,认为作为先锋诗学研究的先行者,罗振亚先生凭借高度的理论自觉和成熟的史家气魄,近年来以系列专著的形式串联起先锋诗学的

研究脉络,而其代表作《1990年代新潮诗研究》正是从"断代史"的角度,将上世纪90年代的先锋诗歌视为一个相对完整自足的艺术系统,试图通过对抒情个体"个人化写作"差异性的多重审视,廓清先锋诗歌的本真面貌和美学流变,让那些曾经被遮蔽的研究盲点浮出历史地表,从而深化理论界对新潮诗之"先锋性"的认识。他对先锋诗学种种概念的圈点与阐释,对难度写作未来走向的前瞻和思考,为诗歌评论界浇注了充沛的学术养分,提升了先锋诗学研究的学术水准,对先锋诗学研究谱系的构建具有重要的启示意义。白晨阳博士(南开大学)认为,罗振亚教授凭借多年专业诗歌批评的积淀,以一个成熟研究者的魄力和敏识,推出了先锋诗歌研究专著《1990年代新潮诗研究》,对研究对象进行了一种综合立体又切中肌理的"断代"式探究,力图为90年代的先锋诗歌建立自己的诗学谱系和美学传统。他深入到具体历史场域中,考察诗歌身处的大众消费文化语境,看到了沉寂的表象之下暗藏着新的先锋可能性。在历史研究和美学研究相结合的原则下,统括整体、深入局部,为先锋诗歌研究提供了一种综合有力的研究范式。

崔修建副教授(哈尔滨师范大学)认为,作为对百年新诗发展做出突出贡献的著名诗歌批评家,罗振亚始终站在先锋诗歌批评前沿,以开阔的历史视野和高扬的主体批判意识,将先锋诗歌的发展变迁置于现代历史文化演进流程中进行宏观的整体观照与细致的微观解剖,从不止于对先锋诗歌现象简单扫描与浅层论述,不拘于某些权威既有的论断,勇于从先锋诗歌外在和内质俱存的巨大困境中寻找突破口,以个人独到的体悟和严谨的论证,对当下正活跃的诗人进行不揣偏见的直率臧否。他始终以一个独立的批评家身份谦恭而自信地发言,在稳健的独白与温和的对话中,展示出非凡的学术眼光和价值判断力,彰显了一位新诗研究学者优卓、翩然的批评风度。王巨川副研究员(中国艺术研究院)从新诗批评的发展阶段的角度指出,在中国新诗研究领域,在以孙玉石等先生为代表的上代学者开辟的新诗研究之外,罗振亚先生的诗学理论及其对新诗思潮、诗人个案的评述无疑是一座影响深远的重镇。他把诗歌研究的学术理性提升到了介于感性与理性之间,是感性与理性中介的层面。他具有温润而绵长的生命力与创造力,不论对90年代先锋诗歌的理性判断,还是现代诗派诗学思想的审视与重构,他的诗学研究都深深地植根于"泥土里",具有鲜活的生命存在意识和感悟体验。面对诗歌时他总是怀着一颗虔诚之心和敬畏态度,表现在诗学研究中便是一种"纯净"的本真,包括熔铸的情感、书写的语言等,也可以说是在感悟的理性知识体系中用诚恳而踏实的语言文字探寻纯净的诗意。邵波副教授(黑龙江大学)认为,作为先锋诗歌资深的批评者,罗振亚教授谙熟20世纪中国新诗的发展脉络,他于变动不羁的历史风云和诗派林立、诗人浩繁的百年诗史中,长期把持理解先锋、阐释先锋的要务,实属难得。罗先生的新诗研究从"现代方向"起步,但也正因为其对现代诗潮灵敏、全面且富有深度的掌控,才使现代新诗如同一面镜子反照出了当代先锋诗歌的发展逻辑,从而凝合了20世纪中国先锋诗潮绵延起伏的律动脉搏,同时他紧跟诗界的前沿话题和诗学动态,与时俱进地筛选、整理、评判新世纪"进行时"中的诗歌生态,为后来人留下了弥足珍贵的第一手资料,这是一位资深的批评家理应具有的恢宏和新锐的批评视野。邱志武博士(大连民族大学)从批评的整体性角度阐释了自己观点,认为罗振亚教授在三十余年的诗歌研究中,有意识地打通现代、当代诗歌研究的界限,尝试把新诗作为一个完整的学术板块进行研究,而具有这种新诗整体观的研究者在当下批评界屈指可数。历史化的研究视角在罗振亚的诗歌研究中占有重要的地位。不论对21世纪的诗歌,还是对90年代诗歌以及十七年诗歌的研究过程中,他都会运用历史化的视角进行评判。同时,他通过对先锋诗歌的阐释实现了对于诗歌现场的切入与把握。可以说,罗振亚的诗歌批评是一种独立的、在场的阐释,他既不被杂乱的诗歌现场所迷惑,又不被跌宕的诗歌潮流所裹挟,他总是能够凭借自己犀利的眼光拨云见日,透过现象看本质,从而进行一种有距离的观照和评判。李文钢博士(河北科技师范学院)认为,罗振亚先生是当代诗评家队伍中独具风骨颇有建树的一位,他的诗歌评论有五点突出的特色。一、挺立潮头的勇敢担当:敢于承担风险对最新的诗歌现象做出自己的点评;二、客观公正的价值判断:好则说好,坏则说坏的无畏坦荡;三、通观全盘的大局意识:能在新诗的生长秩序中为诗歌现象准确定位;四、见微知著的鉴赏眼光:能用专业的鉴赏眼光为先锋诗歌文本准确把脉;五、深入浅出的理论能力:能够化繁为简地活用理论解释诗歌现象。如上五点,既是罗振亚先生诗歌评论的特点,也是当前诗歌评论界亟须呼唤的学术品格。

林超然主编(黑龙江省文联《文艺评论》杂志社)认为,罗振亚教授作为一名"解诗者",有一双看见诗歌真相、至少是最大可能接近诗歌真相的眼睛。严格说,他不是诗歌评论家,而是诗歌理论家。他有自己严整、结实的理论体系,他是诗歌阐释者中的卓越代表。罗振亚出入学术期刊是学者,来往文学报刊是诗人。他的很多诗作,都是精品。罗振亚深知,诗歌并不是人类的小事件,诗歌遥指和响应着人类最动人、最本色、最美好的生命形态。诗歌是罗振亚的一种信仰,他写诗、读诗、评诗,他的反省是诗人的反省,他的捍卫是诗人的捍卫。肖国栋教授(齐齐哈

尔大学)同样认为,罗老师从事新诗研究整整三十年,他的学术研究参与了百年新诗历程的近三分之一,并且他的著述囊括了新诗整个百年的历史进程。纵览罗老师三十年的新诗研究历程和丰硕成果,几乎以一人之力完成了现代新诗百年历史的贯通式研究,当然这种研究有他选择的角度和侧重;另一方面这种百年视野又贯彻在他对新诗发展路径、经验的提炼与总结之中,不同时段、不同流派、不同诗人等在新诗的历史流变中存在着复杂的关系,非有百年的大视野,不能看得清楚,梳理得透彻。值得强调的是罗老师对当下新诗发展的追踪,及时对新诗的创作与流变加以批评和总结,给予其理论化提炼、历史性省思。这样一份参与新诗历史进程的热情和理论敏感是难能可贵的,也是需要极大勇气的。张学昕教授(辽宁师范大学)、胡弦主编(《扬子江评论》杂志社)、姜超副教授(绥化学院)、杨亮博士(大连理工大学)、王觅博士研究生(南开大学)、胡清华硕士研究生(南开大学)、张静轩硕士研究生(南开大学)分别就罗振亚教授的人格修养、学术体系、诗歌经验、教育理念、语言特色、批评意识等问题展开热烈讨论。

闭幕式上,吴思敬教授对本次会议的组织、讨论以及发言等环节给予充分肯定。他认为,在当今这个社会上,写诗是寂寞的事业,搞诗歌评论是加倍寂寞的事业。中国汉语新诗从发生到现在,百年历程不可谓不艰辛、不可谓不曲折,恰恰是无数诗人和新诗研究者、爱好者们不慕繁华、甘于寂寞的坚守,才使得汉语新诗越来越成熟,诗歌的影响面也越来越广泛。当然,汉语新诗的问题也很多,需要我们诗歌写作者、评论者们及时总结经验教训,为以后汉语新诗的健康发展打下坚实基础。同时,关于罗振亚教授的诗学思想,与会的各位专家学者都给予了充分的讨论。振亚是当下诗学界最重要的评论

家和理论家之一,尤其是在先锋诗学领域开风气之先,自成一家,这一点将在未来的诗歌发展史上得到更充分的认定。尤为重要的是,在他的言传身教下,一批批优秀人才成长起来,不仅成为相关学校的教学科研骨干,而且从中涌现了如陈爱中、刘波、卢桢等有影响的青年评论家,诗坛的"罗家军"已俨然成形,并将对当代诗坛产生深远的影响。但要牢记一点,"罗家军"弟子们要团结,但不要做"党同伐异""非我族类,虽远必诛"的事情,学界这样的教训不可谓不深刻,要放眼世界,胸怀远大,为中国汉语新诗的发展贡献自己应有的力量。

稿　　约

一、欢迎抒情诗、叙事诗、散文诗、诗剧等不同体裁的新诗创作，欢迎诗学理论、新诗史探、个案专论、文本解读、史料钩沉、诗坛掌故、诗人访谈及域外译作。

二、欢迎自由体新诗，也欢迎格律体新诗，尤其欢迎自由格律体新诗。

三、欢迎与新诗建设有密切关系的中国传统诗学、域外诗学专论。

四、抒情诗一般不超过30行，叙事诗一般不超过200行，长篇抒情诗和长篇叙事诗不受此限。

五、来稿文责自负，本刊保留技术性处理权。

六、本刊人手有限，一律不退稿。凡来稿三个月内不见录用通知，作者可另作处理。

七、本刊只收电子稿件，来稿邮箱：
18969025677@163.com

八、联系电话：0571-88083536
　　　　　　　18969025677

扫二维码进入《星河》

征 订 启 事

大型新诗丛刊《星河》于2009年创刊，全年四期，国内公开发行，每期定价39元，全年起订。需订阅者请直接和本编辑部联系。

电话：0571-88083536，18969025677

邮编：310012

地址：浙江省杭州市天目山路浙江大学西溪校区内